Meine Romane sind das einzige, dass man von mir
kennen lernen wird. Sie sprechen für sich selbst.
Denn ich bin nur ein Schatten, der seine Spuren in
Büchern hinterlässt. Die Zeit deckt sie auf und zu,
immer in ihrem Rhythmus.

Tom Leon

Impressum

Adresse: Tom Léon
c/o AutorenServices.de
Birkenallee 24
36037 Fulda

Email: tom-leon@gmx.at
Facebook: Tom Leon

Roman-Idee: Tom Léon
Autor, Texte © Copyright von: Tom Léon
Verlag: Amazon

Umschlaggestaltung © Copyright: Tom Léon
Sonstige Fotos: Tom Léon, Pixabay
Druck: Amazon

Printbook: ISBN: 9781710851588

Tom Léons Musen: Judith W. und Christina W.

Das Danuvius Projekt

Teil 3

Karma

Ein Roman

von

Tom Léon

Kapitelübersicht

Kapitel 1
Böse Überraschung

Der Abgang zur Unterwelt war verriegelt und gesichert. Die Panzertür zur Außenwelt fest verschlossen. Jetzt konnten wir uns entscheiden, wie es weitergehen sollte. Wenn wir nichts getan hätten und uns nur zurückzogen, wäre Wien und der Rest der Welt in große Gefahr geraten. Ich sah Gabriel an und eine innere Stimme sagte mir, dass es jetzt zu Ende war. Wir standen inmitten toter, blutbesudelter Körper, als Gabriel sich aus der vordersten Front zu uns umdrehte.

Er sah uns Krieger an und rief fragend: >>Beenden wir es jetzt, oder verschließen wir für immer unsere Tore in die Freiheit? Wenn wir jetzt nicht sofort handeln, werden die „Sams" die Welt da draußen in den Abgrund stürzen.<<

„Sams", war nur einer der unschönen Ausdrücke, die die Danuvianer für die in der Unterwelt übrig hatten.

Sein Blick alleine gab mir schon die unausgesprochene Antwort, denn hier forderte uns ein anderer Feind als das Söldnerheer heraus.

Die Krieger hinter mir antworteten mit einem lauten, einheitlichen: >>HUH HAH<< und ich ahnte schon, was jetzt als nächstes folgen würde.

Bis jetzt waren die Danuvianer jedem Feind gewachsen oder sogar überlegen gewesen, doch nun

änderte sich das. Denn jetzt forderte uns ein Gegner heraus, der mindestens gleichwertig war.
Und niemand wusste genau, was auf uns zukommen würde, aber wir waren geschlossen, bereit die Panzertür zur Außenwelt zu öffnen. Wir hatten nicht viel Zeit zum Nachdenken, Pläneschmieden oder Diskutieren. Denn jede Minute die wir verstreichen ließen, verschaffte den „Sams" einen noch größeren Vorsprung. Das Einzige, das Gabriel jetzt änderte, war die Schlachtformation. Nun holte er die Wölfe in die vorderste Reihe. Sie waren es, die die Angriffe der Sams in der Vergangenheit am besten abgewehrt hatten. Darauf vertrauten wir auch jetzt. Wir passierten den langen Gang zur Panzertüre und versammelten uns davor. Mir war klar, dass jede Sekunde, nachdem wir die Tür öffnen würden, die Hölle losbrechen konnte.

Ich rechnete zwar nicht damit, aber möglich war es auf jeden Fall. Ich dachte eher daran, dass die „Monster", wie ich sie mir vorstellte, schon längst aus dem Kraterloch geflohen waren. Meiner Logik nach war es das einzig Richtige vorerst einmal zu flüchten. Erst wenn ich verfolgt werde, würde ich kämpfen, mich aber niemals hinter der Tür verstecken.
Gabriel wartete ab, bis wir alle in Position waren und öffnete dann vorsichtig die Stahltür. Uriel war der erste, der durch sie hindurch in die Knochenhalle schlüpfte. Die anderen beseelten Wölfe folgten ihm nacheinander.

Wir bewegten uns lautlos, um zu hören, was hinter der Türe passierte, aber wie ich es vermutete, war keiner mehr von ihnen da. Gabriel öffnete vorsichtig die Tür und wir traten ein in die ehemalige Knochenhalle. Hier lagen nur noch tote Söldner herum, aber von den Sams war keine Spur. Ich musste zugeben, dass mir das recht war, denn ich hatte irgendwie Angst vor den unbekannten Gegnern.

Schon allein die Erzählungen der Krieger reichten mir und ich wusste, dass sie genauso stark waren wie unsere Kämpfer. Angeblich gab es da unten auch Wölfe, aber diese wurden niemals gesehen oder gehört. Keiner konnte etwas Genaueres über deren Verbleib erzählen und niemand wusste, ob sie überhaupt noch lebten. Sollten sie aber jetzt da draußen frei herumlaufen, könnten sie ein unvorstellbares Blutbad in Wien anrichten.

Die Wölfe schlichen zuerst durch die Halle und in den Tunnel zum Kraterloch. Es war Mittag und die Sonne brannte direkt auf unsere Wölfe herunter als sie die Öffnung passierten. Leicht golden glänzte ihr Fell im grellen Licht. Wir bewegten uns lautlos hinter ihnen und beim Kraterloch erblickten wir unten nur einige Söldner am Boden verstreut liegen. Nervös blickte ich nach oben. Auf der Böschung und am Rand oben war niemand mehr zu sehen. Gabriel gab zehn Kriegern die Anweisung nach oben zu klettern und nachzusehen, was los war. Wir warteten unten im Tunnel und schauten ihnen beim Aufstieg zu. Angespannt und vorsichtig krochen sie die steile Wand empor. Der lose Kies rieselte bei jeder Bewegung ihrer Beine und Arme den Abhang hinunter. Beunruhigt durch dieses Geräusch, fixierten ihre Blicke nur noch den Böschungsrand.

Denn hier konnte jede Sekunde der Angriff beginnen. Als sie oben waren, sahen sie sich um, zerstreuten sich anschließend in alle Richtungen und verschwanden aus unserem Blickfeld.

Kurze Zeit später kamen sie jedoch zurück und berichteten uns, dass da oben niemand zu sehen gewesen wäre. Weder das Söldnerheer, noch Tote oder sonst etwas Ungewöhnliches. Wir fragten uns natürlich sofort, was da los gewesen war. Diese große Armee konnte sich ja nicht in Luft aufgelöst haben. Die kurze Zeit reichte niemals aus, um alle Toten wegzuschaffen oder ein so großes Heer zu vernichten.

Egal, wie stark diese Kämpfer der Unterwelt waren, sie konnten ja nicht in nur einer Stunde alle vernichtet und hinterher saubergemacht haben. Hier ging offensichtlich etwas anderes vor. Aber was? Diese Frage war in vielen Gesichtern zu lesen. Seit der neuesten Entwicklung hatte sich hier eine seltsame Stimmung breitgemacht. Nervöse Anspannung vermischt mit Wut und sogar ein wenig Angst vor der unbekannten Gefahr. Wenn da oben keiner war, dann blieb nur noch eine Möglichkeit über, die Kirche. Aber warum sollten sie dahin verschwunden sein, dachte ich mir.

Plötzlich fügte sich alles aneinander und ich informierte sofort Gabriel: >>Ich weiß zwar nicht, wo das Söldnerheer ist, aber ich weiß zumindest, wo die Sams sind. Erinnere dich! Ihr hattet doch auch das Problem mit dem Tageslicht, bevor wir die Speziallampen montiert hatten. Die Sonne scheint jetzt direkt in den Krater und das halten ihre Augen nicht aus. Sie müssen daher in der Kirche sein und dort auf die Dunkelheit warten. Wir können sie noch stellen und aufhalten.<<

Gabriel sah das genau so wie ich und wir rückten im Tunnel zum Kirchenkeller vor. Achtsam und vorsichtig schlichen wir uns zum stählernen Gittertor vor und sahen, dass es aufgebrochen war. Jetzt wussten wir mit Sicherheit, dass sie hier waren und sich versteckten. Nun war größte Vorsicht geboten, denn wir konnten sie weder hören noch sehen. Uriel war der Erste, der den Kirchenkeller betrat und hinter ihm noch ein paar andere Wölfe. Leise bewegten sie sich voran.
Nach einigen Metern in dem dunklen Keller blieben sie plötzlich stehen und begannen zu knurren. Ich bemerkte, dass sie bereit für den Kampf waren, als ihre Rückenhaare sich aufstellten.

Ich stand direkt vor dem Eisentor und drückte mich gegen die Tunnelwand. Da fühlte ich in meinem Rücken etwas, das an der Wand hervorstand. Ich drehte mich um und meine Hände ertasteten einen Schalter. Instinktiv drehte ich ihn um und Neonlampen flackerten plötzlich im Gang und dem Kirchenkeller auf.

In den ersten Sekunden, als das Licht anging, wurden wir angegriffen. Dutzende kleine Pfeile prasselten auf die ersten Wölfe ein und setzten sie fast schlagartig außer Gefecht. Auch einige Krieger, die zu nahe am Eingang standen, wurden getroffen und fielen sofort um. Die Wölfe zuckten herum und es sah so aus, als ob sie unter Strom standen. Auch die Krieger verhielten sich so, waren aber offensichtlich am Leben. Wir zogen sie aus der Schusslinie weg und sahen uns ihre Verletzungen genauer an. Für die verwundeten Wölfe konnten wir vorerst nichts tun, denn sobald wir uns nähern wollten, wurden auch wir sofort beschossen. Es war richtig schlimm, da wir nicht wussten, was unsere Kämpfer so schnell ausschaltete. Das Furchtbarste aber war, dass Uriel nur ein paar Meter weit weg lag und wir ihn nicht bergen konnten. Er krampfte und schnappte nach Luft, so wie die anderen Getroffenen auch. Und wir standen hilflos da und konnten fast nichts tun, denn der Pfeilhagel prasselte ununterbrochen auf unsere erste Linie ein.

Bei genauerer Betrachtung der kleinen Pfeile erkannten wir, dass sie von Blasrohren stammen mussten. Einfache Holzpfeile, die mit einer unbekannten Substanz vergiftet worden waren.

Da rief Gabriel nach hinten zu den Kriegern:
>>Schilde!<<

Innerhalb einer Minute waren Krieger zur Stelle, die große Metallschilde brachten. Mit denen konnten wir endlich in den Keller vordringen. Ich mochte diese schweren Schilde nicht, denn sie wogen circa 30 Kilo das Stück. Außerdem erinnerten sie mich immer an alte Römerfilme, so groß und unhandlich waren sie. Jetzt aber konnten wir endlich unsere Wölfe bergen und sie in Sicherheit bringen. Wir zogen die Holzpfeile aus ihrem Körper und versorgten ihre kleinen Wunden mit unserer Heilsalbe.

Aufgelöst fragte ich Gabriel, wie das passieren konnte und er erklärte mir: >>Die haben augenscheinlich da unten gelernt, wie man ihre Haut durchdringen kann. Diese kleinen Holzpfeile sind relativ langsam und schwer, sie schaffen es oberflächlich in uns einzudringen. Auch ein Teil von ihnen hat unser Gewebe. Wir haben ihnen aber alle Waffen abgenommen, als sie eingesperrt wurden und so bastelten sie sich offensichtlich diese einfachen aber effektiven Blasrohre.<<

Unsere Krieger bauten inzwischen mit ihren Schilden eine Art Schutzwand auf und wir hörten nur vereinzelt, wie Pfeile daran abprallten. Nach ungefähr zehn Minuten erholten sich Gott sei Dank unsere Verletzten wieder und erzählten, dass sie, außer den starken Krämpfen, keine größeren Schmerzen gehabt hatten. Diese Pfeile waren also nicht tödlich, jedoch effizient genug, um uns aufzuhalten. Wir konnten durch den Beschuss nicht weiter in den Keller vorrücken, da sofort ein neuer Pfeilhagel auf uns niederprasselte. Ich versuchte, durch einen Spalt der Schilde hindurchzublicken, um wenigstens einmal unseren Feind sehen zu können.

Doch da wurde auch ich am Bein getroffen und ging nach ein paar Sekunden kraftlos zu Boden. Es fühlte sich ungefähr so an, als ob ich an einem Weidenzaun unter Strom geraten wäre, nur um einiges stärker. Ich empfand es jedoch schmerzhafter, als es die anderen getroffenen Kämpfer erzählten. Aber das Schlimmste dabei waren allerdings die Krämpfe, die nicht mehr enden wollten. Ich bekam kaum Luft und war dem Ersticken nahe. Dieser Zustand dauerte zwar nicht sehr lange, aber er hinterließ einen schauderhaften Eindruck bei mir.

Als ich circa zehn Minuten später wieder auf den Beinen war, wagte ich es nicht mehr, so leichtfertig aus meiner Deckung hervorzublicken. Damit hatten sie wohl eines ihrer Ziele erreicht. Der Gegner wurde eingeschüchtert. Bis jetzt hatte ich aber immer noch keinen aus der Unterwelt gesehen. Sie mussten sich alle gut versteckt haben, in dem doch großen Kellergewölbe der Kirche. Alles im Raum war sehr unübersichtlich. Zugestellt mit alten Kirchenbänken, Kästen und sonstigen Möbeln. Dazwischen standen auch diverse mannshohe Heiligenfiguren und ich tat mir in dem diffusen Licht schwer eine Figur von einem Menschen zu unterscheiden. So kamen wir auf jeden Fall nicht weiter, denn sie konnten mit ihren Blasrohren verdammt gut zielen. Aus diesem Grund beratschlagte sich Gabriel mit den anderen Kriegern und sie beschlossen eine andere Taktik auszuprobieren. Da die Pfeile offenbar nicht tödlich waren und wir eine große Masse an Kriegern hatten, war es Gabriels Plan, den Keller einfach zu stürmen.

Wir bereiteten uns vor und beschlossen, dass als erstes eine größere Gruppe an Kriegern mit Schutzschildern ausgestattet hineinstürmen sollte. Dicht gefolgt von den Wölfen, die als zweite Angriffswelle die Blasrohrschützen ausschalten sollten. Diese erste Welle an Kriegern musste leider als „Ziele" und Schutzschilde herhalten.

So lautete unser Plan. Auf ein Angriffskommando aus dem Kriegshorn, stürmten wir in den Keller. Pfeile prasselten sofort auf uns nieder und setzten viele der ersten außer Gefecht. Als die Wölfe über sie hinweg sprangen und zum finalen Angriff ansetzten, erlebten wir jedoch eine böse Überraschung.

Unsere Gegner sah ich noch immer nicht, aber plötzlich hörte ich unsere Wölfe kämpfen. Ein wildes Knurren und Zähnefletschen erfüllte das Kellergewölbe. Es hörte sich so an, als ob zwei große Hunde miteinander kämpften, nur viel lauter und grauenhafter. Als ich im Getümmel hinter einem Schild hervorschaute, sah ich, wie Wölfe untereinander kämpften.
Jetzt erkannte ich erst, dass es zwar nur fünf fremde Wölfe waren, aber unseren vielen schwer zusetzten. Wir konnten ihnen nicht helfen, denn da einzugreifen war für einen Menschen tödlich.
Die wilde Fetzerei dauerte mehrere Minuten und wir sahen ein, dass unsere Wölfe ihren stark unterlegen waren. Diese Wölfe waren viel wilder und stärker. Ihr Aussehen war geprägt von vielen Kämpfen und sie waren mit großen Narben übersät. Jeder unserer Wölfe unterlag ihnen und einer nach dem anderen wurde bei dem Kampf schwer verletzt.
Da ertönte erneut unser Kriegshorn - zum Rückzug. Unsere besten Krieger warfen sich nun mit ihren Schilden schützend über unsere Wölfe und blockten, so gut es ging, die Bisse der anderen ab. Gleichzeitig rückten andere vor und formten eine schützende Wand mit ihren Schilden.

Endlich konnten wir unsere verwundeten Wölfe
bergen und uns mit ihnen zurückziehen.
Uriel war auch unter den Verletzten. Ihn hatte es
schwer erwischt und er konnte gar nicht mehr
aufstehen. Wir zogen ihn tief in den Tunnel hinein
und verschlossen den Zugang zur Kirche mit
unseren Schilden. Jetzt hatten wir etwas Zeit
gewonnen und konnten überlegen, wie es
weitergehen sollte. Ich fragte Gabriel, was er weiter
vorhatte, aber selbst er war ratlos.

Niedergeschlagen meinte Gabriel nur: >>Gegen
diese Wölfe können wir nichts ausrichten. Sie sind
wesentlich kampferfahrener und wilder als unsere
und wenn wir weiterkämpfen, sterben unsere noch.
Ich wusste weder, dass sie so mächtig sind, noch
dass sie überhaupt leben. Ihre Pfeile stoppen uns
und diese Wölfe sind viel stärker als unsere.
Außerdem kämpfen sie viel aggressiver und
vollkommen anders, als wir es gewohnt sind und
trainiert haben. Mit Gewalt kommen wir hier nicht
weiter. Ich weiß nur, dass wir sie aufhalten müssen,
aber noch nicht wie. Außerdem drängt die Zeit,
denn wenn es draußen dunkel wird werden sie
ausbrechen und wir können sie danach nicht
weiterverfolgen. Wir sollten es hier und jetzt
beenden, sonst wird es bei Weitem schwieriger für
uns.<<

>>Denk nach Edi, los, denk nach<<, stammelte ich
in meiner Verzweiflung laut und sah dabei Uriel an.

„Was kann ich tun mein Freund, um das hier zu
beenden?", dachte ich weiter und streichelte ihm

beruhigend übers Fell. Da fiel es mir wie Schuppen von den Augen. Die Tatsache, dass sie nahezu unverwundbar waren, war gleichzeitig auch ihre Schwäche. Wenn sie so reagierten wie unsere, dann wusste ich auch, wie wir sie besiegen konnten. Ich teilte meine Gedanken sofort Gabriel mit und er gab mir sein Einverständnis. Er bestimmte darüber hinaus, dass ich diesen Angriff führen solle, weil es auch meinen Clan betraf. Nun rief ich meine sechs Schützinnen zusammen und erklärte auch ihnen mein Vorhaben.

>>Wenn wir ihre Wölfe unter Dauerfeuer nehmen, sind sie in dieser Zeit fast bewegungsunfähig. Unsere Krieger stürmen in dieser Zeit an ihnen vorbei und greifen die Sams an. Die restlichen unserer Wölfe, können sich anschließend auf ihre Wölfe stürzen. Mein Plan sieht folgendermaßen aus: Zum Schein springen drei von unseren Wölfen auf sie zu und locken sie aus ihrer Deckung. Danach muss alles nur noch rasch gehen.<<

Nun mussten wir zügig handeln, denn draußen setzte bereits die Abenddämmerung ein. Einen letzten Angriff noch und wir mussten alles auf eine Karte setzen. Ich holte meine Schützinnen und teilte ihnen je einen fremden Wolf zu. Danach gab ich das Signal zum Angriff. Das Horn ertönte und unsere „Lockwölfe" hetzten in den Keller. Sofort griffen ihre Wölfe wieder an und mein Clan eröffnete das Feuer.
Ruckartig blieben die Getroffenen stehen und unsere Krieger stürmten den Kirchenkeller. Jetzt überwanden wir durch unsere Masse ihren

Pfeilhagel und kämpften sie nieder. Meine Schützinnen feuerten in der Zwischenzeit aus allen Rohren und gaben damit unseren Wölfen Zeit, deren Kampfwölfe anzugreifen. Zwanzig unserer Wölfe stürzten sich auf die Fremden und konnten sie nun endlich überwältigen.

Unsere Wölfe und meine Schützinnen konnten sie gemeinsam so lange in Schach halten, bis ihnen ein Krieger mit einem Dolch oder Speer den Todesstoß versetzte. Die restlichen Sams leisteten zwar heftigen Widerstand, konnten schlussendlich aber doch niedergerungen werden. Als alles vorüber war, sahen wir uns nochmals genau um. Leider mussten wir feststellen, dass einige Sams durch die Kellerfenster doch nach draußen entkommen waren.
Wir konnten nicht mehr genau sagen wie viele geflohen waren, jedoch hatte es kein Wolf von ihnen geschafft. Die Geflohenen konnten wir vorerst nicht weiterverfolgen, wir mussten uns vorrangig um unsere Verletzten kümmern.

Gabriel meinte dazu nur kurz: >>Die paar holen wir uns ein anderes mal.<<

Nun hatte ich endlich Zeit, mir diese „Sams" einmal genauer anzusehen. Diese vielen Horrorgeschichten, die ich gehört hatte, wollte ich selbst einmal überprüfen. Die Danuvianer redeten immer von entstellten Monstern mit schlimmen Fratzengesichtern. Als ich sie jedoch hier liegen sah, stimmte ihr Aussehen nicht mit dem Beschriebenen überein. Sie hatten nur teilweise und wenn doch eine viel schwächer goldglänzende Hautfarbe. Auch waren sie nicht wie die meisten Danuvianer fast unverwundbar. Nein, sie waren sogar eher zarter und kleiner. Auch war keiner von ihnen entstellt, wie man es sich bei uns erzählte. Ich konnte mir beim besten Willen nicht das vorstellen, was ich über sie gehört hatte. Sie kämpften auch nicht so außergewöhnlich gut, wie es geheißen hatte. Mit ihren Blasrohren hatten sie uns zwar schwer zugesetzt, jedoch war keiner von uns daran gestorben.

Nur ihre Wölfe waren wesentlich gefährlicher, als wir gedacht hatten. Sie waren viel wilder und stärker als unsere. Wir zählten insgesamt fünf fremde Wölfe und 36 tote Sams. In der Zwischenzeit wurden unsere verletzten Wölfe in die Krankenstation gebracht, wo jeder verletzte Krieger zu einem späteren Zeitpunkt auch hinkommen würde. Gabriel ordnete als nächstes die sofortige Analyse der vergifteten Pfeile an, damit wir wussten, mit welchem Gift wir es hier zu tun hatten und eventuell ein Gegenmittel entwickeln konnten. Außerdem wollte er, dass alles im Keller wieder gereinigt wurde. Nichts durfte auf unseren Kampf hinweisen. Die Wölfe, wie auch die Sams nahmen wir ebenfalls zur Analyse mit.

Er wollte alles untersuchen lassen, weil auch ihm nicht verborgen blieb, dass hier etwas nicht stimmen konnte. Ich verließ daher mit den anderen Verletzten den Keller und begab mich in die Krankenstation. Außer, dass die kleine Wunde am Fuß etwas brannte, fühlte ich mich aber wieder fit. Als ich im Lazarett ankam, saßen schon etliche hier, die ebenfalls untersucht wurden. Nach einiger Zeit war endlich ich an der Reihe. Nun nahm man mir etwas Blut ab und machte mir ein Abstrich aus der offenen Beinstelle. Sie schmierten mir anschließend etwas Heilsalbe drauf und wiesen mich darauf an, wieder nach Hause zu gehen.

Dies konnte ich aber nicht tun, ohne mich vorher nach Uriel zu erkundigen. Ich wollte ihn unbedingt noch sehen. So bat ich, dass man mich zu ihm bringen solle. Seit seinem Kampf, bei dem er schwer verwundet worden war, hatte ich nichts mehr von ihm gehört. Er war ja irgendwie ein Teil meiner Familie und da war es für mich klar ihn zu besuchen. Ein Sanitäter brachte mich gleich zu ihm und da saß Gabriel schon an seinem Bett.

Uriel lag schlafend da und ich fragte sofort: >>Wie geht es ihm?<<

Gabriel drehte sich zu mir und antwortete: >>Na ja, er hat zwar einiges abbekommen, aber es sollte ihm bald wieder besser gehen. Wie du riechen kannst, haben sie nicht gespart mit der Heilsalbe. Er hatte einen Schulter und ein Beinbruch, außerdem waren noch ein paar Rippen angeknackst. Sein Pelz war aufgerissen am Rücken und ein Ohr wurde gekappt. Bis auf das fehlende Ohr verheilt alles wieder in den nächsten Stunden.<<

Zuerst war ich erleichtert, doch das änderte sich, als er mir anschließend erzählte, dass Uriel noch nie schwer verletzt worden war.

Das hieß, dass wir es wirklich mit einem ernstzunehmenden Gegner zu tun hatten.

>>Die Salbe heilt zwar auch Wölfe, aber nicht ihre Seele<<, sagte Gabriel einmal zwischendurch.

Ich verstand, was er meinte. Die Wunden würden heilen, die Tatsache, dass er verwundet worden war, würde weiter in seiner Seele brennen. Er witzelte sogar etwas darüber, weil es ihn verwunderte, dass ausgerechnet einmal ein Wolf, noch dazu Uriel, verletzt worden war. Natürlich war das nicht ernst gemeint und ihm war sehr wohl bewusst, was da gerade für eine Situation herrschte.
Eher wollte er mich etwas aufheitern, weil ich mir zu viele Sorgen machte. Ich glaubte aber, tief in seinem Innersten überspielte er bloß die eigenen Ängste um seinen Bruder. Denn es hätte viel schlimmer ausgehen können und das wusste auch er.

Wir plauderten noch etwas und ich streichelte dabei sanft über Uriels Kopf. Gabriel meinte dann, dass ich heute eine gute Idee gehabt hätte und dadurch viel Schlimmes vermieden worden war. Er gab unverwunden zu, dass ihm dieser Schlachtplan nicht eingefallen wäre und das ehrte mich sehr. Ich fragte, ob ich noch etwas für ihn tun könne, aber er verneinte und so verabschiedete ich mich.

Beim Rausgehen aus dem Zimmer rief er mir noch zu: >>Uriel und ich werden später noch bei euch vorbeikommen, wenn es dir recht ist. Wir müssen noch etwas bezüglich der Sams besprechen.<<

Ich sagte ihm zu und verließ die Krankenstation. Als ich anschließend heimkam, erwartete mich Luise schon nervös und voller Sorge und wollte wissen, was genau passiert war. Seit unserem Aufbruch zur Kirche hatte ich sie nicht mehr gesehen und dazwischen war doch viel passiert. Zwar geisterten mir Gabriels letzte Worte noch etwas im Kopf herum, aber irgendwie war ich auch froh, dass jetzt erst einmal Ruhe herrschte. Egal, was er mit mir bereden wollte, es war nicht dringend, sonst hätte er es gleich angesprochen.

Ich erzählte Luise alles und verschwieg ihr nur die grausamsten Details. Damit musste sie nicht auch noch konfrontiert werden. Es reichte ja schon, dass ich sie kannte. Wir saßen stundenlang zusammen und bald setzte bei mir die Müdigkeit ein. Als ich auf die Uhr sah, war es inzwischen schon ein Uhr nachts geworden. Ich dachte nicht, dass Gabriel jetzt noch kommen würde und wir gingen ins Bett.

Am nächsten Morgen weckte mich Luise und sagte, dass Gabriel und Uriel da wären, um mit mir zu reden. Ich stand gleich auf, zog mich an und kam in unser Wohnzimmer. Dort saß Gabriel beim Tisch und Uriel, hatte wie so oft, seinen Kopf in Luises Schoß liegen. Er liebte es, wenn sie ihn kraulte und jetzt mit seinem halben Ohr brachte sie ihm noch mehr Mitleid entgegen, was Uriel besonders genoss. Er weiß halt auch, wie man sich Streicheleinheiten holt, dachte ich mir schmunzelnd.

Ich fragte Gabriel, wie es Uriel gehe und er antwortete: >>Danke, soweit ganz gut. Er ist wieder ganz der Alte. Nur das Stückchen Ohr ist weg, sonst ist alles verheilt. Aber das macht ihm nichts aus, denn er hörte vorher auch nur das, was er wollte.<<

Dabei lachte er und sah Uriel unschuldig an.
Uriel hingegen brummte etwas und Gabriel entfuhr daraufhin ein noch lauteres Lachen.

Als er sich wieder beruhigt hatte, übersetzte er mir: >>Uriel meinte gerade, dass wir beide jetzt gehen können und er bei Luise bleiben möchte. Sie ist nämlich die Einzige, die ihn versteht und Mitleid wegen seines halben Ohrs mit ihm hat.<<

Jetzt mussten wir alle lachen und Uriel vergrub seinen Kopf unter einem laut hörbaren Seufzen in Luises Schoß.

Sie hätschelte und tätschelte ihn und meinte mit etwas kindlicher Stimme: >>Das sind alles Unwissende, du zartes Seelchen, komm her und lass diese bösen Männer ruhig Blödsinn reden.<< Dann rieb sie liebevoll ihr Gesicht in seinem Fell.

Nun fiel ich fast vom Sessel und Gabriel klopfte sich mit den Händen vor Lachen auf die Schenkel.
Als wir uns wieder beruhigt hatten und Uriel genug Aufmerksamkeit bekommen hatte, bat er mich in die Schildhalle der Krieger mitzukommen. Die Schildhalle war ihr Versammlungssaal und immer wenn es etwas zu besprechen gab, das alle betraf, besprachen dies die Krieger dort.

Ich dachte mir schon, worum es ging, sah ihn an und sagte nur ein Wort: >>Sams?<<

>>Ja!<< antwortete Gabriel kurz und wir standen auf, um loszugehen.

Ich verabschiedete mich noch von Luise und wir brachen zusammen auf. In der Schildhalle angekommen, saßen schon die Clans zusammen und die Wölfe neben ihnen. Gabriel und ich traten ein und begrüßten alle Anwesenden. „Das muss etwas Größeres sein, wenn alle zusammenkommen", dachte ich mir.

Die Schildhalle hieß nicht nur so, sie sah auch genau danach aus. Überall an den Wänden des großen Saals hängten oder standen Kampfschilde. Jeder Krieger hatte einen und bewahrte ihn hier auf. Auch meiner hing an der Wand, selbst wenn ich ihn so gut wie nie verwendete.
Über einigen Schilden hing ein Stück schwarzer Stoff, das bedeutete, dass dieser Krieger irgendwann einmal gefallen sein musste. Die Schilde hängten aber nicht willkürlich an der Wand, sondern waren nach ihrem Rang geordnet. Ich verstand dieses System nie, denn es waren verschiedenste Auszeichnungen notwendig, um vorgereiht zu werden. Für mich war das aber nicht wichtig und ich dachte, man musste wohl ein geborener Danuvianer sein, um ihr System wirklich zu verstehen. Es gab aber für uns alle etwas Neues und zugleich Trauriges zu sehen. Die Kampfhelme der gefallenen Wölfe hingen ab nun auch an der Wand. Nie zuvor war ein Wolf bei einem Gefecht gestorben.

Nun stellte sich Gabriel vor die Anwesenden und begann: >>Krieger Danuvias, die letzte Zeit war sehr bewegend für uns. Wir mussten kämpfen und töten für unsere Sicherheit. Ich weiß nicht, ob wir da draußen jemals Frieden finden werden. Aber jetzt haben wir auch innerhalb unserer Heimat einen Feind. Das erste Mal in unserer Geschichte kamen die Wesen der Unterwelt zu uns hinauf. Wir haben sie dieses Mal geschlagen. Aber wie ihr selbst gesehen habt, waren diese Sams nicht die, die wir kennen. Die Initiationsläufer haben uns anderes berichtet, abgesehen von den Wölfen sollen sie starke Gegner gewesen sein.<<

Er machte eine kurze Pause, um das Gesagte wirken zu lassen, dann setzte er fort.

>>Ich denke, dass es sich hier um eine Art Ablenkung handelte. Der wahre Grund für ihr Tun liegt noch im Verborgenen. Wir können aber nicht so lange warten, bis sie ihre Pläne umsetzen. Viel zu lange lebten wir mit der Gefahr zusammen und haben sie ignoriert oder verdrängt. Damit muss jetzt Schluss sein. Wir werden diese Gefahr ein für alle Mal beseitigen.
Wenn uns hier und in der Außenwelt Gefahr droht, dann ist das ein Zustand, den wir ändern müssen. Wir können nicht an zwei Fronten kämpfen. Als Erstes klären wir die eine Angelegenheit und danach die andere. Was ist eure Meinung dazu?<<

Nun begann ein wildes Hin-und-her-Gerede, von dem ich nicht wirklich etwas verstand. Die Anwesenden diskutieren einfach zu laut und durcheinander. Ich bekam aber mit, dass sie sich in die Unterwelt wagen wollten, um diesen Teil Danuvias zu befrieden. Nicht über das Warum diskutierten sie, sondern über das Wie. Nach einer Weile des hin und her, fragte Gabriel mich, was ich von der Sache halten würde. Ich sprach etwas mit ihm, während die anderen noch durcheinanderredeten und da stand er plötzlich auf. Gabriel hob seine Hände und wartete geduldig, bis sich alle ruhig verhielten.

Danach sagte er: >>Ich habe gerade mit Ed darüber gesprochen und er hatte einige gute Ideen, um unser Problem zu lösen. Aber diese soll er selbst vorbringen.<<

Danach setzte er sich wieder und forderte mich auf, zur Menge zu reden.

Ich erhob mich und begann: >>Mein Clan und ich sind bereit, mit euch die Unterwelt zu betreten. Ich denke aber, dass wir da sehr vorsichtig sein müssen. Wir wussten bisher weder, dass sie Wölfe haben, noch dass diese so überaus stark sind. Außerdem wissen wir bis jetzt nicht, ob es noch weitere Wölfe in der Unterwelt gibt, oder welche Gefahren sonst noch auf uns lauern, von denen wir keine Ahnung haben. Ihr konntet alle sehen, was Uriel passiert ist und er zählt zu den Besten mit seinen Brüdern. Ihre Pfeile töteten uns zwar nicht, aber das könnte auch nur Taktik gewesen sein um vor etwas Größerem abzulenken. Auch waren ihre Kämpfer nicht die Besten. Alles in allem stimmt hier etwas nicht denke ich. Wenn wir uns da hinunterwagen, dann sollten wir auf sie gut vorbereitet sein. Zu unserem Glück kennen wir jetzt ihre Schwäche. Sie vertragen, so wie ihr früher, kein starkes Licht. Daher schlage ich vor, dass wir starke Taschenlampen mitnehmen, um sie zu blenden.

Ein Feind, der nichts sieht, kann auch nicht kämpfen wie ein Sehender. Außerdem wäre es klug von uns sehr starke Netze für die Wölfe mitzunehmen. Und noch etwas würde uns helfen, spezielle Kleidung als Schutz vor ihren Pfeilen. Es gibt schnittfeste Kleidung in der Außenwelt, lasst uns mit dem Angriff warten und diese Sachen besorgen. So ausgerüstet sind wir am Besten gegen sie geschützt.<<

Kapitel 2
Späte Rache

Anschließend setzte ich mich wieder und Gabriel übernahm erneut das Wort.

>>Lasst es uns so machen, wie Ed es vorschlägt, ich denke, das ist eine gute Strategie. Wir haben dadurch noch ein paar Tage Zeit, uns vorzubereiten. Hat noch jemand einen anderen Plan vorzubringen?<<

Alle sahen uns zustimmend nickend an, aber keiner sagte noch etwas dazu. Jetzt stand fest, dass wir nach meinem Plan vorgehen würden.

Anschließend ergriff Gabriel nochmals das Wort und verkündete: >>Es sind jetzt etliche Tage seit unserem Angriff auf den Zug vergangen.
Auch die Schlacht danach im Grenzgebiet ist schon Tage her. Aber weder die Zeitungen, noch das Internet oder sonstige Medien berichteten darüber. Es ist auch eigenartig, dass nichts von diesem großen Söldnerheer zu lesen ist, das uns überfallen wollte.
Nichts, rein gar nichts wird darüber berichtet. Es erweckt in mir den Eindruck, dass auch hier etwas nicht stimmt. Unsere Medienbeobachter können weltweit keinerlei Berichte über unsere Existenz finden. Hat jemand eine Idee, warum das so ist?<<

Wieder begann eine wilde Diskussion und man warf die skurrilsten Verschwörungstheorien auf. Aber nichts davon hielt einer genaueren Betrachtung stand. Gabriel fragte mich, ob ich eine Ahnung hätte, warum das so wäre, denn ich war immerhin beim Militärgeheimdienst gewesen. Ich überlegte kurz, wie ich es ihnen beibringen konnte, denn eigentlich hatte das Elias damals schon vorausgesagt.

Mit einem lauten Seufzen stand ich wieder auf und legte los mit der unverblümt grausamen Wahrheit: >>Ihr alle kennt mich und wisst, dass ich zu euch stehe. Egal, was kommen mag, unser Schicksal ist verbunden. Aber ich lebte einmal in der Außenwelt und kenne daher ihre Vorgehensweise. Auch Elias sagte es schon einmal, aber etwas anders als ich jetzt. WIR werden NIEMALS zur Außenwelt gehören. Ich erkläre es euch noch einmal mit meinen Worten.
Unser Volk in Danuvia ist einzigartig auf dieser Welt. Meine Haut ist genauso voller Ungalitium wie eure. Das ist der Grund, warum jede Regierung auf dem Planeten alles leugnet und verschweigt, was mit uns zusammenhängt. Niemand soll von uns wissen. Wollt ihr auch den Grund dafür wissen? Es ist das Ungalitium. Für euch ist es Normalität, nicht zu altern. Niemals krank oder fast unverwundbar zu sein. Die Menschen da oben haben all das nicht und Leben auf andere Weise. Sie werden oft krank, sterben auch mal jung oder im Alter an Krebs. Ihr habt ja selbst gesehen, wie verletzlich ICH bin. Und um das alles neidet man uns.

Euer Leben hat hier unten begonnen und ihr kennt die Gier der Menschen nicht.

Ihr kennt keine Lügen, keine Betrügereien und keinen Neid. Euer Denken ist ganz anders als das der übrigen Menschen. Ich bin sicher, dass es weltweit Regierungen und Militärs gibt, die gerade in diesem Moment darüber nachdenken, wie sie es schaffen können uns alles zu nehmen. Auch sie wollen unverwundbar sein oder ewig lang leben. Selbst wenn ihr ihnen Danuvia überlasst, werden sie UNS ALLE verfolgen, einsperren und sezieren. Sie wollen UNS und ihre Gier kennt keine Gnade, denn es ist Gier, die die Welt da oben bestimmt. Gier nach Geld. Gier nach Macht. Gier nach langem Leben. Denn wer an der Macht ist, will auch lange an der Macht bleiben. Leider hatte Elias recht mit allem, was er sagte. Auch wenn nicht alle Menschen schlecht sind, einige sind es doch. Und diese sind meist sehr mächtig und wollen das auch bleiben, am Besten für immer.

Seid euch darüber im Klaren, diese bösen Reichen wie vier Finger Joe und andere Wirtschaftsbosse vertuschen alles. Jedes Wort, das sie nicht hören wollen, wird einfach unterdrückt. Unsere Grabungsarbeiten und das Finden eures Bunkers, haben sie geheim gehalten und der Bevölkerung einfach als Militärübung verkauft. Vergesst nicht, die unwissenden Menschen da draußen dürfen niemals etwas von euch erfahren. Denn sonst würden die Superreichen ihre Vormachtstellung verlieren.
Eure Existenz wird geleugnet, verdreht und geheim gehalten. Ich weiß zwar nicht, wohin das große Söldnerheer verschwunden ist, aber das war auch sicher „nur" ein Militärmanöver.

Die Medien bringen ausschließlich das, was ihnen die Regierungen erlauben. Wir hier unten sind für das restliche Volk nicht existent. DAS ist die traurige Wahrheit.<<

Alle sahen mich nach meiner Ansprache mit großen Augen an und schwiegen bedrückt, als ich mich wieder setzte. Es schmerzte mich sehr, ihnen das so unverblümt gesagt zu haben. Aber ich kannte die Denkweise der mächtigen Profithaie, denn in meinem vorigen Leben an der Oberfläche hatte ich oft genug mit ihnen zu tun gehabt und selbst lange mitgespielt.

Das Schweigen hielt an und Gabriel fragte noch einmal in die Runde: >>Hat noch jemand etwas Vorzubringen? Dann möge er jetzt sprechen.<<

Als sich keiner zu Wort meldete, gab Gabriel noch letzte Anweisungen: >>Wir brauchen jeden Kampfwolf für unsere Aufgabe. Versiegelt jeden Abgang zur Unterwelt so, dass niemand mehr von unten durchbrechen kann. Verschließt und verbarrikadiert anschließend diese Räume. Geht jetzt nach Hause und bereitet euch vor. Ich denke, das nächste Mal, wenn wir auf die Sams treffen, werden wir ihre wahre Stärke kennenlernen.<<

Seine Stimme war gerade verklungen, als hinter dem Eingang zur Schildhalle plötzlich eine laute Stimme erklang: >>Wollt ihr schon wieder ohne mich ein Scharmützel beginnen?<<

Wir vernahmen ein lautes, allen bekanntes Lachen und Eilas bog um die Ecke. Ich wusste gerade nicht, ob ich weinen oder lachen sollte, aber ich freute mich riesig über sein Auftauchen. Doch sofort wurden Stimmen laut, die nicht so erfreut klangen.

>>Wo warst du, Verräter?<<, rief man ihm zu.

>>Wie bist du hier her gekommen<< und >>Wer hat dich hereingelassen?<<, war aus der Masse zu hören.

>>Was willst du hier, du hast hier nichts mehr zu suchen!<<, herrschte ihn einer der Krieger böse an und stellte sich ihm in den Weg.

>>Na Freude sieht aber anders aus, wenn es euch lieber ist, dass ich wieder gehe, dann ... bleibe ich zum Mittagessen<<, entgegnete ihm Eilas und grinste ihn herausfordernd an.

Dabei lächelte er und ging einfach an ihm vorbei. Er kam geradewegs zu unserem Tisch und setzte sich wie selbstverständlich zu uns.

>>Wir dachten, du bist gestorben und hast vier Finger Joe die Unsterblichkeit verkauft?<< fragte ihn Gabriel und Traurigkeit lag in seiner Stimme.

>>Ja stimmt, beides korrekt<<, bestätigte ihm Elias und hatte ständig dieses unerklärliche Grinsen im Gesicht.

>>Na dann klär uns einmal auf<<, forderte ihn
Gabriel neugierig auf und setzte sich hin.

Da begann Elias mit seiner Erzählung: >>Also wenn
ihr mich so nett darum bittet, werde ich euch ein
bisschen was von meiner Abwesenheit erzählen.
Aber vorher noch zu eurer Frage, wie ich hier
hergekommen bin. Es scheint wohl so, dass eure
Wächterwölfe weniger voreingenommen sind als
ihr. Sie haben mich am Nordeingang
hereingelassen.<<

Ein Raunen ging durch die Menge und unterbrach
seine Erzählung. Als sich die Unruhe wieder gelegt
hatte, begann er endlich mit seiner Erzählung.

>>Wie ihr wisst, begann meine Geschichte schon
vor eurer Geburt. Ich war im Zweiten Weltkrieg ein
Gefangener von vier Finger Joe. Dadurch hatte ich
noch eine Rechnung mit ihm offen. Jahrzehntelang
dachte ich, er sei tot, aber wie wir alle feststellen
mussten, war dem leider nicht so. Als ich vor einiger
Zeit herausgefunden habe, dass ER hinter all dem
Übel steckte, musste ich mir einen Plan einfallen
lassen.

Ich kenne ihn und ahnte, dass er nie aufgeben
würde, uns zu verfolgen. Er wusste zu anfangs nur
von euch. Dass auch ich nicht weit weg sein konnte,
war für ihn danach auch klar. Sie hatten es damals
nicht geschafft, mich wirklich zu töten, warum
sollte ich daher in der Zwischenzeit endgültig
gestorben sein? Er wollte eure Langlebigkeit an die
Bestbietenden der Welt verkaufen, aber meine
Unsterblichkeit für sich alleine haben.

Nach seiner Niederlage im Zug entsendete er eine viel größere Armee aus Halsabschneidern. Das wäre immer so weitergegangen, bis sie euch irgendwann einmal vernichtet hätten. Ihr dürft nicht vergessen, er handelte ja nicht allein. Seine Lebensaufgabe war Profit und Macht, beides wollte er ständig vergrößern. So setzte er sich mit den wirklich Reichen und Mächtigen zusammen. Sie wurden von seinen Erzählungen über die Unsterblichkeit geblendet. Dass diese nicht stimmten, erzählte er natürlich nicht. Wenn jemand so wie ihr fast unsterblich ist, wer zählt da noch die Jahre? Außerdem dachte er, wenn er mich einmal analysiert hätte und mein Geheimnis zu wahren Unsterblichkeit besitzen würde, dann könnte er noch einmal ein Geschäft mit ihnen machen. Somit wäre er der mächtigste und reichste Mensch auf diesen Planeten.

Ihn aber offen in seiner „Festung" in Schweden anzugreifen, hätte nichts gebracht außer euren sicheren Tod. Er war nicht nur bestens abgesichert durch seine Wachen. Sondern auch noch in einer strategisch vorteilhaften Lage wegen seines Wohnsitzes. Außerdem verließ er so gut wie nie sein Anwesen und das war wirklich uneinnehmbar aufgebaut.
All seine Geschäfte regelte er von dort und auch dort wurdet ihr scheibchenweise verkauft. Oder sollte ich besser sagen versteigert? Nun bin ich ja nicht ganz unvermögend, aber die Preise für eure Unsterblichkeit lagen weit über der Milliardengrenze. Na ja, so reich bin ich dann doch nicht und so fiel das Herankommen über Geld bei

ihm aus. Herauslocken aus seiner Höhle konnte man ihn mit Geld auch nicht. Daher musste ich ihn auf andere Weise dazu bringen seine sichere Umgebung zu verlassen, wollte ich meine Rache haben.

Ich musste es also irgendwie schaffen, ihn dort zu überlisten, wo die Gier seinen Verstand ausschaltete. So nahm ich Kontakt zu ihm auf und bot ihm einen Deal an. Dieses Geschäft konnte er nicht ablehnen, denn es war das, was er immer schon besitzen wollte.
Er wollte aber nicht meinen wahren Tod, viel mehr wollte er die Unsterblichkeit für sich haben. Mein echter Tod war für ihn ja nicht wirklich wichtig. Als er vom „Verkauf" meines Geheimnisses erfuhr, hätte er sofort alles dafür gegeben. So verlangte ich nur einen kleinen Tausch von ihm. Meine Unsterblichkeit gegen die Heilige Lanze, die angeblich in seinem Besitz sein sollte.

Das war ein zu verlockendes Angebot für Vier Finger Joe und schaltete jegliche Vernunft bei ihm aus. Dieser machthungrige Geizkragen hätte zu allem ja gesagt, nur um in alle Ewigkeit leben zu können. Er weiß aber nun, dass ewiges Leben auch seinen Preis hat. Wer diesen kennt, würde es sich mit Sicherheit dreimal überlegen, ihn zu bezahlen.<<

Er machte erneut eine Pause und blickte in die Runde in der Halle. Alle Augenpaare waren auf ihn gerichtet und warteten darauf, dass er weiter erzählte. Mit dieser kurzen Ansprache hatte er es tatsächlich geschafft, alle auf seine Seite zu ziehen, sogar jene, die bei seinem Auftritt noch gegen ihn gewesen waren. Endlich sprach er weiter.

>>Die Heilige Lanze suche ich schon mein ganzes Leben. Fast nichts ist für mich so wichtig, wie in ihren Besitz zu kommen. Nur durch sie kann ich den wahren Tod sterben und endlich meine Ruhe finden. Nun gut, das ist aber meine private Angelegenheit.

Ich wusste zu diesem Zeitpunkt aber nicht, dass er die Heilige Lanze gar nicht hatte. Sie war niemals in seinem Besitz, noch wusste er, wo sie tatsächlich zu finden wäre. Für mich und meinen Plan, machte das aber keinen Unterschied. Ich musste es nur schaffen, zu ihm zu kommen.

Der Rest wäre dann relativ einfach, aber etwas schmerzhaft für mich. So wurde ich zu ihm nach Schweden eingeladen. Leider hat sich das mit eurem Kampf gegen die Söldnerarmee überschnitten, sonst wäre ich euch beigestanden. Wie ich bedauerlicherweise hörte, hattet ihr dabei einige Verluste zu beklagen.<<

Nun senkte sich sein trauriger Blick zu Boden und seine bedrückte Stimme klang schmerzerfüllt. Seine anschließenden Worte drangen wahrhaft tief in mein Herz ein und ich fühlte seine mitfühlende Trauer.

>>Ich möchte euch hier und jetzt mein ausdrückliches Beileid über euren Verlust ausdrücken. Wenn ich bei euch gewesen wäre, hätte ich es aber auch nicht verhindern können. Was ich

aber verhindert habe, für jetzt und alle Ewigkeit, ist, dass vier Finger Joe uns jemals wieder bedrohen kann. Ich musste einfach weg und das ein für alle Mal klären. Für euch, für mich und für unsere Zukunft! Als ich in seinem Haus ankam, wurde ich natürlich gründlich durchsucht. Wobei Haus kann man dieses Anwesen gar nicht nennen, es ist wohl eher eine Festung. Das Anwesen liegt auf einer Halbinsel und ist vom Meer aus fast nicht zu erreichen. Es gibt nur einen Bootsanlegeplatz und überall patrouillieren Wachen Tag und Nacht. Die Brandung rundherum ist sehr gefährlich und ein „wildes" Anlegen mit einem Boot wäre lebensgefährlich.

Er hat sich in seinem Leben offensichtlich wenig Freunde gemacht. Von außen her gleicht sein Haus eher einem Bunker. Jedes Fenster besteht aus mehrlagigem Panzerglas. Es gibt keine Fassade, nur blanken Beton. Am ganzen Grundstück existieren keine Büsche oder Bäume. Nichts, wodurch man

Deckung hätte. Dazu kommen noch kleine, versteckte Maschinengewehrstände, die überall am Grundstück verteilt sind und betonierte Einfassungen haben. Über den Landweg ist das Haus nicht viel besser zu erreichen. Es gibt nur eine Straße und die ist nur einspurig befahrbar. Schon einige Kilometer vor seinem Grundstück werden in regelmäßigen Abständen alle zufahrenden Fahrzeuge kontrolliert.

Es gibt auch nicht die Möglichkeit, über einen Schleichweg zu seinem Haus zu gelangen. Da gibt es nichts, außer freie Wiesenflächen, über die dutzende Wachen streifen. Um überhaupt einmal zu ihm vorzudringen, wurde ich vier Mal durchsucht und musste in seinem Haus durch einen Metalldetektor gehen. Doch dann war ich endlich in seiner Festung. Als ich vor ihm stand, wusste er noch genau, wer ich war. Nun war ich in der Höhle des Löwen und ihm wieder einmal schutzlos ausgeliefert. Schutzlos ja, aber nicht ohne Absicherung. Meine Zeit bei den Nazis hatte mich schmerzhaft gelehrt, mich immer abzusichern.

Anfangs war er sogar nett zu mir, aber das ist der Teufel auch, bis du ihm deine Seele verkauft hast. Wir unterhielten uns über alte Zeiten und plauderten ein wenig. Ich fragte ihn, wie er es schaffte, immer noch so jung auszusehen. Da schickte er plötzlich seine Wachen weg, die bis zu diesem Moment ständig hinter ihm gestanden waren. Als wir alleine im Zimmer waren, veränderte sich seine nette und freundliche Art mit einem Schlag. Er herrschte mich an, nicht so unschuldig und dumm zu fragen. Seine gewohnt bösartige Fratze kam zum Vorschein, auch der Ton seiner Stimme klang hart und grausam. Es stand wieder der eiskalte Schlächter aus der Nazizeit vor mir. Mit einem diabolischen Grinsen auf seinen hässlichen Lippen meinte er kalt zu mir, dass ich das Geheimnis wohl kenne, er aber jetzt meines wolle.

Ich fragte ihn trotzdem noch einmal, nur um ihn etwas zu ärgern: „Also erzählen Sie, wie Sie hinter das Geheimnis vom Ungalitium gekommen sind." Da begann er voll Häme darüber zu plaudern. Er dachte wohl, dass er mich etwas damit ärgern konnte, weil er auch schon so alt war wie ich und immer noch einen so jungen Körper hatte.

Zufall war es und einfaches Glück, berichtete er voller Stolz. Als er damals in dem Versuchslabor gestanden war, wo auch der fußballgroße Ungalitium Meteor gelegen hatte, war ihm ein kleines Missgeschick widerfahren, wie er es nannte.

Sie hatten gerade versucht, den „Stein" mit über 3500 Grad zu schmelzen. Als der Versuch misslungen war und er dabei nicht einmal handwarm geworden war, hatte er aus Wut mit einem Hammer darauf geschlagen. Dabei hatte sich ein kleines Stück vom Stein gelöst und sich in sein Auge gebohrt. Alle Versuche, es wieder herauszuwaschen, waren missglückt. Eine Operation hätte ihn beim damaligen Wissensstand das Augenlicht kosten können und so hatte er sich entschieden, das Teil im Auge zu belassen. Er meinte, dass es nach zwei Tagen nicht mehr geschmerzt und ihn auch nicht mehr bei seiner

Arbeit behindert hätte. Einige Jahre später, als der Krieg schon vorbei gewesen war und er sich einmal im Spiegel betrachtet hatte, hatte er erkannt, dass sein Auge und das Gewebe herum sich golden verfärbt hatten.

Nach genaueren Untersuchungen mit einem Röntgengerät hatte er auch festgestellt, dass sich der Splitter in seinem Auge vollständig aufgelöst hatte. Von da an war er nur noch viel langsamer gealtert als jeder um ihn herum. Sein Problem war aber nun, dass vom Ungalitium nichts mehr dagewesen war. Da schon, nur wusste er nicht, wo der Rest von dem Stein war. Er selbst war nie im Danuvius Bunker gewesen und bei Kriegsende wurden alle Pläne davon vernichtet.
Der Stein konnte im Kriegsgewirr überall gelandet sein und zur damaligen Zeit war er ja nur ein wertloser Meteor gewesen. So hatte Joe ihn all die Jahre vergebens gesucht und war erst wieder darauf aufmerksam geworden, als er von euch gehört hatte. Nun ja, seine Bemühungen des Steins habhaft zu werden, habt ihr ja selbst kennengelernt. Den Zug und das Söldnerheer hatte er geschickt.<<

Wiederum machte er eine kurze Pause, in der er tief Luft holte und in die Schildhalle blickte. Dann setzte er fort und darüber war ich froh, denn ich war ungemein gespannt, wie es weitergegangen war.

>>Als er mit seiner Geschichte fertig war und ich nun wusste, wie er die Zeit überlebt hatte, wollte er Genaueres über mein Geheimnis der Unsterblichkeit erfahren. Ich wusste, ich war nur so

lange vor ihm sicher, solange er ahnungslos war. Das war mein Trumpf gegen ihn und ich durfte ihn nur zur richtigen Zeit ausspielen. Bei den Durchsuchungen an mir, um zu ihm zu gelangen, wurde mir alles abgenommen. Auch der Heilige Gral, der das Geheimnis ja in sich barg. Ich sagte ihm deshalb, dass er das Geheimnis des ewigen Lebens schon hätte. Er wusste nur noch nicht, wie er es anwenden musste, damit es funktionierte. Da ließ er sich alle Sachen bringen, die sie mir bei den Leibesvisitationen abgenommen hatten. Als er den Heiligen Gral vor sich stehen sah, war er im ersten Moment überrascht über sein einfaches Aussehen. Er hatte so wie viele andere vor ihm auch ein völlig falsches Bild von ihm.

Er konnte es fast nicht glauben, dass er den Heiligen Gral vor sich hatte, weil er so schlicht und einfach gemacht war.

Ich fragte ihn anschließend nach der Heiligen Lanze und da lachte er heftig auf: „Du Narr, dachtest du wirklich, dass ich sie dir übergebe und dich damit abziehen lasse?", fauchte er mir voller Hass und Hohn entgegen.

Ich tat überrascht und unschuldig-naiv. „Du betrügerischer Mistkerl!", schrie ich ihn an, „du hältst die Unsterblichkeit in den Händen und willst mich betrügen? Du hast zwar den Gral, aber du weißt immer noch nicht, wie er angewendet werden muss!" Dabei musste ich innerlich fast lachen. Da saß ich nun im Netz der Spinne, aber er wusste nicht, dass ich Insektenspray mitbrachte. Er bedrohte mich, dass er mir Schlimmes antun würde, wenn ich ihm nicht augenblicklich verriet, wie der Becher anzuwenden war. Als das nichts nützte, zog er eine Pistole hervor und hielt sie mir an den Kopf.

„Sag es oder du kommst wieder in den Käfig", waren seine drohenden Worte. Da tat ich so, als ob ich jetzt wirklich Angst hätte, und sagte ihm, dass wir heiliges Wasser bräuchten, um den Becher zu aktivieren. Ich wusste ja, dass er niemandem vertraute und schon gar niemanden bei dieser Zeremonie zusehen lassen würde.
Er alleine wollte unsterblich sein und jeder andere müsste teuer dafür bezahlen. Nun überlegte er kurz und rief seine Wachen in den Raum. „Machen Sie den Helikopter startklar, wir fliegen kurz weg", befahl er barsch den Männern.

Danach stand er auf und zwang mich, mit vorgehaltener Waffe mitzukommen. Als wir den Bunker verließen, sah ich neben seinem Haus eine Landebahn für Kleinflugzeuge und Helikopter. Rasch traten wir ins Freie und stiegen mit ein paar seiner Leibwächter in den Hubschrauber ein. Da gab er dem Piloten den Befehl, die nächste Kirche anzusteuern. Anschließend flogen wir los und erreichten in weniger als 15 Minuten die nächste, kleine Stadt. Joe war so skrupellos, dass er mitten in der Kleinstadt, genau vor der Kirche landete. Es war inzwischen später Abend und die Kirche war längst geschlossen. Aber das machte ihm nichts aus. Er ließ den Pfarrer durch seine Leibwächter herbringen und übergab ihm ein dickes Bündel Geldscheine als großzügige Spende.

Der Pfarrer öffnete ihm im Gegenzug die Kirche und nur wir beide traten ein. Seine Leibwächter und auch der Pfarrer mussten draußen vor der Tür warten, denn sie durften ja nicht sehen, was er gerade vorhatte. Er wies sie an, dass niemand die Kirche betreten durfte, so lange wir drinnen waren. Egal, was sie hörten, auch wenn geschossen wurde, niemand durfte die Kirche betreten.

Nun fragte er mich, was er tun sollte, um unsterblich zu werden. Und weil ich doch ein hilfsbereiter Mensch war, sagte ich es ihm auch. Er trat zum Becken mit dem Weihwasser und tauchte den Heiligen Gral hinein. Dann drehte er sich zu mir um und fragte, ob er noch etwas beachten musste, bevor er das Wasser trank. Ich verneinte und er kippte das Heilige Wasser hinunter.

In diesem Moment spürst du etwas in dir und es fühlt sich so an, als ob Gott selbst dich berührt. Als er dieses Gefühl bemerkte, grinste er mich mit seinem gehässigen Fratzengesicht an. Jetzt wurde er tatsächlich unsterblich, seine Suche nach der Unsterblichkeit hatte ein Ende. Immer im Anschlag diese lächerliche Pistole, mit der er dachte, mich aufhalten zu können. Klar konnte er mich damit erschießen und später tat er es auch.

Aber vorher wollte er noch das Geheimnis der Heiligen Lanze wissen. Er lachte dabei und fragte mich, warum ich so hinter ihr her wäre. Da erzählte ich ihm ebenfalls die Wahrheit. Als er hörte, dass ein Unsterblicher nur durch sie wahrlich getötet werden konnte, lachte er abermals lauthals auf.

„Du leichtgläubiger, nichtssagender Sklave der Zeit",
sagte er zu mir, „ich habe die Heilige Lanze gar
nicht, ich hatte sie auch nie. Aber das ist jetzt auch
egal für dich, denn ich werde dich erschießen und
wenn du wieder aufwachst, werde ich weg sein. Du
wirst ... du wirst ... du ..." Er unterbrach seine
Hassrede und sah mich entgeistert an.
„Was hast du getan?", fragte er und röchelte mich
an. Dabei hielt er sich mit einer Hand den Bauch
und mit der anderen zielte er mit der Waffe auf
mich. Schmerzverzerrt verzog er das Gesicht und
krümmte sich langsam zusammen. Seine weit
aufgerissenen Augen starrten mich dabei unentwegt
an. Langsam antwortete ich grinsend.
„Nichts, was du nicht noch unendlich oft erleben
wirst. Du stirbst jetzt nur das erste Mal!
Ich kann dir nur sagen, dass es auch bei mir ein
paarmal schmerzlos war aber manches Mal auch
sehr wehtat."

„Aber du sagtest doch, dass ich jetzt unsterblich
wäre und ich konnte es auch fühlen."
„Ja, das stimmt, du wirst wieder erwachen, so wie
ich auch die unzähligen Male in meinem Dasein auf
dieser Erde."
„Aber was hat das dann für einen Sinn, du Narr?",
fragte er und wand sich vor Schmerzen.
„Ach das wirst du noch sehen und jetzt erschieß
mich schon. Du langweilst mich nämlich langsam
mit deinen sinnlosen Fragen." Da drückte er im
Todeskampf noch zweimal ab und ich legte mich
„schlafen".<<

Ungläubig unterbrach ihn Gabriel: >>Dank dir ist er jetzt wirklich unsterblich?<<

Ich mischte mich nun auch ein und fragte neugierig: >>Wenn er tatsächlich unsterblich sein sollte, was hindert ihn daran, uns wieder zu überfallen?<<

>>Ja, er ist jetzt unsterblich und zu deiner Frage Ed, er kommt bestimmt nicht wieder. Ich denke, er hat jetzt andere Probleme als uns<<, antwortete Elias und setzte überheblich grinsend seine Erzählungen fort.

>>Als ich wieder erwachte, lag der Mistkerl ein paar Meter weiter weg von mir tot am Boden. Was er nicht wusste, war folgendes. Zum einen brauchte man am Anfang zehn bis zwölf Stunden, um wieder zu erwachen. Zum anderen hatte ich den Gral innen mit Gift bestrichen, sodass er ebenfalls sterben würde.
Das macht zwar kurzfristig gesehen keinen Sinn, aber auf längere Sicht befriedigte es mich sehr. Außerdem verschaffte es mir die nötige Zeit um mich dafür vorzubereiten, was jetzt kommen sollte. Ich bin zwar grundsätzlich nicht nachtragend, weil sich in maximal 100 Jahren jedes Problem sowieso von selbst gelöst hat. Aber bei ihm machte ich in Anbetracht der besonderen Umstände doch eine Ausnahme. Kurz bevor ich euch verlassen hatte, ging ich nochmals zu eurem Ältestenrat und hab mit ihnen einiges besprochen.

Ihr müsst verstehen, dass ich dieselbe schmerzvolle Zeit wie sie verbracht habe und ich mich dadurch mit ihnen verbunden fühle. Wir sprachen über die alte Zeit und vier Finger Joe. Ich fühlte ihren immer noch vorhandenen Hass und die ganze Wut auf ihn. Das, was er uns angetan hatte, das vergisst man nicht so einfach.

So schmiedete ich einen Plan, um ihn ein für alle Mal loszuwerden. Aber ihn einfach nur zu töten wäre keine befriedigende Art für mich und sie gewesen. Daher beschloss ich, es anders zu machen. Ich überlegte hin und her, wie ich unseren Seelenschmerz beruhigen konnte. Da kam mir eine brillante Idee und ich ging zu euren Schmieden, um Heiligenfiguren anfertigen zu lassen. Diese übergroßen Figuren brauchten ein spezielles Grundgerüst. Ich höre eure Schmiede immer noch fluchen, weil das eine so schwierige und aufwendige Arbeit war. Aber wie ich euch kenne, habt ihr nachgefragt und sie haben es euch erzählt. Was aber auch sie nicht wussten, war, welchen Zweck diese Gerüste hatten und was ich damit vorhatte.

Ich wusste, dass vier Finger Joe seine Gier nicht zügeln konnte, was das ewige Leben betraf. Daher hab ich dieses Treffen vereinbart. Wohl wissend, dass er mich wieder umbringen würde, wenn er bekam, was er wollte. Für mich spielte es keine Rolle, ob er die Heilige Lanze tatsächlich hatte, wichtig war nur, ihm die Unsterblichkeit zu verleihen.

Mein Plan ging auf und er tat genau das, was ich vorhergesehen hatte. Sein Tod und die lange Zeit des wieder aufwachens sollte mir genügend Zeit verschaffen, um ihn anschließend in eine der

Heiligenfiguren zu stecken. Ich wusste ja, dass ich in ein paar Stunden wieder erwachte, er aber viel länger brauchen würde als ich.

Also schnitt ich ihm als erste Maßnahme den Kopf ab und warf ihn den draußen wartenden Leibwächtern vor die Füße.

Natürlich verriegelte ich danach sofort die Kirchentüre. Als sie begriffen, dass ihr Herr und Meister tot war, zogen sie einfach ab wie ich durch das kleine Kirchenfenster neben der Tür beobachten konnte. Die Heiligenfiguren ließ ich von euren Schmieden an die nächstliegenden zwölf Kirchen schicken, die um sein Anwesen standen. Ich war mir sicher, dass er in eine davon gehen würde.

Als seine Leute abzogen, auch in Anbetracht dessen, dass sie jetzt arbeitslos waren und kein Geld mehr bekommen würden, plünderten sie wahrscheinlich noch schnell sein Haus, um wenigstens noch da etwas abstauben zu können. Er war ja nicht unbedingt beliebt bei seinen Leuten so wie er mit ihnen umging.

Jetzt, wo ich mit ihm alleine war, holte ich seinen Kopf und steckte ihn ebenfalls in die Statue. Ich verschloss diese wieder am Boden, wo eure Schmiede eine kleine Klappe eingebaut hatte. Gerade groß genug, um einen Menschen hindurchschieben zu können. Danach rief ich meine Angestellten an und bestellte einen bereitstehenden Hubschrauber. Dieser landete aber etwas außerhalb der Stadt und ich ließ die nun verschlossene Heiligenfigur mit „Inhalt" wieder abholen.

Wir flogen anschließend zu einem meiner privaten Flugzeuge in Schweden und verluden die „Heilige" Fracht darin. Anschließend machte ich einen Kurzbesuch in Bella Italia, genauer gesagt in Sizilien. Wir landeten auf einem kleinen Flughafen und luden unsere Fracht das letzte Mal in einen Helikopter um.

Jetzt wartete ich, bis „Herr unsterblich" in seinem neuen Zuhause aufwachte. Mittlerweile habe ich den Gips der Statue etwas abgeklopft, so dass ich mit Joe noch einmal reden konnte. Als er erwachte, war er natürlich entsetzt über seine beengte Lage. Aber nett wie ich war, beruhigte ich ihn wieder mit sanften Worten und einem unschuldigen Blick. Ich spielte ihm in diesem Moment genau dasselbe Theater vor das er uns damals im Versuchslabor zukommen ließ.

Ich gab das Zeichen zum Abheben und wir flogen los. Der Pilot war einer meiner eigenen Leute. Er wusste, wohin die Reise ging und flog zielstrebig darauf zu. Nun klärte ich Joe über seine neue Heimat auf, die er in Zukunft als Unsterblicher bewohnen durfte. Als wir ankamen und er sah, wohin ich ihn brachte, war sein Entsetzen verständlicherweise groß. Wir kreisten nämlich direkt über dem aktivsten Vulkan Europas, dem Ätna. Da ich aber auch etwas boshaft sein konnte, erklärte ich ihm noch Folgendes: „Jedes Mal, wenn du aus deiner Unsterblichkeit erwachst, wirst du erneut verbrennen. Nur bei dir geht das nicht so schnell wie bei normalen Menschen. Nein, du hast ja auch das Ungalitium in dir und das macht dich für ein paar Minuten hitzeunempfindlich.

Wenn der Effekt aber nachlässt, wirst du ganz langsam verbrennen, vergleichbar mit einem Stück nassen Holz, das man ins Feuer wirft. Keine Angst, du wirst dich hier nie langweilen, denn du darfst das alles live miterleben, vor allem aber spüren! So wie ich, aber auch alle anderen deiner Opfer. Das ist dein Schicksal Tag für Tag, Monat für Monat und Jahr für Jahr bis in alle Ewigkeit. Du wirst leiden wie kein Mensch vor dir. Das ist die Rechnung für deine Gier und all die Leichen, über die du auf deinem mitleidlosen Weg hinterlassen hast. Erinnere dich täglich daran, was du uns angetan hast, möge Gott dir vergeben, die Überlebenden Danuvias und ich tun das nicht." Das waren die letzten Worte, die er von mir hörte. Sie würden wohl für immer in sein Gedächtnis gebrannt bleiben. Danach stieß ich ihn

in den offenen Vulkanschlot und sah ihm beim Versinken in der 1200 Grad heißen Lava zu.
Da sein Käfig aus einer speziellen Stahllegierung aus Wolfram, Osmium und Rhenium besteht, die sogar 3000 Grad aushält, kann er nicht mehr entkommen und hat mehrmals am Tag ein feuriges Erwachen, aber ohne heißer Geliebten. Nun bin ich endlich befriedigt und euer Ältestenrat ebenfalls. Das zusätzlich Schöne an unserer Genugtuung ist, dass er uns nie mehr bedrohen kann.

Das heißt aber auch, ich habe dieser Hydra nur den Kopf abgeschnitten. Ich weiß nicht, ob sich nicht irgendwo auf der Welt eine Neue bildet. Aber sollte das so sein, werden wir dieser in Zukunft gemeinsam entgegentreten. Nur dieses eine Monster musste ich alleine erledigen.<<

Ohne eine Pause zu machen, wechselte er das Thema.

>>Aber da wir gerade davon sprechen, hörte ich da etwas von eurer Unterwelt?
Ihr wollt euch da hinunterwagen? Da ich etwas zu spät gekommen bin, hab ich nicht alles mitbekommen, über das geredet wurde. Also klärt mich Mal auf, damit ich weiß, wofür ich wieder einmal sterben könnte.<<

Stille kehrte in die Halle ein und ich war sicher, dass sich einige von uns schämten, ihn Verräter genannt zu haben. Da stand auf einmal ein Krieger auf, sah sich um und richtete seinen Blick auf Elias.

Dann sagte er verhalten: >>Ich ziehe meine Anschuldigung zurück, Elias. Es tut mir leid, dass ich diese Meinung von dir hatte, ohne die ganze Wahrheit zu kennen. Verzeih mir meine unüberlegte Aussage und sei willkommen in der Schildhalle der Krieger. Es ist mir eine Ehre, dich an meiner Seite zu wissen.<<

Seine Worte brachten mich zum Staunen, denn ich hätte mit dieser Aussage niemals gerechnet. Nun standen viele weitere auf und bekundeten ihren Irrtum mit einem gemeinschaftlichen: >>HUH HAH!<<

Danach strömten alle zu ihm, schüttelten seine Hand und klopften ihm anerkennend auf die Schulter. Große, muskelbepackte Männer verbeugten sich vor einem gegen sie zierlich wirkenden Elias und huldigten ihn. Es sah unglaublich beeindruckend aus, was hier gerade passierte. Nachdem dieser Ansturm sich beruhigt hatte, beendete Gabriel die Sitzung und wir verließen die Schildhalle. Ich musste natürlich sofort Elias zu mir nach Hause einladen und Gabriel ebenso.
Als wir bei mir ankamen, setzten wir uns ins Wohnzimmer und Luise freute sich riesig über unseren mitgebrachten Gast. Auch sie war davon ausgegangen, dass er wirklich gestorben war, hatte aber an einen Verrat nie glauben wollen. Sie bot uns noch etwas zum Essen und Trinken an, verabschiedete sich aber zügig, weil sie noch eine Verabredung mit Petra hatte.

Wir warteten noch, bis Luise gegangen war. Das war auch besser so, denn sonst hätte sie sich wieder Sorgen um mich gemacht. Als wir alleine waren, erzählten wir Elias von unserem Vorhaben mit der Unterwelt und er erzählte uns anschließend von einigen Dingen, die er noch erledigen musste. Danach wollte er, dass wir ihm über die Schlacht im Grenzgebiet berichteten.

Wie es zu den Verlusten unserer Wölfe und Krieger und natürlich auch vom Kampf gegen die Söldner in Danuvia gekommen war. Als wir ihm alles mitteilten, was geschehen war, erkannte ich seine Betroffenheit. Wieder senkte sich sein Blick zu Boden und er atmete ein paar Mal tief aus und ein. Nachdem er sich danach wieder gefangen hatte, klärte er uns auf, was mit der Söldnerarmee passiert war.

Er begann so: >>An dem Tag, an dem vier Finger Joe „offiziell" gestorben war, hatte diese Nachricht bei seinen Truppen natürlich rasch die seine Runde gemacht. Jeder wusste, dass ab nun der Geldhahn versiegt war und keiner mehr etwas von seinen versprochenen Reichtümern bekommen würde. Er hat den Söldnern natürlich nicht von dem Ungalitium oder den Kunstschätzen erzählt. Die haben nicht einmal etwas von eurem Gold gewusst. Er hat ihnen nur großen Reichtum versprochen, wenn sie den Bunker erobern würden. Das Zusammentreffen mit den Sams und ihnen ist einfach Zufall gewesen. Die Söldner haben die Nachricht von Joes Tod nämlich genau zu diesem Zeitpunkt erhalten. Sie wären dann sowieso unverrichteter Dinge abgezogen. Kein Geld, kein weiteres Kämpfen mit euch. Die Sams haben die Entscheidung bloß beschleunigt.

Sie hatten aber das unglaubliche Glück, dass ihnen die Sams nicht aus dem Loch haben folgen können. Das Heer ist, soweit ich weiß, wieder auf dieselbe Art abgezogen, wie es hergekommen ist. Euer Land hat danach wieder einmal alles als erneutes Militärmanöver dargestellt. Wer da genau die Finger im Spiel gehabt hat, weiß ich noch nicht, aber ich werde auch das noch herausfinden.
Irgendwer muss da sehr mächtig sein, die Regierung weiß auf jeden Fall fast nichts. Von denen kenne ich einige und auch für sie ist der Fall „Reichsbrücke" nur eine Militärübung gewesen. Zurzeit kann ich leider nicht mit mehr Informationen dienen, aber ich denke, das ist momentan auch genug. Meine Leute kümmern sich darum und werden den Unbekannten sicher bald ausfindig machen.<<

Kapitel 3
Das Geheimnis der Unterwelt

Elias blieb für einige Wochen bei uns in Danuvia und wir schmiedeten Pläne, wie wir in die Unterwelt eindringen wollten. In der Zwischenzeit hatten wir zwar die bestellten Taschenlampen und Netze bekommen, aber die Schutzkleidung fehlte immer noch. Da hatte Elias einen tollen Einfall.

Er erinnerte sich an eine Schlacht gegen Dschingis Khan und erzählte uns: >>Als ich damals, Anfang des 13. Jahrhunderts, gegen den Großkönig in den Krieg zog, lachten wir über ihre Reiterarmee. Diese hatte nämlich seidene Umhänge angezogen. Wir dachten, sie trugen Frauenkleidung, denn damals trugen nur Frauen Seidenkleider. Es sah ein wenig wie ein kleiner Fallschirm aus, den sie im Galopp hinter sich herzogen.

Wie wir erst später herausgefunden hatten, hatte dieses Seidentuch aber seinen Sinn. Denn als sie an uns vorbei ritten und wir ihnen Pfeile hinterher schossen, blieben sie unverletzt. Die Pfeile verfingen sich in dem wehenden Seidentuch und nahmen ihnen die komplette Durchschlagskraft. Wir konnten das fast nicht glauben und probierten es selbst aus. Und siehe da, es funktionierte hervorragend.

Seide ist so fein versponnen, dass sie lose hängend selbst Pfeile von 150 Pfund Bögen wirkungslos werden lässt. Wir brauchen daher nicht auf diese schnittfeste Kleidung warten. Eine ausreichend große Anzahl an großen Seidentüchern erfüllt auch den Zweck. Wir spannen sie einfach an ihrer Oberseite an eine Holzstange und tragen sie vor uns her. Wenn wir dann mit Pfeilen beschossen werden, verlieren diese ihre Wirkung.<<

Wir waren sprachlos. Noch nie hatten wir von dieser Kriegslist gehört. Gabriel und mir gefiel dieser Vorschlag, denn lose Seidentücher waren viel leichter und unauffälliger zu beschaffen, als Spezialkleidung. Wir bestellten einige Rollen Seidenstoff und schnitten sie für unser Vorhaben zurecht. Als wir alles fertig hatten und loslegen konnten, vereinbarte Gabriel noch ein Treffen mit dem Ältestenrat. Er wollte von ihnen wissen, wer in der Unterwelt alles eingesperrt worden war. Gabriel selbst konnte sich, wie auch alle anderen nicht mehr daran erinnern, denn selbst die „Ältesten" unter ihnen waren damals noch Kinder gewesen. Ein paar Tage später trafen wir uns mit dem Rat und fragten sie, mit wem wir es da unten zu tun bekommen könnten.

Sie berichteten uns von einfachen Mördern oder wahnsinnig gewordenen Männern und Frauen. Von Wissenschaftlern und Ärzten, die sich damals geweigert hatten, ihnen zu helfen. Ebenfalls waren Ex Militärs und Menschen in der Unterwelt zu finden, die für die Allgemeinheit eine Gefahr darstellten.

All jene sollten für uns keine große Bedeutung haben, aber dann erzählten sie uns etwas, das uns aufhorchen ließ. Sie sperrten auch sechs Wölfe unten ein, bei denen eine Seelen/Geist Verschmelzung nicht funktioniert hatte. Damals hatten sie noch nicht gewusst, dass diese Übertragung nur bei sehr kleinen Kindern funktioniert hatte. Diese Wölfe waren verrückt geworden und hatten versucht, jeden in Stücke zu reißen, der ihnen zu nahe gekommen war. Nur mit Mühe und Not konnten sie im Untergrund gebannt werden. Dann waren da aber auch noch drei Mentalbegabte eingesperrt. Zwei Telepathen und ein Telekinet. Diese drei hatten damals einen Putsch gegen die Ältesten angezettelt und hatten ihre Macht danach ungezügelt ausleben wollen. Die Ältesten berichteten uns weiter, dass diese drei besonders gefährlich wären und starke Fähigkeiten hätten. Sie warnten Gabriel davor, sie zu unterschätzen. Sie sollten böse, verschlagen und skrupellos sein.

Anschließend rief einer der Ältesten Gabriel zu sich und reichte ihm beide Hände. Wortlos drückte er seine Stirn an die Gabriels und die beiden verharrten so einige Minuten. Danach löste der alte Mann diese Verbindung wieder und flüsterte ihm noch etwas ins Ohr. Gabriel bedankte sich bei ihm und wir verabschiedeten uns von ihnen. Beim Zurückgehen konnte ich es mir nicht verkneifen, Gabriel zu fragen, was der Alte im gesagt hat. Auch das mit dem „Stirn zusammendrücken" verstand ich nicht und wollte wissen was es bedeutete.

Da meinte Gabriel nur: >>Das ist eine alte Sitte bei den Chinesen. Er wünschte mir Glück und segnete mich.<<

Als wir zurückkamen, berief Gabriel noch einmal eine Versammlung in der Schildhalle ein. Die Danuvianer trafen rasch ein. In wenigen Stunden waren alle versammelt und wir klärten sie über unseren fertigen Schlachtplan auf. Gabriel teilte die einzelnen Kampfgruppen ein und gab letzte Anweisungen.

Abschließend gab er noch bekannt: >>Morgen werden wir am Nordabgang in die Unterwelt eindringen. Unsere Läufer berichteten immer, dass hier die leichteste Kampfzone wäre. Beim südöstlichen Abgang gäbe es nach deren Berichten den stärksten Widerstand. Daher vermuten wir, dass ihre größte Streitmacht im Südosten liegt. Vergesst nicht, dass es da unten noch mindestens einen Wolf geben muss. Seine Stärke übertrifft die unserer Kampfwölfe bei weitem.
Daher zögert nicht, einzugreifen, wenn sich euch die Chance bietet. Wir gehen nur mit unseren

beseelten Wölfen da runter. Die Unbeseelten wären eine Gefahr für uns alle im Kampf. Verwendet die Netze, sie halten auch dem wildesten Wolf stand und ihr könnt ihn auf diese Weise fixieren. Auch die Seidentücher sind wichtig, denn hinter jeder Ecke könntet ihr in einen Pfeilhagel laufen.

Sichert Gang für Gang und Halle für Halle ab, bevor ihr weitergeht. Verwendet auf jeden Fall die Taschenlampen! Sie blenden eure Gegner und ihr habt dadurch kurzfristig einen Vorteil. Wir kennen die Gänge der Unterwelt nur aus Erzählungen der Ältesten. Einen groben Plan davon hat jeder Gruppenführer bei sich.
Vergesst nicht, da unten kann euch alles erwarten. Sollte ein Gegner wider Erwarten zu stark sein, zieht euch zurück und wartet auf Verstärkung. Begeht keine Heldentaten oder unüberlegte Handlungen, dafür ist diese Schlacht zu wichtig. Wir müssen zuerst wissen, mit wem wir es zu tun haben und ob jemand von denen auffällig stark ist. Da unten soll es drei sehr gefährliche und mental starke Gegner geben.

Lasst euch nicht unüberlegt auf sie ein. Wartet auf Unterstützung und gebt uns sofort Bescheid. Wenn eine Gruppe auf einen der drei stößt, dann zieht euch schnell zurück und verständigt mich. Ich werde rasch zu euch kommen und mich ihm stellen. Wenn ein Areal sicher ist, wird es besetzt und als Basis für den weiteren Vorstoß genutzt. Wir sind über 300 Krieger mit 15 Kampfwölfen, stellen wir uns den Dämonen der Vergangenheit, sonst werden wir nie echte Ruhe und Frieden finden.

Raphael kann uns auch diesmal nicht begleiten, er wird hier patrouillieren und für die Sicherheit daheim sorgen. Sollten die Sams einen anderen Weg gefunden haben, um hier heraufzukommen, wird er uns das wissen lassen und unsere Familien mit seinem Rudel beschützen. Morgen früh geht es los, bereitet euch also vor.<<

Nun wurde es ernst und wir kehrten alle in gedämpfter Stimmung nach Hause zurück. Ich redete noch mit Luise darüber und verbrachte einen schönen Tag mit ihr. Wir machten uns gemeinsam etwas Gutes zum Essen und gingen anschließend noch in einen der Chillräume, wie wir ihn nannten. Dort gaben wir uns der Musik hin und genossen unsere gemeinsame Zeit mit allen Sinnen.
Schon alleine an der Art, wie die Leute hier spielten, wusste man um die Stimmung in Danuvia. Wider Erwarten war sie aber nicht bedrückend, sondern eher fröhlich, ausgelassen. Nun ja, die Danuvianer feierten, freuten und trauerten auf ihre ganz eigene Art.

Am nächsten Morgen war es dann so weit, ich verabschiedete mich von Luise mit einer langen Umarmung und einen wunderbaren Kuss und verließ sie. In Gedanken versunken bewegte ich mich in Richtung Nordabgang. Je mehr ich mich von daheim entfernte, umso mehr konnte ich mich von Luise lösen und kam Schritt für Schritt in der Gedankenwelt des Schützenführers an. Am Sammelpunkt traf ich bereits auf viele vollständig ausgerüstete Krieger in ihren Kampfharnischen. Mitten unter ihnen standen meine

Scharfschützinnen in einer kleinen Gruppe zusammen. Wir würden heute als Kämpfer teilnehmen, denn unseren Waffen waren hier unten wertlos. Gegen Soldaten waren sie furchtbare Waffen, aber gegen diesen Gegner würden wir hier nichts ausrichten. Da war es besser, als Krieger mitzukämpfen. Als alle beisammen waren, rief Gabriel noch einmal zu Vorsicht und Ruhe auf.

Neben ihm stand ein Chemiker, der ein Blasrohr in seinen Händen hielt und verkündete: >>Die Laboruntersuchungen sind abgeschlossen. Wir haben ein starkes Neurotoxin gefunden, das nicht tödlich ist, dafür aber eine sehr schnelle Lähmung auslöst. Einige von euch haben das ja selbst erlebt. Das Gefährliche dabei ist, dass die bereits einmal Getroffenen nicht noch einmal getroffen werden dürfen, da sonst ein Atemstillstand eintritt. Dieses Nervengift bleibt sehr lange Zeit in eurem Körper. Wird jemand zweimal getroffen, muss er sofort künstlich beatmet werden, sonst erstickt er! Wir richten unten in der ersten, sicheren Halle ein Notfalllazarett dafür ein. Verwendet auf jeden Fall eure Seidentücher und lasst zuerst die Nichtgetroffenen gehen.<<

Nachdem er das gesagt hatte und alle bereit waren, machten wir den Abgang zur Unterwelt frei. Das dauerte jedoch ein paar Minuten, da auf dieser Falltüre jede Menge an Kisten mit Gold zur Beschwerung lagen. Als die Klappentür geöffnet wurde, stieg sofort ein extrem widerlicher Geruch durch die Öffnung empor. So richtig konnte ich diesen Gestank gar nicht beschreiben. Es war eine

Mischung aus verwesendem Fleisch, Moder und roch bestialisch. Es war für mich unvorstellbar, wie da unten überhaupt jemand bei dem Gestank leben konnte. Wir leuchteten zuerst einmal mit unseren Taschenlampen in den dunklen Abgang. Als wir nichts erkennen konnten, stiegen die Ersten vorsichtig die Stufen hinab in das dunkle Nichts.

Nach meiner Zeit bei den Schatten konnte ich mich zwar gut in der Dunkelheit orientieren, aber hier beschlich mich sofort ein mulmiges Gefühl der Angst. Es war schließlich ein gewaltiger Unterschied ob um einem herum Freunde waren, oder unbekannte Wesen, die nur darauf lauerten, einen zu töten. Oder dass in dieser Dunkelheit jemand auf dich lauerte, der dich töten wollte. Doch auf genau solche Situationen war ich hier jahrelang trainiert worden.
Den Fokus zu behalten und jedes Angstgefühl zu unterdrücken war im Mittelpunkt meiner Ausbildung gestanden. Jetzt war dieses Wissen überlebensnotwendig. Ich wusste, dass ich mit den besten Kriegern von Danuvia in den Kampf ziehen würde. Auf diese Kämpfer konnte ich mich also blind verlassen. Als ich an der Reihe war, abzusteigen, rief mich plötzlich Tina die Hautärztin zu sich.

Ich trat aus der Reihe und fragte, was jetzt noch so wichtig wäre und da meinte sie: >>Ich hab da etwas für dich. Wir haben jetzt viel bessere Labore und haben für dich einen Wundschaum entwickelt. Da du relativ leicht verletzbar bist, weil dein Gewebe anders ist als unseres, konstruierten wir für dich

einen speziellen Schaum. Wenn du verletzt wirst, kannst du damit deine Wunden behandeln.
Du sprühst ihn einfach auf die betroffene Stelle, wartest ein wenig und die Wunde schließt sich. Wenn ein Schwert oder Speer dich trifft, zieh ihn einfach heraus und behandle die Wunde so, wie ich es dir gesagt habe. Du kannst zwar auch die Heilsalbe verwenden, aber unser Schaum wirkt an dir besser. Ein Nebeneffekt ist auch, dass deine Haut immer widerstandsfähiger wird, je öfter du ihn aufträgst.
Am besten ist, du schmierst ihn dir jetzt, bevor du dich hinunter wagst, überall drauf und wartest etwas. Danach wiederholst du diese Prozedur einmal täglich. In ein paar Wochen solltest du durch diese Behandlung eine halbwegs schnittfeste Haut haben. Leider wurden wir erst jetzt damit fertig und konnten dich nicht vorbereiten.<<

Na da war ich aber froh, etwas spät aber doch. Wer wusste schon, was in Zukunft auf mich zukommen mochte? So turbulent wie jetzt, hatte ich niemals zuvor gelebt. Ich bedankte mich noch bei Tina und ließ alle in den Laboren schön grüßen. Danach stellte ich mich etwas abseits in einen Nebenraum, zog mich aus und schmierte mir den Schaum überall hin. „Etwas klebrig, das Zeug aus der Dose", dachte ich noch, als plötzlich wieder dieser ekelhafte Geruch der Heilsalbe in meine Nase stieg.

„Oh Gott, jetzt stinke ich furchtbar und so muss ich da runter zu meinen Waffenbrüdern!", dachte ich etwas geschockt.

Der Schaum verbreitete denselben Gestank wie die Salbe, nur etwas zeitverzögert. Als ich wieder aus dem Nebenraum herauskam, stand Tina immer noch da und wartete auf mich.

>>Ich wollte es dir nicht vorher sagen, weil ich ja weiß, wie ekelig du den Geruch findest. Aber nun weißt du es ja und wirst dich bestimmt noch daran gewöhnen<<, entschuldigte sich Tina mit einem breiten Grinsen im Gesicht.

Nun war ich nicht mehr so sicher, wer mehr stank, die Unterwelt oder ich. Ich reihte mich wieder in die Schlange an Kriegern ein. Denn mehr als dreihundert Mann in eine andere Ebene über eine schmale Treppe zu bringen dauerte einfach etwas. Doch nach einer kurzen Wartezeit war es so weit, ich stieg hinab in die Unterwelt. Unten angekommen traf ich mich mit meiner Kampfgruppe und wir zogen nach unserem Plan los. Ich hatte eine Position hinten eingenommen, denn ich durfte nicht nochmals von einem Pfeil getroffen werden.

Diese Gänge waren so wie unsere einen Stock höher angelegt. Nur dass hier keine Glühbirnen waren, die etwas Licht spenden konnten. Dafür gab es etwas, das ich nie zuvor gesehen hatte, leuchtende Steine. Ich fragte einen Krieger in meiner Gruppe, ob er jemals etwas Ähnliches gesehen hatte, aber er verneinte erstaunt. Diese faustgroßen Steine gaben ein grelles Licht ab, fühlten sich selbst aber kalt an. Sie lagen alle paar Meter am Boden herum und leuchteten gerade so hell, dass ein Weg erkennbar war.

Um nur herumzugehen, reichte diese Art der Beleuchtung aus, wir aber hatten ja etwas anderes vor. Wir hatten unsere Taschenlampen und leuchteten mit ihnen jeden Gang soweit aus, wie es ging. Es waren professionelle Lampen, denn sie leuchten auf mindestens 200 Meter alles aus. Verstecken und uns aus dem Hinterhalt angreifen konnte uns daher niemand. Meine Gruppe bestand aus zehn Kriegern und einem Wolf. Jeder hatte ein Schwert und/oder einen Wurfspeer dabei. Nur ich hatte zwei 45er Pistolen mit jeder Menge Munition. Mein Kampfharnisch war zwar auch auf das Tragen eines Schwertes ausgelegt, aber ich hatte nur ein etwas größeres Messer für den Nahkampf mit.

Den Rest wollte ich mit meinen Pistolen erledigen. Man könnte fast sagen, ich war von der alten Schule und verließ mich lieber auf meine Pistolen. Was ich auch noch dabei hatte, war ein simples Blasrohr mit ein paar dutzend Pfeilen. Diese Idee habe ich mir von den Sams abgeschaut. Ihre einfachen Waffen waren ja sehr effektiv gewesen und hatten uns sehr zugesetzt. Warum sollten wir nicht auch damit kämpfen? Auch meine Pfeile waren in Nervengift getränkt. Jedoch hatte ich zwei Arten davon, die einen machten dich kampfunfähig und die anderen töteten. Mit jedem Schritt, den wir gingen, wuchs meine Anspannung. Wir entfernten uns ja immer weiter von den anderen. Zwar wusste ich, dass hinter uns nichts Böses mehr kommen konnte, aber vor uns konnte uns jederzeit etwas überraschen. Angst vor einem plötzlichen Pfeilhagel hatte ich nicht. Denn niemand konnte so weit schießen, wie unsere Taschenlampen leuchteten. Aber ein angreifender feindlicher Wolf konnte jederzeit auf uns zulaufen. Der allerdings wäre mit Schwertern oder meiner 45er auch nicht zu stoppen gewesen. Zwar hatten wir einige Netze dabei, aber ausprobiert und geübt hatte das vorher auch keiner.

Die größten Gefahren lauerten aber immer an Ecken oder Eingängen in andere Räume. Niemand konnte um ein Eck leuchten oder dieses untersuchen, immer stellte es eine große Gefahr für uns dar. Wir bewegten uns aber trotz des Lichtes lautlos, denn hören war der einzige Sinn, auf den wir uns verlassen konnten, um eine Ecke einschätzen zu können. An der Spitze unseres Trupps schlich ein voll gepanzerter Wolf. Wir hatten aus dem Angriff im Kirchenkeller gelernt und hatten, so gut es ging, jede freie Stelle seines Körpers geschlossen.
Er war hier unten unsere Lebensversicherung. Selbst ein übermächtiger Wolf wäre eine Zeit lang mit ihm beschäftigt und hätte uns Krieger in der Zwischenzeit nicht angreifen können. Wir drangen

immer tiefer in die weitläufigen Gänge und Hallen der Unterwelt ein und noch immer war kein anderes Wesen zu finden. Unsere nervöse Anspannung stieg mit jeder Ecke, aber gleichzeitig machte sich eine Unsicherheit im mir breit. Was stimmte da nicht? Warum trafen wir auf keinerlei Gegner? Wo war die Falle? Diese Fragen quälten mich ohne Pause.

Wie erwartet kamen wir nur langsam voran, denn wir wollten ja nicht in eine Falle laufen. Meter um Meter sicherten wir die Gänge, aber außer dem furchtbaren Gestank bemerkten wir nichts von fremden Wesen. Auch hörten wir von den anderen nichts, kein Kampfgeschrei oder des typische Wolfsgeheule. Es herrschte gespenstische Stille. Wüssten wir es nicht besser, so konnte man meinen, in einem unbewohnten Gewölbe unterwegs zu sein. Mir kam es nur so vor, dass der ekelhafte Geruch immer intensiver wurde, je weiter wir gingen. Wir hatten den Auftrag, alle 50 Meter auf einen Boten zu warten, der das Okay zum Weitergehen gab. So wusste der Hauptverband unserer Streitmacht immer, dass dieses Gebiet „sauber" war und wo wir uns ungefähr befanden.

50 Meter klangen normalerweise nicht viel, waren aber nach fünf, sechs Ecken oder mehreren Räumen eine Ewigkeit weit weg. Wir hatten zwar 25 Kilometer vor uns, aber Gott sei Dank war der Bunker nicht sehr breit. So strömten wir in jeden Gang oder Raum und sicherten unsere Basis hinter uns ab.

Bei dem Tempo, das wir hatten, wussten wir, dass es Tage dauern würde, um alles zu sichern. Nach circa zwei Stunden erreichten wir eine große Halle. Hier konnten wir erste Anzeichen für Bewohner entdecken. Es war zwar keiner zu sehen, aber uns fielen Schlafplätze, Geschirr, Matratzen und andere Gegenstände auf, die hier herumlagen. Das gelagerte Essen, wenn man das so nennen konnte, war mehr vergammelt als essbar, zumindest für unsere Begriffe.

Insgesamt vermittelte die Halle den Eindruck, als ob das nur eine Zwischenbehausung gewesen wäre. Wie konnte jemand bloß ständig hier wohnen, fragte ich mich entsetzt? Alles war dreckig, zerlumpt, kaputt oder zerrissen. Das war mit Sicherheit keine Dauerwohnstätte. Außerdem bemerkten wir, dass hier mehr als eine „Familie" zeitweilig hausen musste. Das Lager war so etwas wie ein Massenquartier, wo mindestens zwanzig Menschen leben mussten. Selbst in unseren Wolfclans, die anders lebten als wir Menschen, sah es ordentlicher aus als in dieser Unterkunft.

In Anbetracht dessen, dass hier nie etwas „Neues" heruntergekommen war und diese Ebene „vergessen" worden war, wunderte ich mich nicht

sehr darüber. Wir sicherten auch diese Halle und
warteten auf die zweite Sicherungsmannschaft.
Nach einiger Zeit kamen sie und berichteten, dass
andere Gruppen ebenfalls solche Behausungen
vorgefunden hätten. Auch alle menschenleer. In
einem dieser Lager wurde allerdings etwas sehr
Beunruhigendes gefunden, wurde uns erzählt.
Menschliche und tierische Knochen. Diese Tatsache
alleine würde nicht so schockieren, doch an diesen
Knochen hatte man Nagestellen entdeckt.

Jetzt fiel mir wieder Gabriels Anspielung ein.
„Könnten das hier unten Kannibalen sein?", fragte
ich mich nun auch. Wir stellten Wachen auf und
machten erst einmal eine längere Pause. Die
Anspannung, ständig auf der Hut zu sein, fordert
einem in kurzer Zeit alles ab. Ich war nach zwei
Stunden schon erledigt und begrüßte diese
Ruhezeit.
Sofort sank ich erleichtert in einer Ecke zu Boden
und konnte von da aus alles überblicken.
Ich war jetzt schon hundemüde und hätte auf der
Stelle einschlafen können, doch wollte ich das nicht
gleich offen allen zeigen. Einer meiner
Waffenbrüder kam zu mir und fragte, ob alles in
Ordnung wäre.

Da meinte ich angespannt: >>Hier unten ist es für
mich etwas anderes als oben zu kämpfen. Alleine
die engen Gänge und die Tatsache, dass man hier
nirgends mal Deckung suchen kann, fordern mich
schon sehr. Und wie geht es dir dabei?<<

Er sah mich kurz an und gab mir lächelnd zur Antwort: >>Um mich brauchst du dich nicht zu sorgen. Ich war hier schon Mal. Aber ich bewundere dich sehr Ed! Ich dachte nicht, dass du überhaupt so lange durchhältst. Ich brauchte einige Jahre, um mich hier hinunter zu wagen und du bist gleich beim ersten Mal dabei.<<

Nun fragte ich neugierig nach: >>Einige Jahre? Du warst hier schon einmal?<<

Er lachte kurz auf und meinte: >>Ja, 40 Mal bin ich schon gelaufen, und jedes Mal war es eine starke Herausforderung und Überwindung für mich, herunterzugehen. Jeder in unserer Gruppe war schon mindestens 30 Mal hier. Du bist also in einer sehr starken und erfahrenen Mannschaft, wir passen schon auf dich auf. Du bist nicht umsonst bei uns gelandet<<, erklärte er.

Ich wusste zwar nicht mehr, wie lange er redete, aber ich erinnerte mich noch daran, was danach passierte.

>>Ed ... Ed ... los es geht weiter<<, hörte ich von weitem. Da stupste mich jemand an. Im ersten Moment zuckte ich erschrocken zusammen und Adrenalin durchfuhr meinen Körper. Doch dann erkannte ich, dass nur Gabriel neben mir war.

>>Was ist los?<<, fragte ich erschrocken und das Herz schlug mir bis zum Hals.

>>Nichts Ed, aber wir müssen jetzt weiter. Du bist kurz eingenickt<<, flüsterte er mir zu.

>>Was, ich hab geschlafen? Wie lange?<<, entgegnete ich völlig überrascht.

>>Drei Stunden<<, gab mir Gabriel schmunzelnd zur Antwort.

„Wow", dachte ich erstaunt und war nun hellwach. Ich sah mich um und bemerkte, dass um mich herum viele Krieger saßen und sich ausruhten. In der Zwischenzeit rückte das Hauptheer vor und lagerte in dieser Halle. Ich fragte Gabriel beschämt, ob er mich zu meiner Gruppe bringen könne, doch er meinte, dass ich ab jetzt in einer anderen wäre. Diese werde sich aber mit meiner alten treffen und da könne ich dann wieder bleiben.

Gabriel hatte mich aus genau diesem Grund geweckt, weil diese neue Gruppe jetzt auch losziehen wollte. Ich schloss mich also dieser Kampftruppe an und wir brachen auf. Offenbar war der Weg, schon gesichert, denn vorsichtig war keiner von ihnen. Sie unterhielten sich beim Gehen und waren dabei nicht gerade leise.
Nach circa 30 Minuten hob der Anführer plötzlich die Hand und hielt an. Augenblicklich wurde es still. Urplötzlich schlug die lockere Stimmung um und alle waren angespannt und konzentriert. Der Anführer leuchtete mit seiner Taschenlampe eine vor uns stehende Wand an. Dabei schwenkte er den Lichtkegel ein paarmal hin und her. Da tauchte auf einmal ein zweiter Lichtschein vor uns auf.

Jetzt wusste ich, dass wir ganz vorne waren. Das war das Zeichen, dass es sich um eine Gruppe von uns handelte. Dieser Trupp hatte mich wieder zu meiner alten Kampftruppe geführt. Nun konnte ich wechseln. Unsere beiden Gruppen vereinigten sich und zogen anschließend gemeinsam weiter. Nur dieses Mal wieder in voller Bereitschaft, denn das hier war unbekanntes Terrain.

Wir schlichen voran und lauschten in die Weiten der Gänge, als unser Wolf plötzlich anhielt und zu knurren begann. Er stand wie angewurzelt da und blickte starr geradeaus. Seine Nackenhaare hatten sich aufgestellt und machten ihn noch größer und bedrohlicher.

Sofort leuchteten wir den Gang aus, konnten aber nichts erkennen. Da gab es in den ersten 100 Meter gar nichts außer auf der rechten Seite einen Eingang zu einen Raum.

Wir spannten das Wolfsnetz und hielten unsere Seidentücher bereit. Unser Anführer wippte einmal sehr schnell nach vorne und leuchtete gleichzeitig in den Raum hinein. Das wiederholte er noch ein paar Mal und sprang plötzlich mit einem gewaltigen Satz hinein und wir folgten im sofort. Als wir drinnen waren und alles ausleuchteten, konnten wir jedoch nichts Ungewöhnliches erkennen.

Der Raum, in dem wir uns befanden, war ungefähr fünf Mal sechs Meter groß und vollkommen leer, aber unser Wolf knurrte beunruhigend weiter. Vorsichtig und nach allen Seiten blickend verließen wir das Zimmer wieder und blickten uns dabei nochmals prüfend um, aber da war nichts weiter.

Es war und blieb ein leerer Raum. Was hatte der Wolf hier wahrgenommen?

Als hätte er meinen Gedanken gehört, drehte sich ein Krieger zu mir um und flüsterte uns zu: >>Der Wächter sagt, er würde Gefahr fühlen, er kann aber nicht ausmachen, woher es genau kommt.<<

Das war jetzt der zweite Omnilingualist, den ich kennenlernte. Gabriel war auch einer, aber ich hatte nie einen Zweiten in Danuvia kennengelernt. Nun, ich habe aber auch nie einen Danuvianer kennengelernt, der ein Angeber gewesen war oder mit seinen Fähigkeiten geprahlt hätte. Der Wolf ging ein paar Mal hin und her und beruhigte sich anschließend wieder. Noch ein wenig verunsichert und weiterhin voll konzentriert setzten wir unseren Weg fort.

Ab nun schlichen wir noch vorsichtiger diesen Gang entlang und kamen an seinem Ende zu einer weiteren großen Halle. Als wir sie betraten und ausleuchteten, erkannten wir viele kleine Räume mit Gittertüren davor. Hier mussten die ehemaligen Zellen der Ältesten gewesen sein, als hier noch die Nazis geherrscht hatten.
Wir konnten deutlich erkennen, dass jede Tür aufgebrochen worden war. Es war schon beeindruckend für mich, das zu sehen. Schon alleine die Erzählungen darüber reichten mir, um eine Gänsehaut zu bekommen. Diese Halle war mindestens 100 Meter lang und ging nahtlos in eine andere über. Links und rechts von uns befanden sich diese kleinen Zellen und es gab wenig Platz

zum Ausweichen. Wir waren äußerst vorsichtig, denn in jeder dieser endlos wirkenden Zellen konnte sich jemand verstecken und uns auflauern.

Die Halle zu durchsuchen dauerte eine kleine Ewigkeit und war sehr nerven- und kräfteraubend, obwohl wir uns aufteilten. Doch dann hatten wir die letzte Zelle überprüft und zum Glück niemanden gefunden.

Nach zwei dieser Hallen waren wir für diesen Tag fertig. Erschöpft warteten wir auf die Verstärkung und stellten unsere Wachen auf. So komisch es klingen mag, aber ich legte mich zum Ausruhen und Schlafen in eine dieser Zellen. Von drei Seiten den Schutz einer festen Mauer zu haben erschien mir sicherer, als draußen am Gang zu bleiben, auch wenn überall Freunde und Kampfgefährten lagerten. Sollte hier jemand angreifen wollen, müsste er zuerst die Gittertür öffnen und das verschaffte mir wiederum Zeit zum Handeln. Die Nacht verlief bis auf ein paar Gespräche zwischen einzelnen von uns ruhig und es gab es keinerlei Störungen. Für mich war die Stille eigenartig und etwas bedrückend, denn ich fragte mich ständig, wo diese „furchtbaren" Sams waren. Die paar Kreaturen, die wir bei der Kirche geschlagen hatten, konnten doch nicht alle gewesen sein, oder?

Nach dem Aufwachen trug ich als erstes meinen Schaum auf. In diesem Moment wusste ich meine Zelle erst recht zu schätzen, denn damit hatte ich ein wenig mehr Intimsphäre. Es wäre mir unangenehm gewesen, den Schaum vor allen anderen auftragen zu müssen.

Als ich damit fertig war, zog ich meine Kampfausrüstung an und fand mich bei den anderen ein. Es dauerte nicht lange, dann waren wir vollständig und zogen weiter.

Wir fanden zwar immer wieder Hallen oder Räume, die ganz klar darauf hinwiesen, dass die Sams hier gewesen sein mussten, aber von ihnen selbst gab es keinerlei Spur. Jetzt war ich schon einen ganzen Tag und eine Nacht hier unten, doch an den Gestank konnte ich mich noch immer nicht gewöhnen.

Als wir um die nächste Ecke bogen, stieß ein Ersatztrupp zu uns und meldete, dass wir nicht weitergehen sollten. Wir wussten zwar nicht genau warum, aber wir hielten uns daran. Ein paar Stunden später, wir saßen immer noch in der Halle herum und warteten auf neue Informationen, da kam Gabriel mit Uriel zu uns. Er fragte unseren Gruppenführer, ob ihm gestern etwas Merkwürdiges aufgefallen wäre.

Dieser dachte kurz nach und meinte dann: >>Unser Wächter glaubte einmal, Gefahr zu fühlen. Wir prüften gewissenhaft den fraglichen Raum, da wir aber nichts sehen oder hören konnten, gingen wir bis hierher weiter.<<

Gabriel bat ihn anschließend: >>Kannst du mir diese Stelle zeigen?<<

Unser Anführer fragte ihn, warum das wichtig wäre.

Da erzählte uns Gabriel: >>Der Wächter hat sich nicht geirrt, irgendetwas ist hinter unsere Linien gekommen. Wir wissen nur noch nicht, wie oder was. Auch ich konnte es fühlen, nur sehen konnte ich es noch nicht.<<

Unsere Gruppe setzte sich mit Gabriel in Bewegung. Wir gingen den Gang zurück, bis zu dem Raum, wo unser Wolf geknurrt hatte. Wieder schlug der Wächter bei dem kleinen Raum an, aber als wir hineinsahen, war da erneut nichts. Mir war das alles ein Rätsel und den anderen wohl auch. Nur Gabriel blieb stehen und flüsterte einem Krieger etwas ins Ohr. Dieser lief anschließend den Gang weiter zurück. Gabriel redete in der Zwischenzeit beruhigend auf den Wächter ein. Es vergingen gute zehn Minuten und wir warteten wie bestellt und nicht abgeholt. Da fragte ich Gabriel, was das Ganze sollte, aber er tat so, als ob alles in Ordnung wäre.

Ausweichend meinte er nur zu mir: >>Wir warten nur auf die andere Gruppe, bis wir weiterziehen können.<<

Jetzt verstand ich gar nichts mehr. Ich dachte mir gerade noch: „Wozu sind wir dann hierher zurückgekommen?" Da kam auch schon der Läufer zurück. Im Schlepptau folgten jedoch fünf schwer gepanzerte Wölfe und dutzende Krieger. Sie teilten sich links und rechts vor dem Eingang auf und Gabriel stellte sich genau davor hin.
Wir leuchteten mit unseren Lampen hinein und erhellten ihn damit. Ich blickte ums Eck, konnte aber nur Betonwände sehen. Da war rein gar nichts!

Plötzlich rief Gabriel in den Raum hinein: >>Zeig dich, wer auch immer du bist!<<

Nichts passierte.
Da drängten unsere sechs Wölfe in den Raum und bauten sich gleich hinter dem Eingang zu einer Wand aus gefletschten Zähnen und ausgefahrenen Krallen auf. Dazu knurrten sie bedrohlich.

>>Noch einmal sag ich es nicht, zeig dich!<<, grollte Gabriels laute Stimme durch den Raum. >>Wir wissen, dass du da bist. Wir haben deine Deckung erkannt, also komm sofort heraus!<<

Auf einmal kam wie aus dem Nichts ein großer, schneeweißer Wolf und stand mitten in dem Raum. Er fletschte seine Zähne und ging in eine gebückte Angriffsstellung. Obwohl er nur einer gegen sechs war, zeigte er keinerlei Angst vor unseren Wölfen. Dieser Wolf war übersät von großen Narben. Sein Pelz war gezeichnet von unzähligen Kampfspuren und er stellte sich furchtlos unseren sechs Wächtern entgegen. Plötzlich kam ein zweiter grauer Wolf aus dem Nichts hervor und zeigte ebenfalls seine Zähne.

Beide standen da und bedrohten unsere Wächter, als Gabriel energisch in den Raum rief: >>Zeig dich oder wir töten euch sofort.<<

Ich stand an der Ecke und konnte alles genau beobachten. Plötzlich kam aus der hinteren Ecke ein kleiner Junge. „Wie kann das sein? Da war doch gar nichts und der Junge kann ja nicht wie die Wölfe aus dem Beton gekommen sein", dachte ich

verwirrt. Den Jungen schätzte ich auf circa 13 oder 14 Jahre und er kam mir nicht sonderlich bedrohlich vor. Nicht so seine Begleiter, die waren wirklich furchteinflößend und verhielten sich auch so.
Der Kleine kam bis in die Mitte, stellte sich zwischen die beiden Wölfe und fasste ihnen in den Nacken.
Unsere Kampfwölfe waren zum Sprung bereit und hätten jederzeit angreifen können. Die Situation war zum Zerreißen gespannt, aber Gabriel redete auf einmal sanft und freundlich auf den jungen Mann ein.

>>Wer bist du?<<, fragte er ruhig.

>>Keine Angst, wir tun dir nichts zuleide und haben das auch nicht vor. Aber beruhige bitte deine Beschützer, wir wollen doch nicht, dass hier etwas Schlimmes passiert.<<

Gabriel wagte jetzt noch einen sehr mutigen Schritt, denn er wies unsere Wächter an, dass sie den Raum verlassen sollten.

Nur mit äußerster Vorsicht und noch immer kampfbereit zogen sie sich zurück.

Als das geschehen war, streckte er seine leeren Hände vor und fragte: >>Haben du und deine Freunde Hunger?<<

Der junge Mann reagierte nicht, doch Gabriel gab einem Krieger ein Zeichen und der lief los, um Essen zu holen. Die beiden Wölfe fletschten immer noch die Zähne, aber Gabriel zeigte keine Angst vor ihnen. In diesem Moment fiel mir ein, dass die Ältesten nur von fünf Wölfen gesprochen hatten, die sie in die Unterwelt gesperrt hatten. Das war jetzt einer zu viel und somit wussten wir, dass es hier auch Nachwuchs gegeben haben musste.

Jetzt blieb eine spannende Frage im Raum: „Wie viele?". Wir wussten ja noch zu gut, was diese Wölfe anrichten konnten. Gabriel redete weiterhin beruhigend auf den Kleinen und seine Wölfe ein, als unser Krieger wiederkam. Er hatte einen größeren Sack in der Hand und übergab ihn Gabriel, der zwei Karpfen daraus hervorholte.

>>Willst du?<<, fragte Gabriel. >>Nimm sie, wir meinen es gut mit dir.<<

Die ganze Zeit über sagte der junge kein Wort, aber als er den Fisch sah, weiteten sich seine Augen. Er zeigte auf den Boden und deutete, dass Gabriel den Fisch hier hinwerfen sollte. Gabriel legte ihm den Fisch hin und der graue Wolf schnappte in sich sofort und zerrte ihn in knurrend die hintere Ecke. Dann hielt er ihnen den zweiten Fisch hin. Diesen schnappte sich der weiße Wolf gierig und alle drei zogen sich vorsichtig nach hinten zurück. Der Kleine klopfte dem Grauen an die Seite und der stürzte sich förmlich auf einen der Fische. Der weiße Wolf beobachtete uns jedoch weiterhin mit Argusaugen und war jederzeit kampfbereit. Mit zwei, drei Bissen, verschlang der Graue den Fisch und ließ nur ein kleines Stück davon übrig. Als er fertig war und aufpasste, packte der Weiße seinen und fraß ihn ebenso schnell wie der andere. Nur ein kleines Stück blieb davon über.

Deutlich merkte man, dass sie es gewohnt waren, unter Feinden zu leben. Nie blieben sie ohne Wache und ständig waren sie in Alarmbereitschaft. Nun holte sich der junge Mann den Rest und stopfte ihn gierig in sich hinein. Aber die Ausspeisung war noch nicht zu Ende. Da holte Gabriel noch einen Apfel hervor, rollte ihn zu den drein hin und deutete „Essen". Der Kleine schnappte sich den Apfel und roch erst einmal daran. Vorsichtig drehte er ihn in seiner Hand von einer Seite zur anderen und betrachtete ihn dabei genau.

Gabriel zeigte darauf und sagte: >>Iss ihn, das ist zum Essen.<<

Da holte er einen zweiten Apfel hervor und biss selbst herzhaft hinein. Nun kostete der Kleine vorsichtig erst einmal ein kleines Stück und kaute unschlüssig darauf herum. Danach drehte er sich schnell zur Wand und wir hörten nur noch schmatzende Geräusche.
Offensichtlich war Hunger hier unten ein großes Thema. Der Kleine tat mir sogar leid, so zerlumpt wie er war. Gerade Mal ein kleines Stück Stoff umhüllte ihn und er war furchtbar dreckig. Man konnte an dem Jungen jede Rippe zählen und die Wölfe waren ebenso ausgemergelt wie er. Ich musste kein Hellseher sein, um zu erkennen, dass hier nicht das Böse auf uns lauerte. Das machte sie aber trotzdem nicht harmlos und sie durften auf keinen Fall unterschätzt werden.

Gabriel redete die ganze Zeit auf die drei ein und setzte sich sogar vor sie auf den Boden. Er legte seine Waffe weg und zeigte so, dass von ihm keine Gefahr ausging. Doch all sein Reden und Bemühen brachten nichts, die drei blieben misstrauisch. Vor allem der weiße Wolf reagierte gereizt auf ihn. Bei jeder kleinen Bewegung, die Gabriel machte, knurrte er ihn sofort an und ging in Angriffsstellung. Da rief mich Gabriel zu sich und machte mir einen irrwitzigen Vorschlag.

>>Wäre es für dich in Ordnung, wenn wir Judith herholen? Sie ist in seinem Alter. An ihr kann er sehen, dass es auch bei uns Kinder gibt und wir keine Mörderbande sind, die ihm etwas antun möchten. Außerdem denke ich, dass Gleichaltrige eher Vertrauen zueinander aufbauen und eine gemeinsame Sprache finden können!<<

Was ich zu diesem Zeitpunkt noch nicht wusste, mir aber jetzt erzählt wurde von Gabriel, war, unweit von uns wurden zahlreiche Leichen gefunden. Das war gleich beim Aufstieg zum Reichsbrückenaufgang. Es waren die Leichen von Sams. Diese waren jedoch hier unten von wem anderen getötet worden, als von unseren Kriegern. Jetzt musste ich erst einmal schlucken, denn mit dem hatte ich nicht gerechnet. Gabriel meinte noch, dass bis zur Hälfte der Ebene bereits alles sicher sei. Dass keine weiteren versteckten „Unsichtbaren" gefühlt oder gefunden wurden. Er versicherte mir, dass auch Raphael mitkommen würde und hier unten keinerlei Gefahr für Judith drohte. Ich überlegte etwas und willigte jedoch anschließend

ein. Gabriel schickte sofort einen Boten los, um
Judith zu holen. In der Zwischenzeit sprach er
unentwegt auf die drei ein und fütterte sie weiter
mit kleinen Häppchen Fisch. Dabei fragte er den
Jungen, ob er etwas von den Toten wüsste, die in der
Nähe lagen. Doch der sagte immer noch kein Wort.
„War er traumatisiert?", dachte ich, „oder konnte er
schlicht weg nicht reden?"
Es dauerte eine Weile, aber dann kamen Judith und
Raphael um die Ecke gebogen. Sie fragte, was los
wäre und ich zeigte wortlos auf unser
„Problemkind".

Judith sah in den Raum und ging einfach ohne
weiteres Reden hinein. Sie setzte sich vor den
Jungen und sagte ebenfalls kein Wort. Gabriel stand
danach auf und kam zu uns heraus. Raphael blickte
uns kurz an und ging anschließend ebenfalls in den
Raum. Da sprang der weiße Wolf auf und bedrohte
ihn mit einer massiven Angriffsgeste. Judith erhob
sich und stellte sich wortlos vor den Weißen. Einige
Sekunden später beruhigte er sich wieder und legte
sich neben den Jungen. Uriel verhielt sich für mich
sehr eigenartig. Er beobachtete die Situation nur aus
dem Hintergrund.

Ich fragte Gabriel, was sie hier machten und er
erklärte mir: >>Judith unterhält sich mit ihm. Der
Junge ist ein Telepath und Omnilingualist mit
außergewöhnlichen Fähigkeiten. Ich habe so etwas
selbst noch nie erlebt. Offensichtlich kann er eine
Art Schutzschirm um sich herum erzeugen. Dabei
wird er für jeden „unsichtbar". Er kann damit aber

auch diese Wölfe vor jedem abschirmen. Ich denke, dass die drei nur so hier unten überleben konnten. Du hast es ja selbst gesehen, in dem Raum konnte man nichts erkennen. Nur die Wächter fühlten etwas und ich auch. Aber was es genau war, konnten wir nicht ausmachen. Fest steht aber, der Junge ist nicht gefährlich, sondern bloß ängstlich. Er spricht auch nicht so wie wir, sondern auf seine ganz eigene Art. Ich kann es nur schwer beschreiben, denn es sind eher Fragmente als Sätze die er von sich gibt. Er hat mich zwar verstanden, blieb mir gegenüber aber trotzdem verschlossen. Der weiße Wolf hingegen ist sehr gefährlich und würde mich sofort angreifen, wenn der Kleine ihn nicht zurückhielte. Der Weiße versteht alles, aber reagiert überaus aggressiv auf mich.

Darum ließ ich Judith holen, sie ist auch ein Kind und erzählt ihm von uns. Auch die graue Wölfin versteht mich, aber sie hat kein Vertrauen zu uns. Ihnen fehlt ebenfalls die natürliche Zurückhaltung gegenüber Menschen. Beide sind jedoch mit einem menschlichen Geist beseelt, wie ich telepathisch erkannte. Das verstehe ich aber selbst nicht, denn diese beiden Wölfe sind nicht die wahnsinnig gewordenen von damals.

Judith kann mit allen drei reden und dringt viel besser zu ihnen durch als ich. Wir hingegen können hier nur warten und sehen, was passiert. Raphael ist zum Schutz bei ihr. Alle drei sind ihr gegenüber jedoch nicht böse oder aggressiv. Sie wollten sich nur verteidigen, als wir sie hier entdeckten. Die drei wollen nur überleben, nicht mehr und nicht weniger. So gesehen kann ich ihre Reaktion verstehen. Judith fragt gerade, warum sie sich versteckten und wo die anderen wären. Wo seine Eltern sind und wie er und seine Begleiter heißen.<<

Einen Augenblick später drehte sich Judith um und rief uns zu: >>Der Weiße heißt Dämon und die graue Fee. Er sagt, er selbst heißt „Futter", aber was ist das für ein komischer Name?<<

Im ersten Augenblick verstand ich ihre Frage nicht, aber dann durchfuhr es mich wie ein Blitz. Der hieß nicht nur Futter, sondern war eines, doch für wen? In der Zwischenzeit schickte Gabriel die versammelten Wächter und Krieger weiter. Es waren zu viele hier versammelt und das trug zu einer Entspannung der Lage nicht unbedingt bei. Jetzt waren nur noch Gabriel, Uriel, Judith, Raphael und ich da.
Judith baute in der kurzen Zeit zu dem Kleinen eine relativ gute Verbindung auf. Obwohl ich keine Worte hörte, sah ich, wie sie ständig gestikulierten. Für mich eine sehr eigenwillige Art der Unterhaltung, aber Gabriel verstand da schon um einiges mehr als ich. Er übersetzte mir immer wieder und so vergingen die Stunden.
Mittlerweile entspannten sich die fünf in dem Raum so sehr, dass Judith sogar die graue Wölfin streicheln konnte. Der Junge war hingegen von Judith sehr beeindruckt und betastete vorsichtig ihr Gesicht und die Haare ab. Für mich sah das so aus, als ob er noch nie einen anderen Menschen angefasst hätte.

Ganz vorsichtig und behutsam berührte er sie und roch an ihren Haaren. Ganz offensichtlich war das eine völlig neue Art des Kennenlernens für beide. Plötzlich sprang der weiße Wolf Dämon auf, senkte seinen Kopf und fletschte die Zähne in Richtung Ausgang. Gabriel und ich drehten uns blitzartig um und leuchteten sofort den Gang aus. Da hörten auch wir in einiger Entfernung Laufschritte auf uns zukommen.

Ein paar Minuten später kam ein Bote zu uns und berichtete aufgeregt: >>Wir werden angegriffen! Wölfe stürmen unsere Linien und Pfeile prasseln auf uns ein. Wir können die Front zwar halten, aber kommen nicht weiter voran. Die Netze halten die Wölfe zwar kurz ab, doch springen immer wieder neue darüber hinweg. Die Seidentücher wehren die Pfeile ab, doch wir verlieren immer mehr davon. Wenn es so weiter geht, werden wir schwere Verluste hinnehmen müssen.<<

Bei dieser Sachlage zögerte Gabriel nicht lange und gab sofort das Kommando zum Rückzug.

Ich fragte ihn, warum er so schnell aufgeben würde und da gab er zur Erklärung: >>Ich will hier unten nicht einen Mann verlieren. Außerdem hat sich die Sachlage verändert, es gibt Unschuldige! Jetzt ziehen wir uns erst einmal zurück und planen neu, wenn wir mehr wissen.<<

Er schickte den Boten mit dieser Nachricht zurück und sagte Judith, dass wir sofort gehen müssten.

Da entgegnete sie ihm selbstbewusst: >>Nicht ohne die drei. Wir müssen ihnen helfen und sie beschützen. Wenn sie hier gefunden werden, sind sie verloren.<<

Gabriel stimmte ihr zu und drängte aber auf einen schnellen Aufbruch. Judith nickte, stand auf und hielt dem Jungen die Hand hin. Der aber legte ihr seinen Finger auf ihren Mund und zog sie plötzlich zu sich in die hintere Ecke des Raums.

Ohne ein Wort zu sagen, fuchtelte er mit seinen Händen herum und Judith flüsterte in unsere Richtung: >>Kommt sofort alle her, die Jäger der Unterwelt kommen schon! Stellt euch zu uns an die Wand und seid leise. Der Tonfall ihrer Worte machte mir mehr als deutlich, dass es ernst wurde. Jetzt waren wir in Lebensgefahr.<<

Gabriel, Uriel und ich huschten sofort in den Raum und taten, was Judith sagte. Zu einer Flucht war keine Zeit mehr. Jetzt waren wir mehr oder weniger gefangen in diesem kleinen Raum, vertrauten aber vollkommen auf Judith und den Jungen. Vier Wölfe, zwei Kinder und wir beide standen eng aneinandergeschmiegt in einer Ecke des Raums. Das, was nun folgte, war das Seltsamste, das ich je erlebt hatte. Der Junge hob seine Arme und erzeugte plötzlich eine Art Schutzschirm vor uns. Von hier aus gesehen war es wie eine Seifenblase. Nur waren wir in dieser Blase. Ich konnte genau sehen, wo die Grenze war und sogar hindurch blicken. Das „Kraftfeld" flimmerte etwas, aber wir konnten alles hören und sehen, was davor passierte.

Wir sahen ein paar Wölfe vor dem Eingang vorbeilaufen. Mir blieb vor Schrecken fast das Herz stehen. Gabriel zog langsam sein Schwert und ich meine beiden Pistolen. Wir waren zum Kampf bereit, aber der Junge zeigte uns nur, dass wir still sein sollten. Meine Waffen konnten zwar keinen Wolf verletzen, aber aufhalten beziehungsweise bewegungsunfähig machen konnte ich ihn. Das wiederum würde Gabriel die Zeit geben, ihn zu erstechen. Wir wussten ja nicht, um wie viele Wölfe oder Sams es sich bei dem Trupp handelte, aber kampflos wollte ich nicht sterben. Ich hatte in diesem Augenblick nur Angst um Judith, weniger um mich.

Wir warteten gespannt, als urplötzlich ein Wolf direkt vor dem Eingang stehenblieb. Er hob die Nase, betrat den Raum und blickte sich um. Er stand direkt vor mir, konnte uns aber weder sehen noch riechen. Da hetzten auch schon weitere Wölfe am Eingang vorbei. Nun drehte er sich auf einmal um, sprang wieder beim Eingang raus und verfolgte die anderen. Dann war der Spuk vorbei. Erleichtert, aber leise atmete ich tief durch. Wir warteten noch eine Weile und sahen in dieser Zeit noch etliche Wölfe bei unserem Eingang hin und her laufen. An ein Hinausgehen oder Flüchten war nicht zu denken. Sie hätten uns sofort verfolgt und angegriffen. Jetzt hatten wir ein Problem. Keiner von uns wusste, was unsere Krieger in der Zwischenzeit machten, wo sie waren oder ob sie uns bereits suchten. Wir selbst wussten ja nicht einmal genau, wo sie angegriffen wurden.

Um dorthin zurückzukommen, wo wir in die Unterwelt hinabgestiegen waren, war es noch ein weiter Weg. Ohne größere Hindernisse wäre er in drei Stunden zu schaffen, doch jetzt gab es hier mehr Probleme, als uns lieb war. Unsere einzige Chance zurückzukommen, war unser neuer „Führer". Ihm mussten wir jetzt vertrauen und auf seine Fähigkeiten hoffen.

Wir standen immer noch wie angewurzelt an dieser Wand und wagten kaum zu atmen. Regungslos warteten wir hier, als der Junge langsam zum Eingang trat und hinaussah. Dann deutete er uns, mitzukommen. Ich ließ mich nicht zweimal bitten, schnappte Judith an der Hand und folgte ihm wortlos. Gabriel und unsere Wölfe blieben hinter mir. Nur Dämon schlich sich vorbei und setzte sich an die Spitze unserer kleinen Gruppe. Es war sein Gebiet, hier führte er die Truppe an, wollte er damit sagen.

Wir gingen zuerst den Weg zurück, den wir gekommen waren, dann bogen wir in einen anderen Gang ab. Hier war es überall stockfinster und nur unsere Blase erzeugte eine Art leichten Lichtschein im Inneren. Ich hatte keine Ahnung, wo wir waren, aber der Junge bewegte sich zielstrebig durch die Gänge. Diese Leuchtsteine lagen nicht in jedem Gang herum, es gab immer wieder auch Tunnel, in denen absolute Dunkelheit herrschte, das hatten wir auch schon zuvor feststellen müssen.

Immer wieder blieben wir in Räumen stehen und mussten uns an Wände drücken, wenn Wölfe in der Nähe waren. Wir sahen mindestens zehn von diesen Tieren, die jedoch wenig mit unseren Wölfen zu tun hatten. Gabriel sagte mir während des Gehens kurz, dass diese wilden Bestien anders im Kopf waren als unsere. Extrem leise schlichen wir von Raum zu Raum und von Gang zu Gang. Dabei sahen wir immer wieder menschliche Überreste wie Knochen, Schädel und Kleidungsstücke vereinzelt herumliegen.

Die ganze Zeit, in der wir auf der Flucht waren, liefen uns die fremden Wölfe über den Weg. Manchmal waren sie nur wenige Meter von uns entfernt, konnten uns aber nicht wittern. Sams hingegen sahen wir bis jetzt keinen Einzigen. Wenn ich ehrlich war, wollte ich in unserer Lage auch gar keinen von ihnen treffen. Ich wollte nur raus aus der Unterwelt und Judith sowie uns alle in Sicherheit wissen.

Aus den gedachten drei Stunden bis zum Ausgang wurde nichts, denn wir waren schon jetzt eine kleine Ewigkeit unterwegs und noch immer nicht in der Nähe des Aufgangs. Das ständige Verstecken und Abwarten brauchte seine Zeit, aber der Junge manövrierte uns bis jetzt sicher und doch zielstrebig durch die feindlichen Wölfe. Der kleine Mann wusste offensichtlich, was er tat und vor allem, wie er es tat. Ich deutete öfter zu Gabriel, ob er wusste, wo wir wären, aber seine Gesten verrieten mir, dass er selbst keine Ahnung hatte. Judith sagte uns jedoch, dass wir nichts reden sollten. Die Gefahr gehört zu werden, wäre viel zu groß.

Endlich nach vielen Stunden des Hin- und Herlaufens, Ausweichens und Versteckens, sahen wir die Halle mit der Treppe nach oben. Wir standen in einem Gang unmittelbar davor, konnten aber nicht weiter, da hier immer wieder Wölfe herumliefen. Nun gab uns der Junge zu verstehen, dass wir uns entlang der Wand voranschleichen sollten, bis in unmittelbare Nähe des Aufgangs. Da sollten wir bewegungslos verweilen, bis irgendwann eine Lücke entstand, durch die wir flüchten konnten.

Unser Problem war nur, der Aufgang wurde mittlerweile von oben verschlossen.

Wir mussten es also irgendwie schaffen, die Stufen hinaufzukommen, anzuklopfen und so lange durchzuhalten, bis oben jemand aufmachte. Das war im Moment ein Ding der Unmöglichkeit, da ständig der eine oder andere Wolf vorbei lief. Sie waren wie von Sinnen und rasten wild durch die Gegend, denn sie konnten uns fühlen aber nicht sehen. Jetzt standen wir so knapp vor dem Ziel und konnten dennoch nicht weiter.

Da begann der Junge auf einmal, Dämon mit seinen Händen verschiedene Zeichen zu geben. Ich verstand sie zwar nicht, doch in einem unbeobachteten Moment sprintete Dämon plötzlich in den Gang zurück, aus dem wir gekommen waren. „Was war das jetzt?", dachte ich noch und sah Gabriel fragend an. Er schüttelte nur den Kopf und zuckte mit den Schultern. Judith deutete uns mit ihrem Finger auf dem Mund und erinnerte uns damit, dass wir unbedingt leise sein mussten. Jedes noch so kleine Geräusch würde uns verraten. Die Minuten vergingen und fühlten sich wie Stunden an, in denen nichts passierte. Da hörten wir plötzlich ein weit entferntes Heulen. Sofort blieben die anwesenden Wölfe stehen und lauschten in die

Richtung, aus der es gekommen war. Danach hetzten alle wie auf Kommando in einen der gegenüberliegenden Gänge und verschwanden. Einige Sekunden später deutete uns der Junge, dass wir sofort die Stufen hoch und verschwinden sollten. Judith sprang als erste die Treppe hinauf und hämmerte an die Falltür.

Dabei rief sie: >>Aufmachen, sofort aufmachen, ich bin´s, Judith!<<

Kaum war ihre Stimme verklungen, öffnete sich die Tür und einige Krieger hielten ihre Speere herunter. Judith, Gabriel und ich sprangen die Stufen hinauf, durch die Tür und waren in Sicherheit. Der Junge und die Wölfin hingegen zögerten noch etwas. Sie waren offensichtlich geblendet von unserem Licht, das von oben herab schien. Die zwei standen regungslos auf den Stiegen und starrten in die Richtung, aus der das Heulen kam. Etwas ließ sie noch zögern.

Judith rief ihm panisch zu: >>Kommt beide sofort hoch, hier passiert euch nichts, hier seid ihr in Sicherheit!<<

Doch die beiden bewegten sich noch immer nicht. Judith hielt ihre Hände nach unten, um ihnen auch zu zeigen, dass sie kommen sollten. Mit einem Mal änderte sich die Situation, denn da hörten wir sie auch schon kommen. Wildes Fletschen und Gerangel näherte sich unserem Ausstieg, wir konnten aber nichts erkennen. Als urplötzlich der Junge und die Wölfin heraufsprangen und die

Wachen mit ihren Speeren zur Seite stießen. Fast zeitgleich sprang der weiße Wolf Dämon durch die Tür und hinter ihm noch ein zweiter.
Geistesgegenwärtig schlugen unsere Wachen sofort die Falltür zu und schmissen sich darauf, um sie zu beschweren.

Das Ganze ging blitzschnell, sodass wir gar nicht verstanden, was da los war. Wir sahen nur kurz zwei Wölfe, die so schnell gewesen waren, dass sie vor lauter Schwung in die gegenüberliegende Wand krachten. Als sich der fremde Wolf aufrappelte und erkannte, wo er war, sprang er sofort auf Gabriel zu, der ihm am nächsten stand. Wild zähnefletschend wollte er sich auf ihn stürzen, doch Dämon sprang ihn von der Seite an und schleuderte den fremden Wolf zur Seite.
Es begann ein furchtbarer Kampf auf Leben und Tod. Die beiden bissen und rissen aneinander und ihre Geräusche waren ohrenbetäubend laut. Ein wildes Knäuel Fell rollte am Boden und niemand wagte es, dazwischenzugehen. Wie denn auch, die beiden waren so schnell, dass ein Eingreifen von uns gar nicht möglich gewesen wäre.

Der Kampf dauerte nur eine Minute, bis Dämon den fremden Wolf am Hals zu packen bekam und zubiss. Er hielt ihn so lange fest, bis er nur noch kurz zuckte und sich anschließend nicht mehr bewegte. Selbst als er offensichtlich tot dalag, ließ er ihn nicht los und zerrte wild knurrend an ihm herum. Das Ganze war absolut furchteinflößend und wir standen alle erstarrt daneben und wagten es kaum zu atmen.

Judith stand mit schreckensstarrem Blick direkt neben dem Jungen und fasste instinktiv nach seiner Hand, um sich an etwas festhalten zu können. Er sah sie aber nur entgeistert an und zog seine vor lauter Schreck wieder zurück. Das wiederum bemerkte Dämon und machte einen gewaltigen Satz auf Judith zu. In diesem Augenblick hob der Junge seine Hand und streckte sie dem Wolf entgegen. Es war unübersehbar, dass Dämon einen extremen Beschützerinstinkt hatte. Er deutete Judiths Berührung offenbar als Angriff und schien auch mit der neuen Situation überfordert zu sein. Außerdem war er extrem nervös und aggressiv. Auch das helle Licht blendete die drei und ließ Dämon noch gereizter werden, als er ohnehin schon war.

Die graue Wölfin Fee hingegen war wiederum sehr ruhig und drängte sich zwischen Judith und Dämon. Zeitgleich huschte der Junge an Fee vorbei und packte Dämon mit beiden Händen links und rechts bei den Ohren. Dann legte er seinen Kopf auf sein Gesicht und summte ihm etwas vor. Überraschend schnell beruhigte sich dieser wieder zusehends und die erste Gefahr war gebannt.

Jetzt begannen aber erst einmal die Erklärungen. Jeder der Anwesenden wollte wissen, wer das gewesen war und warum wir sie mitgebracht hatten. Uriel und Raphael, die auch anwesend waren, fixierten die beiden Wölfe jedoch ständig mit ihren Blicken. Sie mischten sich aber seltsamerweise weder in den Kampf ein, noch versuchten sie einen von uns zu beschützen. Ihr Verhalten in manchen Situationen blieb mir immer mehr ein Rätsel.

Kapitel 4
Dämon und Fee

Als sich die Lage allgemein beruhigt hatte, bat Judith mich darum, die drei bei uns unterbringen zu dürfen. Sie meinte, dass es so besser wäre, weil alle erst einmal Ruhe und Orientierung bräuchten. Ich war zwar weniger begeistert von ihrer Idee, denn gerade eben waren es noch Fremde und Wilde für mich gewesen.

„Nun gut, der Junge hat uns gerettet", überlegte ich und willigte etwas zögerlich ein. Judith drehte sich zu ihrem offenbar neuen „Freund" und vermittelte ihm wortlos, mitzukommen. Die Krieger beschwerten in der Zwischenzeit die Falltüre mit Goldkisten und neue Wächterwölfe kamen, um die Wache zu übernehmen.

Als sie allerdings die fremden Wölfe sahen, wollten sie diese sofort angreifen. Gabriel stellte sich aber sofort dazwischen und vermittelte ihnen, dass von diesen beiden keine Gefahr ausginge und sie zu unserer kleinen Gruppe gehörten. Argwöhnisch akzeptierten sie Gabriels Anweisung und wir konnten den Raum schließlich verlassen.

Auf dem Weg nach Hause bat mich Gabriel aber noch um Folgendes: >>Wenn ihr die drei bei euch aufnehmt, dann schottet sie so gut wie möglich ab. Sie brauchen fürs Erste einmal Ruhe. Es geht keine Gefahr von ihnen aus, sie sind nur gestresst und von dem Ganzen hier überfordert. Lasst ihnen Zeit zum Eingewöhnen und achtet besonders auf andere Wölfe. Wir haben jetzt schon das Problem mit dem

Machtvakuum bei den Wölfen, aber mit den zwei Neuen wird es noch schwieriger für uns. Lasst sie nicht mit anderen Wölfen zusammentreffen und bleibt mit ihnen zu Hause. Ich kläre in der Zwischenzeit alles Weitere. Wenn ich mehr weiß, komme ich zu euch und kläre euch auf. Zurzeit müssen wir aber genau wissen, was da unten überhaupt passiert ist und wie wir darauf reagieren können. Ich weiß jedoch jetzt schon eines, wir begingen denselben Fehler wie die Söldner bei uns. Unsere Masse da unten war zugleich unsere Schwäche. Diesen Fehler mache ich nicht noch einmal.<<

Ich konnte vorerst einmal zu all dem nichts sagen, denn auch ich war gerade etwas überfordert mit den Ereignissen. Jetzt musste ich nur noch den Rest des Weges darüber nachdenken, wie ich das Ganze Luise beibringen sollte. Bei uns Zuhause angekommen verabschiedete sich Gabriel noch vor dem Eingang von uns allen und verließ uns. Ich betrat unsere Wohneinheit und rief Luise.
Als sie mich hörte, kam sie gleich aus unserer Küche und staunte nicht schlecht, als sie merkte, wen ich da aller mitgebracht hatte. Ich schickte Judith und alle anderen sofort in ihr Zimmer und erklärte Luise unter vier Augen die Sachlage. Wie ich mir denken konnte, war sie anfangs wenig begeistert darüber, zwei fremde Wölfe bei uns aufzunehmen. Ihre Bedenken waren sicher auch berechtigt, denn diese Wölfe waren nicht so ungefährlich wie unsere und niemand kannte sie wirklich.

Luise und ich sprachen noch lange miteinander und waren beide nicht glücklich über die Situation. Doch sie war nun einmal so und jetzt hieß es, eine Lösung für uns alle finden. Doch dann unterbrachen wir unser Gespräch, da uns eine ungewohnte Stille aus Judiths Zimmer auffiel. Kein Laut drang aus ihrer Richtung. Was passierte da drinnen gerade? Neugierig geworden, gingen wir Nachschau halten. Als ich anklopfte und Judith uns hereinbat, waren wir gleich einmal überrascht. Der Junge und die zwei Wölfe waren verschwunden. Nur Judith und Raphael saßen auf dem Bett und kuschelten zusammen.

Ich fragte erstaunt, wo die drei wären und Judith deutete nur auf ihr Bett. Zuerst begriff ich nicht, aber dann verstand ich, was sie meinte.

Sie waren nicht einfach verschwunden, sondern hatten sich bloß unters Bett zurückgezogen.

Luise schubste mich leicht an und flüsterte mir ins Ohr: >>Los Ed, zeig ihnen, dass sie sich hier nicht unter dem Bett verstecken müssen. Bei uns tut ihnen keiner etwas zuleide.<<

Wie so oft hatte sie recht. Ich kniete mich vor das Bett und sah darunter. Das war ein Fehler. Augenblicklich wurde ich angeknurrt und blickte auf gefletschte, weiße Zähne.

Sofort zog ich mich zurück und verlautete: >>Okay, hätten wir das auch besprochen. Ihr könnt ruhig da unten bleiben, wenn es euch gefällt.<<

Doch mich überraschte diese Reaktion nicht. Ich hatte mit so einer Reaktion gerechnet und war mental darauf vorbereitet gewesen.

Judith aber lachte dabei leise und meinte grinsend: >>Dämon braucht noch etwas Zeit, aber mach dir keine Sorgen Papa, wir zeigen ihnen, dass es anders auch geht. Der Hunger wird sie schon hervor treiben.<<

„Hunger, genau das war das richtige Stichwort", dachte ich mir und holte sofort aus unserer Küche ein paar Leckerbissen. Zurück beim Bett bat ich Judith, ihnen zu sagen, dass es etwas zu essen gab. Aber nicht unter dem Bett, sondern nur davor. Danach stellte ich drei Schüsseln mit Fischstücken vors Bett und wartete mit zwei Meter Abstand. Es dauerte nicht lange und die graue Wölfin Fee schob sich vorsichtig hervor. Es wunderte mich nicht, dass sie den Anfang machte, denn auch in der Unterwelt war sie es gewesen, die zuerst Vertrauen zu uns gefasst hatte.

Hektisch packte sie mit ihren Zähnen eine Schüssel und zog sie wieder unters Bett. Kurz darauf holte sie die Zweite und dann auch die Dritte. Das Ganze sah so lächerlich aus, dass ich gelacht hätte, wenn es nicht zugleich so traurig wäre. Wir hörten nur kurz ein Schmatzen und danach kehrte wieder Stille ein. Ich wiederholte das Ganze einige Male und immer wenn Fee hervorkam, redete ich sanft auf sie ein. Dabei bat ich Judith, mir zu helfen und für mich zu übersetzen.

Da sagte sie überraschenderweise: >>Sie verstehen gut, was du sagst, ich brauche das nicht zu übersetzen.<<

Mit diesem Wissen fiel mir der Kontakt zu ihnen leichter. Auch wenn ich keine Antwort von ihnen erhalten würde, so war es gut, dass unsere Worte verstanden wurden. Dieses Spiel mit dem Futter dauerte zwei Tage, bis mir Fee endlich aus der Hand fraß. Sie war zwar immer noch etwas scheu und verschwand bei jedem lauteren Geräusch erneut unter dem Bett, aber sie war die Erste, die mir halbwegs vertraute. Bei dem Jungen war es schon etwas schwieriger, aber auch er traute sich schließlich mit Fee zu mir. Judith war da eine große Unterstützung für uns, denn sie unterhielt sich täglich stundenlang in Edsprache mit ihm.

Das Wort „Edsprache" habe ich einfach so erfunden und es sollte heißen, „Sprich mit einer Lautsprache". Es gab nämlich immer wieder Menschen in Danuvia, die durch ihre telepathischen Fähigkeiten wortlos kommunizieren konnten. Judith hatte zu Beginn auch immer telepathisch mit dem Jungen Kontakt gehabt, doch ich wollte, dass er auch die Lautsprache erlernte. Es war ja nicht so, dass er sie nicht konnte, jedoch verwendete er sie in der Unterwelt offensichtlich nie.
Unser Ziel aber war es, Vertrauen zu uns aufzubauen, damit er uns im Gegenzug mit der Unterwelt weiterhelfen konnte. Der einzige, der ein schwieriger Fall war und blieb, war Dämon. Es war seltsam mit ihm, er war so mutig im Kampf und blieb trotzdem uns gegenüber so scheu. Nach einer

Woche konnte ich Fee problemlos anfassen und streicheln. Selbst der Junge ließ sich von Judith angreifen und beide kamen zu uns ins Wohnzimmer essen. Nur Dämon verhielt sich immer noch zurückhaltend gegenüber uns Menschen. Er schaffte es einfach nicht, genug Vertrauen zu uns aufzubauen.

Ganz anders aber verhielt er sich unseren Wölfen gegenüber. Raphael musste ihm ja zeigen, wo Wölfe hingingen, wenn sie Mal mussten. Da legte er ein ganz anderes Verhalten an den Tag und bewegte sich voller Selbstvertrauen durch die Gänge. Wenn Raphael nicht dabei gewesen wäre, hätte er mit Sicherheit jeden Wolf sofort attackiert. Zum Glück akzeptierte er Raphael neben sich und er war der einzige Wolf neben Fee, den er nicht sofort angreifen wollte. Doch warum tickte er so seltsam, fragte ich mich seit er bei uns war.
Irgendetwas stimmte mit ihm nicht und so konnte und durfte es auch nicht weitergehen. Die Wölfe waren ohnehin ständig gereizt und er reizte sie umgekehrt noch viel mehr, allein schon damit, dass er war, wie er war. Das Einzige, was unsere Wölfe davon abhielt, gemeinsam über ihn herzufallen, war Raphael. Worüber wir alle aber nichts wussten, war sein bisheriges Leben da unten. Wovon hatte er da unten gelebt? Warum hatten alle Wölfe die Verfolgung aufgenommen, als er bei unserer Flucht geheult hatte? All diese Fragen mussten dringend geklärt werden, sollte sein Leben hier konfliktfrei verlaufen.

Schon seine Narben verrieten, dass er viele Kämpfe durchgestanden haben musste. Auch hatte er vor meinen Augen diesen wilden Wolf, der um einiges stärker war als unsere, getötet. Ich musste daher schnell dahinterkommen, wie er zu handhaben war, damit er seine angriffslustig-aggressive Art ablegte. Er durfte keine Bedrohung für Menschen oder Wölfe bleiben. Denn so war er eine tickende Zeitbombe für uns alle. Für mich stand eines fest; er musste sein Verhalten ändern. Denn so hätten sie ihn mit Sicherheit abgelehnt und entweder wieder in die Unterwelt verbannt, oder getötet. Beides waren keine akzeptablen Optionen für mich.

Selbst Gabriel konnte mir dabei nicht helfen, denn Dämon verhielt sich ihm gegenüber extrem scheu und aggressiv. So vergingen ein paar Wochen und endlich taute Dämon uns gegenüber auf. Er ließ sich von Judith auch kraulen und überall anfassen. Sein Verhalten unserer Familie gegenüber wurde zusehends friedlicher und vertrauensvoller. Nur mit Gabriel hatte er noch immer seine Probleme, wenn er kam. Da verschwand er sofort aus dem Raum und verkroch sich unter Judiths Bett. Jeder Versuch, ihn da hervorzuholen, scheiterte. Er fletschte sofort seine Zähne und knurrte, dass es einem durch Mark und Bein ging.

Seine Ablehnung galt definitiv nur Gabriel gegenüber und nicht Uriel, der ja auch immer dabei war, wenn sie kamen. Dämon ignorierte Uriel einfach wie jeden anderen Wolf auch, der einen respektvollen Abstand hielt. Nur bei Gabriel bekam er diese Mischung aus Furcht, Aggression und

Angriffslust. Mittlerweile öffnete sich aber der Junge uns gegenüber immer mehr und begann zu sprechen. Seine Art, in Lautsprache zu reden, war zu Beginn sehr eigenwillig, wenn man das überhaupt so sagen konnte. Man verstand ihn kaum, aber mit jedem Tag wurde es besser und er lernte außergewöhnlich schnell dazu. Er verstand alles, was wir sagten, nur verdrehte er beim Sprechen jeden Satz auf eine seltsame Art. So kürzte er Sätze von beispielsweise zehn auf fünf Worte oder mehr noch. So sagte er zum Beispiel: „Dämon Wache schlafen."

Wenn wir aber genauer nachfragten, ergab sich daraus ein vollständiger Satz, der dann so lautete: „Wenn Fee und ich schliefen, hielt Dämon am Eingang unseres Schlafraumes Wache, damit wir nicht von Jägern oder Soldaten überrascht werden konnten."

Unter diesem Gesichtspunkt war es wirklich mühsam, sich mit ihm zu unterhalten. Durch Judiths Hilfe gewann er jedoch bald vollstes Vertrauen und erzählte uns von der Unterwelt und ihrem Grauen.

Judith las dem Jungen täglich aus Büchern vor und meist waren es einfache Kindergeschichten, die sie selbst sehr liebte. Mittlerweile hatte der Junge das ehemalige Zimmer von Emelie bezogen und die beiden waren richtig gute Freunde geworden. Auch Dämon vertraute uns immer mehr. Judith zeigte dem Jungen, wie man einen Wolf reitet. Selbst Judith durfte auf Dämon reiten und er wurde richtig zutraulich zu ihr. Sie spielten immer mehr miteinander und von seiner wilden, aggressiven Art war bald nichts mehr zu sehen. Leider klappte das alles nur bei uns zu Hause, denn draußen in den Gängen zeigte er immer noch ein ganz anderes Verhalten.

Eines Tages kam Judith und der Junge am Morgen zu uns ins Wohnzimmer frühstücken und sie erklärte voller Stolz: >>Darf ich vorstellen, das ist Ares!<<

Wir waren erstaunt darüber und fragten natürlich gleich nach: >>Wie kommst du da drauf und sieht „Ares" das auch so wie du?<<

Da erzählte sie uns, dass sie es beide durch viele Gespräche herausgefunden hätten.
Jetzt waren ungefähr zwei Monate vergangen und Ares schilderte uns nun endlich seine leidvolle Geschichte und das Geheimnis um Dämon und Fee. Was er uns nun erzählte, war atemberaubend und zeigte die dunkelsten Abgründe und niedersten Instinkte der Menschen.
Um Ares Erzählungen richtig zu verstehen, musste ich sie selbst einmal richtig ordnen und übersetzten. Ich ergänzte daher seine Schilderungen und bildete vollständige Sätze daraus. Worte, die er nicht kannte, fügte ich hinzu oder ließ manche weg, die nur er verwendete. Durch seine lange Zeit der Isolation, Selbstgespräche oder Unterhaltungen mit den Wölfen, hatte er nur wenige Worte in seinem Wortschatz, die jedoch vieles beschrieben. Nur durch das viele Zuhören und Reden mit ihm, begann ich langsam „seine" Sprache zu verstehen.

Nun begann Ares mit seinen frühesten Erinnerungen, die ich für ihn in normale Sätze übersetzte: >>Als ich noch klein war, lebten wir in einer großen Halle. Wir zogen immer wieder herum, um den Jägern zu entgehen. Kleine Kinder so wie ich eines war, holten sie nicht, aber die Großen und Erwachsenen schon. Meine Mutter summte mir immer etwas vor, damit ich nicht so oft weinte. Denn Weinen oder Lachen war bei uns verboten. Zu groß war die Gefahr, dass die Jäger uns hören konnten und so lernte ich von klein auf, lautlos zu sein. Es gab mehrere unserer Gruppen an verschiedenen Orten, aber Wölfe waren nirgendwo dabei. Alle paar Monate kamen Jäger und holten ein paar von uns, die wir danach nie wieder sahen.<<

>>Was heißt Jäger, was meinst du damit?<<, warf ich ein.

Da sah er mich mit großen Augen an und antwortete: >>Wölfe sind Jäger, Dämon und Fee waren auch welche und sie sollten uns holen! Irgendwann einmal, als ich gerade schlief, kamen sie in unsere Gruppe und holten meinen Papa. Ich war noch zu klein, also ließen sie mich liegen. Meine Mama verschonten sie auch, aber von Papa sah ich nie wieder etwas. Sie zerrten ihn aus der Halle und ich hörte nur noch seine Schreie, die in der Dunkelheit der Gänge immer leiser wurden. Immer wenn sie kamen, versteckten wir uns woanders, aber irgendwann fanden sie uns und nahmen wieder welche mit. Es war immer dasselbe, jahrelang. Eines Tages holten sie auch meine Mama und mich ignorierten sie wieder. Ich war damals acht oder neun Jahre alt. Kinder in diesem Alter nahmen sie hin und wieder auch schon mit und die Soldaten nannten uns abfällig nur „Futter".

Erst durch die vielen Gespräche mit Judith hab ich mich wieder daran erinnert, dass ich Ares heiße. Mama sagte das öfter zu mir, als ich noch klein war. Darum glaube ich, dass ich Ares heiße. Als die Jäger damals meine Mama holten, zog ich los, um sie zu suchen. Ich wanderte in den dunklen Gängen herum und aß, was ich so bei den anderen Gruppen fand. Aber niemand bemerkte mich oder half mir, denn jeder hatte mit sich selbst genug zu tun. Da traf ich eines Tages auf Jäger, die gerade in einer Halle eure Fische aufsammelten. Ihr habt ja jeden Tag von oben welche hinuntergeworfen. Sie taten mir nichts und ich blieb von da an immer in der Nähe dieser Halle.

Damals wusste ich es noch nicht, aber ich war irgendwie „unsichtbar" für sie. Heute weiß ich, es ist die Angst, die „Es" auslöst und ich versteckte mich immer in meiner Unsichtbarkeitsblase. Das einzige, das ich nicht machen durfte, war lachen oder weinen, denn das konnten sie hören. Aber riechen oder sehen konnten sie mich nicht, wenn ich mich in der Blase befand. Jedoch, wenn ich zu nahe an sie heranging, um mir einen Fisch zu schnappen, wurden sie böse. Sie konnten etwas fühlen, wussten aber nicht, was es war. So habt auch ihr mich gefunden.<<

Es war unglaublich, was ich da alles hörte und das Gehörte machte mich unendlich traurig. Judith hatte sich inzwischen zu ihm aufs Bett gesetzt und hielt liebevoll seine Hand. Luise kuschelte mit Fee am Boden. Dämon lag auf dem Bett und diente den beiden als warme und weiche Lehne. Raphael lag bei der Türe und achtete darauf, dass uns niemand bei seinen Erzählungen störte. Aber alle in diesem Raum wirkten von seinen Worten ehrlich betroffen. Die Geschichte des Jungen ging uns allen ans Herz.

>>Als ich bemerkte, dass ich für die anderen unsichtbar war, schlich ich den Jägern öfter einmal nach. Ich wollte sehen, wohin sie gingen und was sie machten. So fand ich ihr Zuhause und viele andere Menschen. Nun begann ich, sie zu beobachten und das zeigte mir, dass auch sie alle gefährlich und böse waren. Die Menschen kämpften immer miteinander und die Wölfe ebenso.
Sie hatten ständig Hunger und wer bei den Kämpfen der Wölfe zu oft verlor, wurde anschließend gegessen. Die Wölfe dienten den Menschen und brachten ihnen den Fisch und diejenigen, die sie von unseren Gruppen holten. Wenn diese zu schwach oder krank waren oder sich beim Herbringen verletzten, aßen die Wölfe sie.<<

Da konnte ich mich nicht mehr zurückhalten und rief entsetzt dazwischen: >>Die Wölfe haben die Menschen gegessen und die Menschen die Wölfe?! Was ist das für ein furchtbares Verhalten da unten! So etwas gibt es bei uns nicht, hier kämpft niemand, um jemand anderen zu essen! Ihr müsst euch keine Sorgen mehr machen, diese schlimme Zeit ist nun vorbei. Du hast ja selbst gesehen, dass bei uns niemand hungern muss. Jeder bekommt, so viel er möchte und wenn du einmal mit zum Markt gehst, wirst du es selbst sehen. Habt keine Angst mehr, hier tut euch keiner etwas zuleide.<<

Luise und Judith weinten zwischendurch immer wieder und konnten sich das Erzählte gar nicht wirklich vorstellen. Selbst mir fiel es schwer, diese Geschichten zu glauben. Jedoch war ich selbst da unten und habe immer wieder menschliche und tierische Knochen gefunden. Aber genau diese Informationen brauchte ich von Ares, um mit Gabriel weitere Schritte zu planen. Wir mussten dieses Grauen da unten stoppen, nur hatten wir festgestellt, dass nicht jeder in der Unterwelt böse war. Leider konnten wir die einen noch nicht von den anderen unterscheiden und deshalb waren Ares Erzählungen so wichtig für uns. Gabriel hielt sich die ganze Zeit fern von uns. Er wollte weder Dämon reizen noch unseren Vertrauensaufbau zu Ares stören. Die wenigen Male, die er die letzten Monate bei uns gewesen war, hatten sich auf wenige Minuten beschränkt. In dieser kurzen Zeit konnten wir uns nicht wirklich austauschen. Ich selbst konnte auch nicht weg von Zuhause, zu groß war die Gefahr, dass Dämon oder Ares etwas Unüberlegtes taten. Fee war kein Problem, weder für Menschen noch für Wölfe. Ihr ruhiges Wesen war ganz anders als das der anderen.

Mit leiser Stimme erzählte Ares weiter: >>Die starken Menschen aus unseren Gruppen wurden Soldaten der drei Sinner. Diese drei beherrschen alles bei uns. Zwei von ihnen teilen sich die Wölfe und führen sie an, der dritte ist Herr über die Soldaten. An dem Tag, als ihr eure Tür aufgemacht habt, sind ein Kopfsinner, viele Soldaten und ein paar Wölfe nach oben gegangen. Sie sind nicht mehr zurückgekommen und müssten noch hier sein. Gebt acht, wenn ihr sie seht, sie sind keine guten Menschen. Ich selbst traute mich nicht, nach oben zu gehen und blieb lieber hier, wo ich alles kannte. Einer der Kopfsinner und die anderen Wölfe blieben unten und bereiten inzwischen etwas Böses vor. Der dritte, ein Handsinner ist auch noch unten und hilft ihm.<<

Ich wollte ihm nicht sagen, was mit den „Sams", wie wir sie nannten passiert war, konnte es aber nicht sein lassen, ihn neugierig zu fragen: >>Was ist ein Kopf oder Handsinner und was bereiten sie böses vor?<<

>>Ein Kopfsinner ist einer wie euer Gabriel. Dämon fürchtet diese Menschen und mag sie nicht. Ein Handsinner bewegt Sachen mit den Händen, ohne sie zu berühren. Ich weiß nicht, was sie vorhaben, denn es ist zu gefährlich, zu lange bei ihnen zu sein. Der Kopfsinner bemerkt mich sonst und holt Dämon und Fee wieder zu sich.<<

Jetzt verstand ich einiges. Ein Kopfsinner war ein Telepath wie Gabriel und der andere musste wohl ein Telekinet sein. Bevor ich Ares aber über Gabriel aufklärte, wollte ich noch wissen, was er mit „holt Dämon und Fee" meinte.

Also fragte ich ihn: >>Was meinst du mit holen und wie lange seit ihr da unten schon zu dritt unterwegs? Warum sind Dämon und Fee überhaupt bei dir, wenn sie doch einmal böse Jäger waren?<<

Da dachte Ares etwas nach, als würde er die passenden Worten suchen und schilderte uns, was geschehen war: >>Dämon und Fee waren einmal im Besitz eines Kopfsinners gewesen. Fee wollte keine Menschen jagen und deshalb hatte er sie eingesperrt. Sie wurde nur noch als Mamawolf gebraucht, aber ihre Kinder nahmen sie ihr immer gleich weg. Ich musste täglich an ihrem Käfig vorbei, wenn ich in die Fischhalle wollte. Da bemerkte ich ihren Kummer im Herz und zeigte mich vor ihr.

Am Anfang war sie sehr scheu und hatte Angst vor mir, aber mit der Zeit wurden wir Freunde. Das lag vielleicht auch daran, dass ich ihr immer etwas von meinem Fisch abgab, weil sie sehr hungern musste. Vor einigen Jahren hatte ihr Kopfsinner sie wieder einmal geschlagen, weil sie immer noch nicht jagen wollte. Doch an diesem Tag war es noch viel schlimmer als sonst gewesen.

Sie lag verletzt und- schon fast verhungert in ihrem Käfig, als ich mich überwand und einfach ihre Käfigtür öffnete. Sie folgte mir und da bemerkte ich, dass auch sie unsichtbar für Soldaten und Jäger war, wenn sie nahe genug bei mir war. Seit dem sind wir zusammen. Mit ihr war es viel einfacher- zu stehlen, denn wenn sie uns ertappten, knurrte Fee sie böse an. Dann liefen alle davon und wir bekamen die großen Fische. Natürlich ging das nur bei den Soldaten oder unseren Gruppen. Mit den Jägern legten wir uns nie an. Das war viel zu gefährlich für uns, denn Fee ist keine Kämpferin wie Dämon.

Sie ist eine gute Diebin, aber nicht bösartig wie die anderen Jäger.

Dämon dagegen war früher einmal ein gefürchteter, großer Jäger und Anführer der anderen Wölfe. Er widersetzte sich jedoch einmal beim Essen einem Kopfsinner und schnappte nach ihm. Zur Strafe musste er seither als Gladiator gegen andere Wölfe in der Arena kämpfen. Da kamen alle Jäger hin, die etwas angestellt hatten. Wenn sie zum Beispiel zu viel Fisch aßen oder bei der Jagd versagten, wurden sie Gladiatoren. Es gab viele Gründe, weswegen sie kämpfen mussten.
Oft passierte das nur zum Spaß der Sinner und sie wetteten sogar auf die Gewinner. Dämon war aber immer der Beste und verlor nie einen Kampf.
Durch das ständige Kämpfen wurde er eigensinniger und widersetzte sich ihnen immer mehr.
Da sperrte ihn ein Kopfsinner ebenfalls ein und er musste von nun an ständig um sein Leben kämpfen. Besiegte er den anderen und verletzte ihn schwer, aßen die Soldaten diesen Wolf. Wenn er ihn tötete ebenso. Damit bestraften sie die ungehorsamen Jäger und sie mussten ebenfalls gegen Dämon um ihr Leben kämpfen.

Dämon musste aber nicht nur gegen Jäger kämpfen, auch Soldaten waren dabei. Wenn einer ungehorsam war, stahl oder flüchten wollte, dann wurde er zu Dämon gesperrt. Sie ließen Dämon dann so lange hungern, bis er ihn gezwungenermaßen tötete und aß. Das war auch die Strafe für jeden, der einen Sinner angriff. So begannen ihn alle ebenso zu fürchten wie auch zu hassen. Sein Gefängnis war die Arena, denn es war ihnen zu gefährlich, ihn immer aus einer Zelle holen zu müssen. Die Arena aber war nicht weit weg von dem Raum, wo ich und Fee meist schliefen. Wir hörten ihn oft heulen oder knurren, wenn er vor Hunger fast wahnsinnig wurde.

Fee und ich schlichen sich einmal zu ihm, als er wieder einmal furchtbar heulte. Wir wollten ihm etwas zum Essen geben, damit er endlich aufhörte, zu jaulen. Es war unerträglich ihn so leiden zu hören und wir konnten wegen ihm nicht schlafen. So begannen wir, ihn heimlich zu füttern. Ich hatte große Angst vor ihm, aber Fee sagte einmal zu mir, dass er zwar Böses täte, aber innerlich gut wäre. Er kannte nur nichts anderes als zu töten oder zu kämpfen. Am Anfang, als wir uns zu seiner Gittertür schlichen, sprang er sofort auf und hätte uns vor Wut totgebissen, wenn er uns erwischt hätte. Jedoch merkte er schnell, dass wir ihm nichts Böses wollten und immer nur fütterten. Fee und er kannten sich noch von früher und so wurde er langsam uns gegenüber zutraulich. Irgendwann einmal konnte ich ihn dann auch anfassen und streicheln. So wurden wir Freunde und wir besuchten ihn jeden Tag. Ich hätte ihn auch mitgenommen so wie Fee, aber seine Gittertüre war zu gut versperrt. Ich schaffte es einfach nicht, sie zu öffnen.

Es vergingen Monate, bis sich endlich die Gelegenheit ergab, Dämon zu befreien. Vier Soldaten kamen und zerrten ihn an seiner langen Halskette, die durch ein kleines Loch in der Wand führte in eine Ecke. Niemand hätte sich zu ihm getraut, wenn er sich in der Arena frei bewegen hätte können. Viel zu gefährlich war er für alle. Aber auf diese Art konnten sie sich gefahrlos darin bewegen. Dämon hätte nämlich sofort jeden angegriffen, der einfach so zu ihm reingekommen wäre. Sie ließen die Gittertür offen, da sie ja nicht mit einer Flucht Dämons rechneten. Schließlich hing er ja an der kurzen Kette. Heimlich schlich ich mich zu ihnen hinein. Als ich nahe an Dämon war und ihn mich sehen ließ, wurde er zunächst sehr wild. Die Soldaten sahen zwar kurz herüber, beachteten aber seinen Wutanfall nicht weiter sondern lachten nur über ihn. Für sie hing er ja noch immer sicher an seiner Eisenkette. Erst, als er mich richtig in seiner Wut erkannt, beruhigte er sich wieder und sah mich nur mit großen Augen an. Ich fasste all meinen Mut zusammen und redete leise und sanft auf ihn ein. Wir unterhielten uns ja schon sehr oft miteinander, aber dieses Mal war kein Gitter zwischen uns. Als er realisierte, dass ich ihm nichts Böses tun wollte, ließ er sich auch von mir anfassen. Die Soldaten bereiteten in der Zwischenzeit andere Ketten vor, an die sie sein neues Opfer fesseln wollten. Leise fragte ich ihn, ob er mit Fee und mir kommen wolle. Das Kämpfen und Hungern hier wäre dann vorbei und ich könne ihn auch immer vor den anderen Jägern verstecken. Da senkte Dämon seinen Kopf als friedliches Zeichen seiner Zustimmung und ich öffnete sein Halsband.

Als er bemerkte, dass er endlich frei war, stürzte er sich sofort auf die vier Soldaten gegenüber und tötete sie in einem beispiellosen Wutanfall. Ich stand immer noch an der Wand- und hatte jetzt doch Angst vor ihm, denn er befand sich im Blutrausch. Als er mit ihnen fertig war, sah er mich zähnefletschend an und ich befürchtete, ebenfalls gleich zerrissen zu werden. Da kam Fee in die Arena, ging zu ihm hin und drückte sich sanft an ihn ran. Er beruhigte sich dabei etwas und ich konnte mit ihm wieder normal reden. Davor war er einfach nicht richtig im Kopf gewesen, ich sah und fühlte nur seine blinde Wut. Nun mussten wir aber schnell verschwinden, denn es konnten jederzeit neue Soldaten oder gar Jäger kommen.

So flüchteten wir von diesem bösen Ort und zogen seitdem gemeinsam durch die Gänge und Hallen. Anfangs suchten sie noch nach uns, jedoch fanden sie uns nie. Egal, wie sehr sich die Jäger oder Soldaten auch bemühten, wir blieben unauffindbar. Dabei waren wir des Öfteren nur ein paar Meter von ihnen entfernt. Wir bestahlen sie jedes Mal erfolgreicher und Dämon lernte, wann er leise sein musste. Denn Hören konnten sie uns immer, wenn wir Geräusche verursachten. Ich hatte daher immer kleine Steine bei mir, um sie als Ablenkung in eine andere Richtung zu werfen. Sie verfolgten dann einfach die falsche Spur, bis wir unbemerkt verschwinden konnten. Dämon wollte sie am Anfang sofort angreifen, wenn er sie sah, aber das hätte uns verraten und erst recht in Gefahr gebracht.
Wir lernten alle voneinander. Ich wurde durch Dämon etwas mutiger und er ruhiger durch Fee. Sie lernten beide, dass Menschen nicht immer nur böse waren und Stimmen in ihrem Kopf nichts

Schlimmes sein mussten. Fee ist die Sanfteste und Ruhigste von uns und Dämon unser Beschützer. Zu guter Letzt verstecke ich uns drei vor der Gefahr und so kamen wir über die Runden.<<

Erst jetzt erkannte ich die Zusammenhänge und verstand auch, warum Dämon Gabriel nicht leiden konnte. Leider wusste ich immer noch nicht, was die Sams da unten planten, aber alleine das Erzählte reichte aus, um einmal ausführlich mit Gabriel reden zu können. Ich machte daher ein Treffen mit ihm aus und wollte, dass er dazu aber zu uns nach Hause kam. Es konnte ja nicht sein, dass Dämon immer Angst und Aggressionen ihm gegenüber hatte. Schließlich mussten wir ja alle friedlich hier zusammenleben können.

Mittlerweile war Dämon uns gegenüber und auch Raphael gegenüber sehr friedlich gesonnen. Er ließ sich problemlos anfassen, führen und auch füttern. Er schlief zwar immer noch mit Fee und Ares zusammen, aber nicht mehr unter, sondern im Bett. Ich redete aber noch vor Gabriels Besuch bei uns mit Ares und bat ihn, Dämon zu zügeln und auf den Besuch vorzubereiten. Er sollte ihm auch erklären, dass Gabriel zwar ein „Kopfsinner" war, aber ein Guter und kein Böser.

So kam der große Tag der Entscheidung und Gabriel kam mit Uriel. Als Dämon ihn bei uns im Wohnzimmer bemerkte, verzog er sich wie immer unter das Bett. Dieses Mal jedoch forderte ich ihn auf, hervorzukommen und sich Gabriel zu zeigen. Doch das brachte nichts, er verweigerte jeden

Kontakt und zog sich noch weiter zurück. Ares, Judith und ich waren nötig, um ihn sanft aber entschlossen unter dem Bett hervorzuholen. Freiwillig kam er einfach nicht hervor. Vor ein paar Wochen wäre das noch unmöglich gewesen, ohne verletzt zu werden, aber jetzt schnappte er nicht sofort nach mir oder Judith, sondern ließ sich hervorziehen. Sein Protest bestand nur aus Brummen und verächtlicher Teilnahmslosigkeit. Man könnte sagen, er leistete passiven Widerstand, überlegte ich schmunzelnd. Wir mussten ihn tatsächlich am Pelz packen und ins Wohnzimmer zerren. Wenn ich nicht wüsste, dass dies ein erbarmungsloser Killer war, der unzählige Wölfe und Menschen getötet hatte, hätte ich geglaubt, dass er ein vollkommen harmloses Schaf wäre. Er hätte sich ja auch jederzeit so widersetzen können, dass wir ihn nicht hervorgebracht hätten. Aber sein Verhalten zeigte mir, dass auch er eine andere Seite hatte und nicht nur der „Menschenfresser" und Mörder war, den man in der Unterwelt kannte.

Als wir ins Wohnzimmer kamen, saß Gabriel ruhig auf einem Sessel mitten im Raum. Uriel lag wie immer bei Luise und kuschelte sich an sie. Die beiden liebten sich auch auf eine eigene Art und Weise und das schon seit seinem ersten Besuch bei uns im Haus. Er konnte bei ihr auch schwach und klein sein, ohne dass er seine Stellung als Clanführer riskierte. Na ja, Mensch-Wolf-Beziehungen waren schon immer einfacher gewesen als die der Wölfe untereinander. Nun aber lag Dämon am Boden vor Gabriel und Ares sowie Judith knieten neben ihm. Dämon wirkte völlig teilnahmslos und der Situation ergeben. Ares legte sich auf ihn und kraulte ihn hinter den Ohren. Judith wuselte ebenfalls in seinem Pelz herum, aber er schloss nie seine Augen und starrte ständig Gabriel an. Selbst ich kannte diesen Blick und der sagte mir, dass er im Moment alles andere als friedlich war.

Die beiden anderen belagerten ihn aber so sehr, dass er gar nicht anders konnte, als ruhig liegen zu bleiben. Anderenfalls hätte er einen oder beide durch einen plötzlichen Angriff verletzen können. Das wagte er aber nicht, da wir mittlerweile zu seinem Rudel gehörten und er niemals gegen seine Familie vorgehen würde. Die beiden Kinder wussten genau, wie sie vorgehen mussten, obwohl sie so unschuldig taten.

Gabriel hingegen bewegte sich keinen Millimeter und versuchte auch gar nicht mit ihm telepathisch Kontakt aufzunehmen, denn genau darauf reagierte Dämon so aggressiv. Hier half nur eine andere Taktik und das war Knuddeln und mit Worten kommunizieren. Luise war da wieder einmal die Hilfe aus der ersten Reihe und begann das Gespräch. Sie fragte Gabriel, was sich die letzten Wochen so getan hätte und wo Elias wäre. Wir hatten ihn seit unserer Flucht aus der Unterwelt nicht mehr gesehen.

Da begann Gabriel zu erzählen und beachtete Dämon gar nicht dabei. So erfuhren wir, dass Elias gleich nach unserem Besuch in der Unterwelt Danuvia verlassen hatte, um wieder einmal etwas zu erledigen. Das sagte er ständig, wenn er weg musste oder wollte.

„Ich muss was erledigen" und weg war er für
unbestimmte Zeit. Nun ja, er konnte ja kommen
und gehen, wie es ihm beliebte, er war uns
gegenüber ja zu nichts verpflichtet. Tatsächlich
beruhigte Dämon sich zusehends durch unsere
unbeschwerte Unterhaltung und die Kinder
„bearbeiteten" ihn munter weiter mit ihrer Liebe. So
vergingen einige Stunden des Plauderns, als Gabriel
auf ein Zeichen von mir Dämon direkt ansprach. In
diesem Augenblick änderte Dämon sein Verhalten,
spannte seinen Körper an und knurrte.
Uriel und Raphael lagen weiterhin teilnahmslos im
Raum und taten so, als ob es sie nichts anginge.
Wie schon öfter bemerkt, wurde ich nie schlau aus
ihrem Verhalten, das sie manches Mal hatten. Da
stand ich auf und kniete mich direkt vor Dämon
hin.

Dabei sagte ich mit fester Stimme zu ihm:
>>Dämon, nimm dich zurück, Gabriel ist Gast
dieser Familie und gehört zu unserem Volk. Es ist
nicht dein Recht, Gäste so zu behandeln. Ich weiß,
dass ich nicht deine Sprache spreche, aber ich weiß
auch, dass du mich sehr wohl verstehen kannst.
Gabriel ist nicht dein Feind! Du magst ihn nicht,
weil er ein Kopfsinner ist, aber Ares ist auch einer
und ihm vertraust du. Gabriel tut dir kein Leid an!
Er sperrt dich weder ein, noch lässt er dich um dein
Leben kämpfen. So wie Ares ist er ein guter Mensch
und ich möchte, dass du ihm die Möglichkeit gibst,
dich kennenzulernen. Auch du sollst ihn
kennenlernen und sehen, dass er seinen Bruder
Uriel auch gut behandelt. Kein einziger Wolf in
unserem Reich muss hungern, kämpfen oder zum

Vergnügen anderer töten. Wir besitzen oder beherrschen keine Wölfe! Du hast gesehen, dass wir dir nichts zuleide tun und so ist auch Gabriel. Ich weiß, dass die Kopfsinner bei euch böse Menschen waren und euch zwangen, Böses zu tun. Aber bei uns gibt es das nicht. Sieh Mal Raphael, er ist genauso Teil dieser Familie wie auch du. Niemand tut dir etwas, ganz im Gegenteil, wurdest du jemals angegriffen, wenn du draußen warst? Raphael hat dich immer beschützt und es wird Zeit, dass du dich den anderen Wölfen zeigst. Sie kennen dich nicht, dennoch gehören sie hierher, genauso, wie inzwischen du auch. Wenn du dich in unsere große Familie einbindest, wird vieles für dich leichter werden. Dann erkennst du auch, dass kein einziger Wolf hier leiden muss, oder ihm sonst ein Leid zugefügt wird. Wir haben dich immer gut behandelt und würden uns freuen, wenn du einen Schritt auf Gabriel zugehen würdest.<<

Ares und Judith hingen immer noch an ihm und redeten beruhigend auf ihn ein. Jeder in diesem Raum konnte merken, wie sehr er mit sich kämpfte. Zu tief saßen die Erinnerungen an seine Zeit als mörderischer Vollstrecker der Kopfsinner. Er hatte richtiggehend Panik davor, wieder unter die Kontrolle von einem bösen Telepathen zu kommen. Beseelte Wölfe konnten auch „reden", aber nur so, dass sie ein Omnilingualist verstand. Dies war aber zurzeit nicht möglich, da er Gabriel komplett ablehnte. Aber nur Gabriel konnte durch seine Begabung herausfinden, was Dämon fühlte und wie er dachte. Was er zu erzählen hatte und wie wir vielleicht gefahrloser in die Unterwelt kommen konnten. Ares konnte uns zwar auch etwas über ihn erzählen, aber es war schon schwer genug, seine Sprache zu verstehen. Wir mussten daher Dämon dazu bringen, Gabriel zu vertrauen, so dass er telepathisch zu im durchdringen konnte. Natürlich hätte Gabriel ihn geistig dazu zwingen können, sich ihm zu unterwerfen, aber dann wäre er nicht besser gewesen als seine „Herren" davor. Genau das wollten wir nicht und das musste Dämon erst einmal verstehen und ihn freiwillig zu sich heranlassen. Das Gute aber daran war, dass beseelte Wölfe alles verstanden, was Menschen wie ich zu ihnen sagten.

Wir erkannten alle, dass Dämon von seinen Gefühlen hin und hergerissen war. Er wusste, dass ihm hier keiner etwas zuleide tat, aber die Furcht in ihm war sehr groß. Gabriel hingegen redete unentwegt auf Dämon ein, während Ares und Judith ihn richtig zudeckten mit ihrer Liebe. Na ja, sie lagen auch halb auf ihm drauf, sodass er nicht wirklich vor Gabriel flüchten konnte. Er bekam von uns ein Rundumpaket an Liebe und Wertschätzung. Es dauerte eine ganze Weile, bis er sich wieder beruhigte und zumindest Gabriels Stimme tolerierte. Da beschloss ich kurzerhand, dass Gabriel und Uriel die nächsten Tage bei uns bleiben sollten. Mir erschien es als einfachster Weg Dämon von seiner ablehnenden Haltung abzubringen. Wenn wir etwas erreichen wollten, dann ging das nur gemeinsam. Als ich das aber vorschlug, waren zunächst einmal alle etwas skeptisch. Luise meinte, dass wir dafür zu wenig Platz hätten und Uriel und Raphael waren auch nicht wirklich begeistert davon so nahe bei Dämon zu schlafen.

Judith meinte sofort, dass sie aber nicht aus ihrem Zimmer ziehen würde und Gabriel sah mich auch nur entgeistert an. Doch genau das war mein Plan und die Überlegung dahinter. Ich wollte, dass wir so eng wie möglich zusammenleben mussten, damit Dämon erkannte, dass von niemanden, der ihm über den Weg lief, Gefahr aus ging. In diesem Fall waren es Gabriel und Uriel. Ich ging aber noch einen Schritt weiter und meinte, wir werden alle hier zusammen im Wohnzimmer schlafen. Der Raum war groß genug für uns alle und mit ein paar Matratzen am Boden konnten wir alle hierbleiben. So begann mein Experiment „Dämons Zähmung" wie ich es für mich ausdrückte. Nebenbei hatte ich genug Zeit, um mit Gabriel alles Wichtige zu bereden und Dämon gewöhnte sich inzwischen an alles, das er nicht mochte.

Selbst Gabriel stand meiner Idee anfangs etwas misstrauisch gegenüber, willigte dann aber doch ein und so begann unser gemeinsames Leben.
Die erste Nacht war etwas unruhig, würde ich einmal vorsichtig ausdrücken. Ständig knurrte Dämon, sobald sich Gabriel oder Uriel bewegten. Aber Ares und Judith lagen direkt neben ihm und beruhigten ihn immer wieder. Ich glaube, Dämon war der einzige, der nicht schlief und ständig die Kontrolle behalten wollte. Aber auch das war Teil meines Plans, denn irgendwann musste auch er einmal schlafen. Genau darauf wartete ich und wollte ihm so zeigen, dass wir auf ihn aufpassten und ihm nichts geschehen würde, selbst wenn er einmal seine Augen geschlossen hatte.

So vergingen drei Tage und Nächte, ohne dass er schlief. Dämon aber wollte nicht einschlafen und wehrte sich mit allen Mitteln dagegen. Er stand ständig auf und ging herum, während wir schliefen. Er tat Sachen, die er normalerweise nie machte und dann war es aber doch so weit.

Wir saßen am vierten Tag beim gemeinsamen Frühstück, als Dämon im Sitzen einschlief. Der Schlaf hatte über seinen Willen gesiegt.

Jeder beobachtete ihn natürlich und wir warteten alle gespannt auf diesen Augenblick, aber als es so weit war, achtete niemand darauf, dass er gerade im Sitzen einschlief. Es sah recht lustig aus, denn zuerst senkte sich langsam sein Kopf. Seine Augen waren aber immer noch offen. Dann versuchte er, seinen Kopf zu heben. Dabei wackelte er ständig hin und her und ich musste mich sehr beherrschen, um bei seinem Kampf nicht zu lachen.

Danach sank er in Zeitlupe zu Boden, während er krampfhaft versuchte, wach zu bleiben. Er sah dabei aus wie ein Baby, das während des Essens am Tisch einschlief. Dann hörten wir nur noch ein tiefes Seufzen und er schloss endlich seine Augen. Jetzt verhielten wir uns leise, denn wir wollten ja auch, dass er so lange wie möglich schlief.

So ging mein ungewöhnlicher Plan auf und jetzt begab er sich in unsere schützenden Hände. Dämon schlief den ganzen Tag und die Nacht durch. Als er wieder aufwachte, saß Gabriel direkt neben ihm wie auch Ares und Judith. Jeder von ihnen hatte eine Hand auf ihn gelegt, so dass er spürte, dass auch er von den anderen beschützt werden würde.

Egal, wie stark und mächtig jemand war, im Schlaf war er dann doch verwundbar wie ein kleines Kind. Das wollte ich Dämon zeigen und ebenso, dass ihm nichts passieren würde, auch wenn um ihn herum andere lebten. Im ersten Moment kannte er sich gar nicht richtig aus. Er drehte den Kopf herum und sah, dass jeder um ihn herum wach war, ihm aber nichts tat. Noch bevor er darauf reagieren konnte, fielen Ares und Judith über ihn her und knuddelten ihn. Sie begrüßten ihn überschwänglich und wuselten in seinem Pelz herum. Ich denke, auf so ein schönes Erwachen war er nicht vorbereitet und die Überrumpelung der beiden war vollständig gelungen.

Vorsichtig stand er auf, streckte und schüttelte sich und leckte den Kindern freudig übers Gesicht. Dann drehte er sich zu Gabriel und sah ihn eine Weile stumm an. Ich wusste nicht, was das zu bedeuten hatte, aber es war sicher nicht böse gemeint. Da packte Ares auf einmal Gabriel von der Seite und drückte seinen Kopf an Dämons Schulter. In diesem Moment begann Dämon zu brummen und legte sich wieder hin. Nun war es ganz eindeutig, dass sie gerade miteinander „redeten".
Worüber es ging, wusste ich nicht, aber von da an betrachtete Dämon Gabriel nicht mehr als Feind. Nun waren wir einen großen Schritt vorwärtsgegangen, denn jetzt ließ Dämon auch zu, dass Gabriel sich mit ihm telepathisch unterhielt. So „zähmten" wir ihn und er war für Menschen keine Gefahr mehr. Jedoch sah das bei den Wölfen ganz anders aus. Sie hatten ihre eigenen Gesetze und Verhaltensregeln. Sie konnten riechen, dass er

einmal Menschen und Wölfe gefressen hatte. Diese Tatsache und das immer noch ungelöste Machtvakuum heizten die Lage noch mehr an. Raphael war der einzige, zu dem er volles Vertrauen hatte. Uriel gegenüber verhielt er sich zwar friedlich und respektvoll, aber Freunde waren sie immer noch keine.

Doch Dämon bemerkte auch, dass Uriel ihn vor den anderen beschützte, wenn er raus musste. Das einzige, was zur Freundschaft und dem Vertrauen fehlte, war gemeinsame Zeit. In Dämons Erinnerungen gab es nur grausame Kämpfe auf Leben und Tod gegen andere Wölfe.
Das dauerte einfach eine Weile, bis er das alles überwinden konnte. Aber es kam ja nicht nur auf ihn an, auch die anderen Wölfe mussten ihn akzeptieren und in ihren Clan aufnehmen. Die Tatsache, dass er Seinesgleichen getötet und teilweise vor Hunger aufgefressen hatte, machte das nicht einfacher.
Die beseelten Wölfe unter ihnen würden das noch irgendwie verstehen und damit klarkommen, aber die anderen waren Instinkt gesteuert. Sie rochen nur den Tod in ihm und wären kollektiv über ihn hergefallen. So stauten sich unsere Probleme in Danuvia langsam auf und wir hatten noch zusätzlich alle Hände voll zu tun, damit die Wölfe friedlich blieben.

In den nächsten gemeinsamen Tagen mit Gabriel besprachen wir alles Mögliche. So erzählte er mir, dass die gefundenen „Leuchtsteine" aus der Unterwelt nicht durch einen paranormal Begabten erzeugt wurden, sondern chemischen Prozessen folgten. Es war einfache Chemolumineszenz. So funktionieren auch unsere bekannten Knicklichter, die auf Partys oder beim Nachtfischen verwendet wurden. Er berichtete weiters, dass die Ältesten damals nicht die gesamte Unterwelt ausgeräumt hatten, sondern noch vieles der alten Laboranlagen unten geblieben waren. Früher befanden sich ja nicht nur die Gefangenen da unten, sondern auch alle Labore, Versuchsräume, Lager für Chemikalien und so weiter. Niemand hatte damals daran gedacht, dass es solche Auswüchse annehmen würde, wie wir sie heute vorfanden. Aber Gabriel gab auch seiner Generation die Schuld daran, dass es so weit gekommen war, denn jeder in Danuvia verdrängte die Unterwelt. Doch so hatte das System da unten Zeit gehabt, sich zu dem zu entwickeln, wie es nun war. Ich bemerkte auch seine Scham und das schlechte Gewissen, das Gabriel plagte, wenn er darüber sprach. Er gab auch sich selbst dafür die Mitschuld, dass Unschuldige da unten leiden hatten müssen. Wir haben darüber viel geredet und ich versuchte ihm, so gut ich es halt konnte, zu sagen dass wir alle einmal Fehler machten. Der einzige Unterschied zu Feiglingen war, dass er heute Verantwortung dafür übernahm und sich der Sache stellte.

In den Tagen, als Gabriel bei uns wohnte, unterhielt er sich auch sehr intensiv mit Ares. Sie redeten nicht nur über sein Leben, sondern auch über seine mentalen Fähigkeiten. Ich kannte Gabriel nun schon einige Jahre, hatte Schlachten mit ihm durchgestanden, gelacht und ihn auch von seiner weichen, sanften Seite kennengelernt. Doch etwas Geheimnisvolles und Unerklärbares umgab ihn immer noch für mich. Nun sah ich aber, wie er mit Ares umging und das zeigte mir eine neue Seite an ihm.

Sie unterhielten sich nicht nur mit der „Edsprache", sondern auch telepathisch. Was für mich noch seltsamer war, wenn sie mit ihren mentalen Fähigkeiten kommunizierten. Das war etwas sehr Beeindruckendes für mich. Ich verstand nicht einmal im Ansatz, worüber sie sprachen, ich bemerkte aber sehr wohl, dass sie ihre Kräfte aneinander austesteten. Es war, als würden sich zwei freundschaftlich messen und sich gegenseitig hochpuschen. Nur war diese Art mental und weder hör noch fühlbar.

Aber sichtbar war es auf jeden Fall. Sie verschwanden beide immer wieder vor unseren Augen und erschienen kurz danach lachend. Es funkte auch und blitzte manchmal, Licht erschien um sie herum und es sah so aus, als ob sie mit ihren Fähigkeiten spielen würden. Ich wusste zwar, dass ihre „Tests" noch lange nicht vorüber waren, aber bald schwächte ihr intensives Miteinander ab und sie gingen in den normalen Tagesablauf über. Da erklärte mir Gabriel, was sie da so alles ausprobiert und worüber sie geredet hätten. Fasziniert war er von Ares´ „Schutzschirm" den er erzeugen konnte. Er erklärte mir, dass es kein Schutzschirm wäre, sondern eine Blockade in den Köpfen der Anwesenden, um ihn zu erkennen. Das bedeutete, dass er die Fähigkeit hatte, unbemerkt in den Kopf anderer einzudringen, um ihnen vorzugaukeln, dass keiner im Raum wäre.

Dieser sogenannte Schutzschirm, war nichts anderes als eine Gedankenmanipulation im Kopf der anderen. Nur Geräusche konnte er nicht „lautlos" für andere machen, darum auch die Vorsicht bei unserer Flucht aus der Unterwelt.

Mir jedoch, der bei dieser Gedankenmanipulation mit ihm mitgegangen war, kam es vor, als ob ich in einer leuchtenden Blase gewesen wäre. Das erklärte auch die Lichtspiele, denn Ares erzeugte eine „Schutzschirmblase" um uns alle. Er und Gabriel wollten sehen, wie weit er diese ausdehnen und wie viele Menschen und Wölfe er darin mitnehmen konnte. Hier im Wohnzimmer passten wir alle in diese „Blase", wie ich es nannte. Denn es sah für mich einfach wie eine Seifenblase aus. Bunt, leuchtend und rund.

Als nächstes wollte Gabriel wissen, wie weit er sie noch ausdehnen konnte und schlug vor, dass wir alle zusammen in meine Schießhalle gingen. So machten wir uns gemeinsam auf den Weg dorthin und er aktivierte wieder seine Blase. Schon da zeigte sich, dass wir „unsichtbar" für jeden waren, der die Gänge entlangging. Aber unsere Gruppe war relativ klein und Gabriel wollte sehen, was noch möglich war. Meine Halle war groß genug für unser kleines Experiment und Ares legte los. Er erzeugte wieder eine Blase und drückte sie circa zehn Meter von uns weg. Aber als er versuchte, sie noch weiter von uns zu schieben, verblassten die Lichter darin und wir wussten nicht mehr, ob man uns jetzt sehen konnte oder nicht. Deshalb mussten mehr Personen in die Halle kommen und sich rund um Ares aufstellen. Aber nicht nur in unserer Nähe, sondern auch außerhalb der Blase. Nun erzeugte Ares nochmals diese Schutzblase und wir beobachteten, wie weit sie sich ausdehnte. Jetzt erkannten wir, dass sich in etwa 20 Personen darin aufhalten konnten, ohne gesehen zu werden. Wenn er versuchte, sie noch weiter auszudehnen, verblasste die Illusion und wir alle wurden für andere wieder sichtbar.

Natürlich waren nach dieser Demonstration alle Anwesenden verunsichert, denn unsichtbar sein hieß, dass man überall unbemerkt hin konnte. Damit hatten einige der Danuvianer ein Problem und lehnten Ares deswegen ab. Jetzt hatten wir ein Problem mehr, um das wir uns kümmern mussten.

Bei all diesen Versuchen jedoch wusste ich auch ohne, dass Gabriel zu mir etwas sagte, was er vorhatte. Nur konnte ich mir nicht vorstellen, dass Ares da so ohne Weiteres mitmachen würde.

Denn mir war klar, dass Gabriel mit Ares und seiner Fähigkeit wieder in die Unterwelt gehen wollte.

Als wir Gabriels Versuche mit der Blase abgeschlossen hatten und zurückgingen, fragte Ares, wo die Soldaten wären, die von unten hierher gekommen waren.

Mir war schon auf unserem Weg zur Schießhalle aufgefallen, dass Ares etwas ängstlich und ruhig gewesen war. Jedoch führte ich es auf das neue Unbekannte für ihn zurück. Er war ja nie für längere Zeit außerhalb unserer Wohnung gewesen. Mit dieser Frage jedoch war klar, warum er wirklich Angst hatte.

Gabriel blieb daraufhin stehen und sagte zu ihm: >>Hab keine Angst, es ist keiner der Soldaten mehr hier in unserem Reich. Sie und die Wölfe gingen in die Außenwelt und kämpften dort gegen uns. Aber wie du siehst, sind nur noch wir da. Es wird dir keiner von ihnen mehr ein Leid zufügen können.<<

Ich denke, das verstand Ares auch, denn wir kehrten anschießend zu uns nach Hause zurück und er fragte nie wieder nach ihnen. Daheim angekommen, versammelten wir uns im Wohnzimmer und Gabriel fragte Ares etwas, das ich fast vergessen hatte. Er begann eher vorsichtig, wurde danach aber immer konkreter.

So begann er: >>Ares, du fühlst dich doch wohl bei uns. Können wir irgendetwas für dich tun, von dem wir noch nichts wissen?<<

Nachdem Ares nichts sagte und nur den Kopf schüttelte, fragte er weiter: >>Deine Leute, die keine Soldaten sind, machen die auch böse Dinge, oder sind das gute Menschen wie du? Kannst du dir vorstellen, dass wir sie zu uns herholen, wo es keinen Hunger gibt? Wo niemand in Angst vor den Wölfen leben muss? Willst du, dass wir sie holen?<<

Ares sah Gabriel an und sagte kein Wort. Wir alle warteten auf irgendein Zeichen oder Wort von ihm, aber da kam nichts. Ich fragte Judith, ob sie ihn vielleicht dazu bewegen konnte mit uns zu reden, aber auch das nützte nichts. Er schwieg, senkte den Kopf und setzte sich zwischen Fee und Dämon auf den Boden. Offensichtlich hatte Gabriel mit seiner Frage einen wunden Punkt getroffen und Ares zog sich körperlich wie auch geistig zurück und war für uns nicht mehr erreichbar.

Nichts konnte mehr zu ihm durchdringen, weder Judith noch Luise oder ich. So hatten wir ihn noch nie zuvor gesehen, außer ganz am Anfang. „Aber in diese Phase konnten wir doch mit den paar Fragen nicht zurückgefallen sein, oder?", dachte ich verzweifelt. Ich konnte und wollte es nicht wahrhaben.

Wir ließen ihn deshalb etwas in Ruhe und Luise ging in die Küche, um essen zu machen.

Beim Essen war Ares immer einer der ersten am Tisch und schaufelte rein, was ging. Der Hunger hatte bei ihm seine Spuren hinterlassen und mit Essen konnte man ihn gut locken. Aber nicht nur ihn, so neben bei bemerkt, auch Fee und Dämon schaufelten rein für drei. Ich war ja nur froh, dass wir immer volle Kühlschränke hatten und der Markt zur Not ja auch noch da war.

Als Luise mit dem Essen ankam und Ares es roch, dachte er nicht mehr an seinen Rückzug und setzte sich zu uns zum Tisch. Da vergaß er jeden Kummer und futterte wieder einmal für zwei Erwachsene.

Luise sah ihn an und meinte lächelnd: >>Mit einem vollen Bauch und einer warmen Decke lässt es sich bei uns schon gut leben.<<

Nachdem alle mit dem Essen fertig waren, fragte ihn Gabriel noch einmal, ob er gerne seine Freunde von unten hier haben mochte.

Da blickte ihn Ares traurig an und sagte: >>Keine Freunde, keine Familie.<<

Zuerst verstanden wir nicht, was er damit meinte, denn in diesen vier Worten konnte sich eine ganze Geschichte verbergen. Ares war leider nie besonders redselig. Gabriel aber ließ nicht locker und bohrte immer weiter nach.

>>Hat es damit zu tun, was bei dem anderen Aufgang passiert ist?<<

Statt einer Antwort senkte Ares seinen Blick wieder zu Boden und nickte leicht mit dem Kopf. Jetzt kam ein grausames Detail zu Tage, von dem sonst niemand wusste, was es zu bedeuten hatte. Als unsere Krieger beim Aufgang zu der Reichsbrücke gewesen waren und angegriffen worden waren, hatten sie ja zuvor zahlreiche menschliche Leichen in einer Halle liegen gesehen.

Wir wussten natürlich nicht, warum da unten so viele Tote lagen, aber Ares erzählte es uns jetzt: >>Einige Tage, nachdem die Türe aufgemacht worden war und die Soldaten zu euch raufgekommen sind, haben sie viele von meinen Leuten geholt. Ich wusste nicht, warum so viele auf einmal mitgehen mussten, also schlich ich ihnen hinterher. Man hatte sie alle zur Sinnerhalle gebracht und viele waren danach Soldaten. Die Schwachen, Kranken und Alten waren Futter für die Wölfe. Ihr habt sie ja dort liegen gesehen. Die restlichen jedoch warten auf euch und werden gegen euch kämpfen, wenn ihr wiederkommt. Geht nicht mehr da runter, sonst passiert euch dasselbe wie den Schwachen. Die beiden Sinner sind sehr stark und wollen euch Böses tun.<<

Danach schwieg er wieder und senkte traurig den Kopf. Bei Ares Erzählungen lief mir ein eiskalter Schauer über den Rücken. Da wusste ich, dass es jetzt Zeit wurde, zu handeln. Wir mussten so schnell wie möglich da runter und es ein für alle Mal beenden, was wir begonnen hatten. Zu lange schon hatte man die Unterwelt ignoriert. Damit musste ein für alle Mal Schluss sein! Ich fühlte, dass die Wut in mir hochkochte und Gabriel bemerkte ebenso, dass ich verärgert war.

Noch bevor ich etwas sagen konnte, kam er mir zuvor und meinte: >>Ich bin derselben Meinung wie du, jedoch brauchen wir vorher einen guten Plan. Erneut einfach drauf losrennen bringt nichts, sie warten bereits auf uns. Die Lösung liegt in Ares Fähigkeiten, nur müssen wir überlegt vorgehen.<<

Meine Antwort darauf war kurz und entschlossen: >> Bringen wir es zu Ende Gabriel, egal wie!<<

Ich wäre am liebsten sofort losgezogen, so wütend wie ich mich gerade fühlte, aber Gabriel bremste mich ein und Luise half ihm dabei. Beide redeten auf mich ein und versuchten, mich zu beruhigen. Was mich so wütend machte, war die Tatsache, dass dieses sinnlose Morden da unten für mich überhaupt keinen Sinn ergab. Ich verstand es nicht und mein Kopf wehrte sich gegen jede Antwort. Momentan war ich in einer Gedankenspirale gefangen, die nur abwärts ging.
Da ich in diesem Zustand nicht klar denken konnte, beschloss ich, in meine Schießhalle zu gehen, um mich etwas abzureagieren. Ballern hilft in so einer

Situation immer, sagte Elias sehr oft zu mir. Durch die Konzentration auf den finalen Schuss vertrieb sie jeden anderen Gedanken und machte den Kopf wieder frei. So komisch es auch klingen mochte, es half mir sehr oft und stimmte.

Ich stand auf und meinte, dass ich kurz Mal Luft bräuchte, um wieder klar denken zu können, und verließ die Wohnung. Als ich zweimal ums Eck bog, kam mir gerade Elias entgegen. Er war seit Wochen nicht mehr da gewesen, daher freute ich mich sehr, als ich ihn wiedersah.

Seine ersten Worte zu mir waren: >>Hallo Ed, was gibt es Neues und wohin des Weges?<<

>>Ballern und Frust ablassen<<, war meine Antwort.

>>Ich komm mit und bei der Gelegenheit erzähl doch mal, was Sache ist<<, meinte er wie immer gut gelaunt und wir gingen gemeinsam weiter.

Auf dem Weg in meine Halle erzählte ich ihm, was Ares uns alles anvertraut hatte und was mich so wütend gemacht hatte. Schon beim Erzählen merkte ich, wie erleichtert ich mich mit jedem Wort fühlte. In der Halle bekam ich schließlich immer mehr Distanz zu diesen Gedanken. Langsam wurde mein Kopf klarer und die Freude über Elias Wiedersehen tat den Rest dazu. Einige Stunden später war jeder Frust verflogen und wir kehrten zusammen zu meiner Wohnung zurück. Als wir eintraten, saßen noch alle im Wohnzimmer und unterhielten sich.

Die Freude über Elias´ Rückkehr zauberte jedem sofort ein Lächeln ins Gesicht. Nachdem es sich Elias im Wohnzimmer gemütlich gemacht hatte, sprachen wir für heute nicht mehr von der Unterwelt. Judith schlug später vor, dass wir alle gemeinsam einen Spieleabend machen sollten, um auf andere Gedanken zu kommen.

Das war eine sehr gute Idee, wie ich erst später feststellte, denn das herzliche Lachen und Herumalbern kannte Ares nicht. Am Anfang war er sehr zurückhaltend und traute sich nicht mitzumachen, aber je länger der Abend dauerte, desto lockerer wurde er.
Nach ein paar Stunden hatten wir ihn dann soweit, er lachte das erste Mal. Von nun an war auch er geistig ganz bei uns angekommen, denn das Lachen war das einzige, das noch gefehlt hatte. Als es dann schon spät war, fragte Luise Elias, ob er nicht auch dableiben wolle. Platz hatten wir ja genug im Wohnzimmer und für Ares und Dämon war es auch eine neue Herausforderung. Ich erklärte ihm noch den Sinn unseres kleinen Experimentes und so blieb auch er zum Schlafen da. Doch diese Nacht verlief anders als geplant, denn wir kamen nie richtig zur Ruhe. Ständig blödelte einer herum und alle mussten wieder lachen. Der Haupttäter der nächtlichen Ruhestörung war aber eindeutig Elias mit seinen Witzen, die er ständig erzählte. Ich konnte nur sagen, diese Nacht war legendär und brachte uns alle viel näher zusammen.

Am nächsten Morgen waren wir alle noch sehr müde, als es vor unserem Eingang klopfte.

Ich rief müde herein und da kam Petra, um Luise zum Sport abzuholen. Als sie uns auf unserem großen Matratzenlager so herumliegen sah, musste sie lauthals lachen. Zugegeben, es sah schon etwas lustig aus in unserem Wohnzimmer. Luise machte sich in der Zwischenzeit fertig und beide verließen uns kurz danach.

Judith fragte dann Ares, ob er auch Lust hätte, einmal raus zu gehen, um Sport zu machen. Aber Ares sah sie nur mit großen Augen an und wusste gar nicht, was sie damit meinte. Nun erklärte ihm Judith, was sie darunter versteht und Ares′ Augen weiteten sich immer mehr. Da stand Judith auf, ergriff die Initiative und nahm Ares bei der Hand.

>>Komm mit, wir machen jetzt einmal etwas für deinen Körper<<, entschied sie streng und zog ihn bis vor die Tür.

Da stand auch Dämon auf und wollte mitgehen.

Judith drehte sich um und sagte zu ihm: >>Du kannst noch nicht mitkommen, das ist Wolfsrevier.<<

Nun machte Dämon etwas, das ich nicht verstand, aber als Drohung auffasste. Er pumpte sich mit Luft auf um größer zu wirken und stellte seine Nackenhaare auf. Dazu knurrte und brummte er.

Judith aber sah ihn nur lächelnd an und sagte: >>Ach wirklich, da sind dutzende Wölfe.<<

Ich verstand nicht, was da gerade los war, aber mir gefiel die Situation nicht. Auf meine Frage, was das gerade sollte, erklärte mir Judith, das Dämon nicht sie bedrohte. Vielmehr machte er auf seine Weise nur klar, dass er mitgehen wollte und keine Angst vor den anderen Wölfen hätte. Das verstand ich sogar, denn er war unseren Wölfen an Kampfkraft weit überlegen. Es war sein Vorteil, aber unsere Wölfe mussten auch nie gegeneinander um ihr Leben kämpfen. Dämon hingegen war im Töten trainiert und kampferfahren. Jetzt waren wir wieder bei unserem Thema angelangt. Ich bat Judith, noch eine Weile mit dem Rausgehen zu warten, zumindest so lange, bis Dämon und Ares in unser Volk integriert waren. Bei Fee war das keine große Sache, denn sie verhielt sich anders und hatte kein Problem damit, sich unterzuordnen.

Diese Gelegenheit nutzte jetzt auch Gabriel und sprach Dämon direkt an.

Er fragte ihn mit seiner menschlichen Stimme: >>Dämon, du weißt, dass ich dir nichts tue. Ich möchte mich aber mit dir verbinden, um herauszufinden, wie wir dir, Ares und den unschuldigen Menschen in der Unterwelt helfen können. Dazu brauche ich dich und du musst freiwillig zustimmen. Natürlich kann Ares hierbleiben und darauf achten, dass du nichts tun musst, das du nicht willst. Er kann mitreden und dir zeigen, dass alles gut ist.<<

Da drehte Dämon sich plötzlich um und ging auf Gabriel zu. Nur wenige Zentimeter vor ihm blieb er stehen und schaute zu ihm hoch. So verweilten

beide einige Sekunden, bis Gabriel sich niederkniete
und den Kopf hochhob. Dasselbe sah ich damals, als
Judith den Wölfen ihre Demut zeigte.
Gabriel kniete am Boden, Dämon zog langsam seine
Lefzen hoch und zeigte seine blanken Zähne. Uriel
und Raphael saßen nur wenige Meter daneben, aber
rührten sich wiederum nicht. Nun verstand selbst
ich, was das Ganze werden sollte. Gabriel
garantierte mit seinem Leben, dass er Dämon nichts
tun würde, wenn er sich mit ihm verband. Dämon
brummte noch ein wenig bedrohlich dazu und
anschließend war auch diese Hürde genommen.
Denn Gabriel stand auf und setzte sich wieder in
seinen Sessel. Judith und Ares setzten sich ebenfalls
und Dämon legte sich vor Gabriel. Elias und ich
sahen sich beruhigt an und wussten, was nun folgen
würde.

Kapitel 5
Dämons Rache

Als Gabriel und Dämon sich ansahen, versanken sie in eine Art Trance. Beide schlossen die Augen und fast konnte man glauben, dass die beiden schliefen. Auch Ares war in diesem Zustand und selbst Judith tat es ihnen nach. Jetzt hieß es abwarten, denn hier konnten wir nichts mehr tun. Elias und ich setzten uns ebenfalls hin und warteten. So verging Stunde um Stunde, ohne dass sich einer bewegte.
Müde, wie ich war, merkte ich gar nicht, dass ich auf meinem Stuhl eingeschlafen war, als mich eine Stimme weckte.

>>Ed aufwachen ... kaum lässt man dich einmal aus den Augen, schläfst du schon ein<<, sagte Gabriel leise zu mir und grinste mich dabei an.

Ich schreckte hoch und kannte mich für einige Sekunden gar nicht aus.

>>Was ... was ist passiert?<<, stammelte ich verwirrt.

>>Nichts, nur weiß ich jetzt Dämons Geschichte und wie wir in die Unterwelt kommen<<, sagte mir Gabriel und lachte dabei zufrieden.

>>Ok ok... ich bin gerade ein bisschen eingenickt, aber...<<, ein Blick auf die Uhr verriet mir dann doch die lächerliche Wahrheit.

Sechs Stunden bin ich „nur" etwas „eingenickt"!

Als ich wieder voll da war, blickte ich zu Elias rüber und meinte: >>Du hättest mich ruhig wecken können.<<

Da antwortete er grinsend: >>Wie denn, Gabriel hat mich nur kurz vor dir geweckt.<<

Nun gut, es war ja nichts passiert und nach unserer schlaflosen Nacht war es verständlich, dass alle eingenickt waren.

Da fragte uns Gabriel, ob wir wieder aufnahmefähig wären und erzählte: >>Also ihr zwei Schlafmützen. Ich durfte mich mit Dämon geistig verbinden und konnte so herausfinden, warum er und Fee beseelt waren. Denn beide waren nicht die Wölfe, die damals in die Unterwelt geschickt worden waren. Dämon und Fee sind beide Erstgeborene. Diese wahnsinnigen Wölfe von damals hatten sich untereinander gepaart und die Seele, die nicht in den alten Wolf gepasst hatte, war in einen der Neugeborenen übergegangen.
Dämon und Fee sind also schon sehr alt. Mit jeder neuen Generation nahm das Ungalitium in ihnen ab und jede neue Generation Wölfe wurde fruchtbarer aber auch sterblich. Heute gibt es fast nur noch neue Wölfe ohne Seele und diese sind für einen Telepathen sehr einfach zu lenken. Dämon und Fee hingegen wehrten sich von Anfang an gegen die geistige Übernahme und ihr furchtbares Schicksal kennt ihr ja. Die neuen Wölfe hingegen waren willenlos und ihren Herrn treu ergeben. Die Wölfe dienen den Menschen auch als Nahrung, weil sie sich stark vermehren können. Auch die Menschen

vermehrten sich inzwischen normal, weil auch ihnen das Ungalitium fehlte. Ares jedoch ist tatsächlich erst dreizehn oder vierzehn Jahre alt.

Alle schwachen, kranken oder alten Menschen dienten den Wölfen als Nahrung. Sie betrieben da unten eine regelrechte Zuchtstation für Menschen und Wölfe. Unser Fisch reichte ihnen nicht, denn wir dachten immer, dass sie sich nur so langsam wie wir vermehrten. Es waren einfach schon zu viele da unten, um mit unseren Fischgaben auszukommen. Dämon hatte so viel Angst vor mir, weil auch ich für ihn ein Kopfsinner war. Er dachte immer, auch ich würde ihn geistig zwingen, mir zu dienen. Vergesst nicht, er kannte ja nur die bösen Kopfsinner aus der Unterwelt.
Ich denke aber, dass er das jetzt verstanden hat und weiß, dass es bei uns anders zugeht als unten. Jetzt weiß ich auch, wie wir in der Unterwelt das Volk von diesen „Sinnern" befreien können. Dazu müsste ich aber noch mit Ares und Dämon reden. Ohne sie funktioniert mein Plan nicht. Da unten laufen nämlich dutzende seelenlose Wölfe herum, und gegen sie waren selbst unsere Wölfe machtlos. Ich möchte aber einen offenen Krieg verhindern und keine neuen Opfer beklagen müssen.

In der Zeit, in der wir unten sind, bitte ich Judith schon Mal, Fee dem Rudel vorzustellen und einzuführen. Sie macht keine Probleme und kann sich gut anpassen. Bei ihr sehe ich keine Probleme wegen der Eingliederung. Damit sind unsere Wölfe einmal beschäftigt und haben mit sich selbst zu tun. Wenn Fee einmal integriert ist, werden wir ihnen den viel schwereren Fall von Dämon vorstellen. Das wird zwar viel Aufregung geben, aber es ist notwendig.<<

Jetzt war ich aber neugierig auf Gabriels Plan und Elias preschte mit einem Wort hervor, das mir gar nicht gefiel.

Er meinte zu Gabriel: >>Du denkst sicher an ein Trojanisches Pferd?<<

Überrascht blickte ihn Gabriel an und nickte zustimmend.

>>So hätte es auch ich gemacht, mein Freund. Warst du dabei?<<, fragte ihn Elias noch, „denn das war weit vor meiner Zeit."

Da nickte Gabriel erneut und sagte bedächtig: >>Es ist über 3200 Jahre her. Es ist zwar vieles anders, aber was damals klappte, kann heute auch funktionieren.<<

Ich konnte es gar nicht glauben oder verstehen und hakte nach: >>1200 vor Christus warst du dabei?<<

Gabriel lächelte wissend, als er sprach: >>Ich selbst war es nicht, der dabei war aber die Seele in mir war dort. Ich beherberge sie nur bis zum nächsten Körper. Aber ich kann auf die Erinnerungen von ihr zugreifen, jedoch nicht auf Emotionen oder Gefühle<<, gab Gabriel als Antwort.

„Wow", dachte ich verblüfft. Jetzt war ich richtig sprachlos, was sicher auch in meinem Gesicht zu erkennen war.

Elias hingegen fragte ebenfalls etwas beeindruckt nach: >>Und wie willst du es machen?<<

Gabriel dachte kurz nach, drehte sich zu Ares und begann zu erzählen: >>Ich möchte, dass Ares und ein paar Ausgewählte, mit mir wieder hinuntergehen. Er soll uns in seinem Schutzschirm verbergen, bis wir in der Sinnerhalle ankommen. Dort werden wir die beiden mit einem Blitzangriff unschädlich machen.<<

>>Du willst wirklich den Jungen da mit runter nehmen?<<, fragte ich entsetzt nach.

>>Er ist der Einzige, der da unten so lange unentdeckt überleben konnte. Nur so kann ich unsere Krieger schonen und es ein für alle Mal beenden<<, gab Gabriel als Antwort. >>Außerdem ist er ortskundig. Nur er kennt die kürzesten Wege, um unerkannt von einem Ort zum anderen zu kommen. Niemand kennt die Gänge da unten so gut wie er.<<

Sein Nachsatz überzeugte selbst mich Skeptiker.

Da meinte Elias: >>Wenn du beide auf einmal ausschalten willst, ist das selbst für dich sehr gefährlich. Nehmen wir sie uns lieber einzeln vor, das ist sicherer. Und ja, ich melde mich freiwillig, ich werde mir das doch nicht entgehen lassen.<<

>>Es ist ja klar, dass ich auch dabei bin, nur muss ich Elias recht geben. Jeder für sich ist einfacher, wir wissen ja nicht genau, wie stark sie wirklich sind<<, warf ich noch ein.

>>Ihr habt recht, einzeln ist es sicherer für uns alle<<, stimmte Gabriel uns zu.

Gabriel sah Dämon an, nickte und antwortete: >>Du hast recht, so könnte es klappen.<<

Ich blickte Gabriel fragend an und meinte dann eher belustigt: >>Fängt das jetzt schon wieder an, dass ich nichts verstehe, wenn ihr euch unterhaltet?<<

Da drehte sich Gabriel zu mir und antwortete etwas belustigt: >>Ach Ed, ich übersetze es dir doch eh gleich in Edsprache! Dämon sagte, dass er den Kopfsinner herauslocken würde und wir ihn dann alleine angreifen könnten. Er hat nämlich noch eine Rechnung mit ihm offen.<<

Nun warteten wir alle gespannt auf eine Antwort von Ares, denn ohne ihn würde das Ganze nicht klappen. Jeder starrte auf ihn, aber er sah einfach nur zu Boden. Ich wusste, dass diese Bitte Gabriels sehr viel von Ares abverlangte und ich war nicht sicher, ob er ihn damit nicht überforderte. Wie dem auch sei, wir hatten keine andere Wahl. Es hing alles von ihm ab. Auf einmal stand Dämon auf und ging zu Ares. Er drückte sich an ihn und brummte leise.

Dabei drehte er seinen Kopf hin und her.
Ich hatte den Eindruck, als ob er ihm Mut für die
kommende Aufgabe machen sollte.
Gabriel sah mich an und zwinkerte mir zu. Das war
sein Zeichen für „Alles okay".

Nach einer kurzen Phase dieses „Kuschelns" von
Ares und Dämon, stand Ares auf und fragte:
>>Wann gehen wir?<<

Gabriel überlegte kurz und antwortete dann: >>Sehr
bald, ich werde nur noch für Dämon einen
Körperpanzer anfertigen lassen. Ich möchte nicht,
dass ihm etwas passiert und außerdem denke ich,
dass wir da noch eine kleine Überraschung für ihn
haben. Ich werde noch eine kleine Truppe
zusammenstellen und dann ziehen wir los.<<

Als Gabriel das verkündet hatte, stand er auf und
bat Dämon, Raphael und Uriel mitzukommen.
Ich fragte ihn, was er jetzt vorhätte und da
erwiderte er lachend: >>Komm einfach mit, dann
erspare ich mir das lange Erklären. Und du Elias
kannst auch gleich mitkommen.<<

Ich ließ mich nicht zweimal bitten und schloss mich
dem Verbund an. Gabriel ging vor, Raphael und
Uriel nahmen Dämon in die Mitte, Elias und ich
waren das Schlusslicht. Wie ich es mir schon
dachte, steuerte Gabriel die Schmiedewerkstätte an.

Als wir dort ankamen, drehte sich Gabriel zu
Dämon und bat ihn: >>Tu mir einen Gefallen und
lass den Schmied in Ruhe. Er muss dich anfassen,

um Maß zunehmen. Wir sind hier und achten auf dich. Niemand in Danuvia wird dir Leid zufügen, das verspreche ich dir. Wenn du etwas nicht möchtest, dann weiche bitte zurück und greif nicht gleich an. Unser Volk kennt keine ernsten Wolfsangriffe. Lass zu, dass man dich liebgewinnen kann und gib den anderen eine Chance dafür.<<

Dämon sah Gabriel skeptisch an und anschließend betraten wir die Werkstatt. Gabriel ging zum Schmied und erklärte ihm kurz die Sachlage.

Dann fügte er aber noch hinzu: >>Fertige aber auch einen Absrefhelm für ihn an. Er muss geschützt sein, denn in der Unterwelt werden wir gegen einen antreten, der Wölfe dazu nutzt, um Menschen zu jagen. Fertige auch einen für Ed an, denn er wird mitkommen.<<

Der Schmied betrachtete Dämon kurz und meinte anschließend freundlich: >>Na dann junger Isegrim, komm einmal her, wir werden dich schon gut einkleiden.<<

Dämon zögerte vorerst noch etwas, ließ sich aber dann ohne weiteres vermessen. Er sah zwar immer wieder Mal mürrisch zu Gabriel und hielt sich auch nicht mit seinem Brummen zurück, aber er tat niemanden etwas.

Ich fragte Gabriel, was ein „Absrefhelm" sei und er erklärte mir: >>Das ist ein spezieller Helm, der den Wolf, aber auch Menschen vor telepathischem Einfluss abschirmt. Schon die Nazis experimentierten damit herum und wir übernahmen und verfeinerten deren Technik. Die Nazis hatten ihn aber nicht für die Wölfe entwickelt, sondern vielmehr als Selbstschutz vor den Telepathen. Wir werden ihn jetzt nur etwas umgestalten und an einen Wolf anpassen.<<

>>Und was ist mit mir?<<, fragte Elias belustigt, >>Brauche ich keinen Schutzhelm?<<

Gabriel sah hinüber und meinte schelmisch: >>Du brauchst keinen, mit dir habe ich etwas anderes vor.<< Dazu grinste er den Unsterblichen übermütig an.

Als wir in der Schmiede fertig waren, kehrten wir zu mir zurück. Zuhause setzten wir uns und Gabriel erklärte uns seinen „neuen" Plan. Im Prinzip war es immer noch derselbe, nur dass sich Elias in der Unterwelt als Soldat „anbieten" sollte. Wir wussten ja, dass die Wölfe regelmäßig Menschen holten, die dann als Soldaten dienen mussten. Elias sollte sich „gefangen" nehmen lassen und bei Bedarf in unseren Plan „nützlich" eingreifen, wenn es notwendig wäre. Was er mit „nützlich" meinte, verstand ich zwar nicht, aber wenn Elias nichts fragte, dann war es für mich auch in Ordnung.

Zwei Tage später holten wir die bestellten Sachen aus der Schmiede und bereiteten uns auf ein

neuerliches Eindringen in die Unterwelt vor. Als wir
Dämon seine Rüstung anlegten und er sich bewegte,
bemerkten wir jedoch ein kleines, aber
entscheidendes Problem. Sie passte zwar wie
angegossen, nur das Metall klapperte etwas
aneinander. So konnten wir nicht hinuntergehen,
denn dieses Geräusch hörte man auf 50 Meter.
Das kam Dämon aber nur gelegen, denn er fühlte
sich ohnehin nicht wirklich wohl darin. Er war es
nicht wie unsere Wölfe gewohnt darin zu gehen. So
beschlossen wir, die Rüstung wegzulassen und nur
den Helm anzulegen. Der war jedoch notwendig,
denn ohne ihn wäre er dem Sinner sogleich hilflos
ausgeliefert gewesen. Als wir fertig waren und uns
alle beim nördlichen Abgang trafen, lernte ich auch
unsere restlichen Begleiter für die Mission kennen.
Zu meiner Freude war es Arktos, den ich leider
nicht so oft sehen konnte, wie ich wollte. Er lebte
noch immer sehr zurückgezogen mit seinen
Männern in der Dunkelheit. Aber er und vier andere
Schattenkrieger würden uns begleiten. Sie waren für
die Dunkelheit da unten die perfekten Kämpfer.
Gabriel sagte ja nicht, wer mitkommen würde und
ich fragte ihn auch nicht, denn im Endeffekt war es
doch egal. Hauptsache, wir konnten unser Ziel da
unten bald erreichen. Das hieß für mich, „Die
Sinner und jeden Bösen töten, die restlichen Guten
befreien und bei uns integrieren." So einfach war
das, zumindest in der Theorie. Die Praxis würden
wir in Kürze erleben.
Nachdem ich meine Freude und Erleichterung
ausgedrückt hatte, dass Arktos mitkam, öffneten wir
vorsichtig und leise den Abgang zur Unterwelt.

Als die Falltür offen war und keine Gefahr drohte, stiegen wir hinab ins finstere Nichts. Der Erste war Ares, der uns sogleich abschirmte. Ihm folgte Dämon, Gabriel, Elias, die fünf Schatten und ich. Wir nahmen aber keinen unserer Wölfe mit, denn hier konnten sie uns ohnehin nicht beschützen. Ab jetzt waren wir alleine auf den Schutz von Ares und Dämon angewiesen.

Als wir uns alle unten versammelten, wurde oben die Türe leise wieder verschlossen und von dutzenden Kriegern und Wölfen bewacht. Ab jetzt waren wir auf uns alleine gestellt und begannen den langen Marsch ans andere Ende der Unterwelt. Ares führte uns diesmal ganz anders als das letzte Mal. Wir bogen gleich in den Gang, wo letztens die fremden Wölfe hergekommen waren. Hier war es stockfinster und keine Leuchtsteine lagen am Weg umher. Auch war der Gestank viel schlimmer und jetzt wussten wir leider auch warum. Die verwesenden Leichen nahmen uns fast den Atem, obwohl sie so weit entfernt von uns lagen.

Da kam mir aber gleich der nächste Gedanke: „Waren diese Leichen, die wir gefunden haben, schon alle gewesen, oder gab es in der Zwischenzeit neue, die irgendwo lagen?" Aber Gabriel hatte eine Überraschung dabei. Auch für ihn war der Gestank hier unten unerträglich und er hatte für uns vorgesorgt. Er gab uns eine Dose mit einer stark riechenden Salbe, die wir uns unter die Nase reiben konnten. Der Geruch erinnerte mich sofort an Tigerbalsam und trieb mir gleich einmal die Tränen in die Augen.

Der Duft war so intensiv, dass ich nach dem Auftragen gar nichts mehr roch, außer die scharfe Salbe. Mir war das aber weitaus lieber als der Verwesungsgestank, der sich in der Unterwelt verbreitete. Ich konnte mir gar nicht vorstellen, hier leben zu müssen. Wie hatte es Ares so lange hier aushalten können? Langsam schritten wir voran und Ares führte unseren Trupp an. Ich war froh darüber, dass seine Blase wenigstens ein bisschen Licht erzeugte, sonst würden wir völlig blind gehen müssen. Klar waren wir alle durch unser Training in der Dunkelheit geschult, doch hier kannte sich keiner aus. Jeder Weg war neu und hinter jeder Ecke konnte uns jemand entgegenkommen oder auflauern.

Diese Situation war für niemanden leicht und die Anspannung tat ihr Eigenes noch dazu. Fast lautlos bewegten wir uns und nirgendwo trafen wir auf andere Lebewesen. Wir durchquerten mit Hilfe von Ares zahllose Hallen und Gänge, der, wie es schien, dieses endlos scheinende Labyrinth auswendig kannte.

Inzwischen waren wir schon mehrere Stunden unterwegs, aber nirgendwo gab es ein Zeichen von Menschen oder Wölfen. Aber an Ares zügigem Gang erkannten wir, dass sich keine Gefahr in unmittelbarer Nähe befand.

Da stoppte er plötzlich und gab mit einem Handzeichen die Weisung, sofort in einen kleinen Raum zu verschwinden. Wir huschten allesamt hinein und verhielten uns leise. Wenige Sekunden später ging ein Trupp Samssoldaten an uns vorbei und verschwand hinter der nächsten Ecke.

Wir verweilten noch etwas, als Ares das Zeichen zum Weitergehen gab. Als wir wieder draußen im Gang waren, deutete ich Gabriel mit den Fingern, ob auch er gesehen hatte, was ich bemerkt hatte. Er nickte und ging dann weiter. Diese Soldaten waren in Wolfsfelle gehüllt und ein wenig erinnerten sie mich an Werwölfe. Sie trugen Speere, Blasrohre und Schwerter mit sich. Die waren alles andere als unbewaffnet. So kurz vor dem Ziel konnten wir aber nicht mehr zurück und mussten mit dieser neuen Erkenntnis weitergehen. Da bog Ares in einen größeren Raum ein, der mit Matratzen, Kleidungsstücken und ein paar bescheidenen Habseligkeiten von Menschen vollgeräumt war. Dann deutete er Dämon etwas mit der Hand und dieser verschwand gleich darauf wieder in den Gang, von dem wir gekommen waren.

Ares stand inmitten dieses Raumes und flüsterte aufgeregt: >>Alle schon Futter oder Soldaten. Keiner mehr da.<< Große Traurigkeit lag in seinen Worten und ich schluckte betroffen.

Gabriel ging zu ihm hin und fasste ihn an der Schulter.

Dabei wisperte er ihm zu: >>Es tut mir so leid für dich, aber genau darum sind wir hier. Dieses Unrecht muss beendet werden. Wie weit ist es noch Ares?<<

Dieser blickte zu ihm auf und meinte: >>Nicht weit Sinner Halle. Jetzt ihr Reich. Müssen leise sein. Wölfe, Soldaten kommen.<<

Das war das erste Mal, dass Ares in wenigen Worten viel sagte. Aber das war seine Art, zu sprechen. Gleich zu Beginn unseres Kennenlernens hatte er noch viel weniger bis gar nichts gesprochen. Dagegen war das jetzt ein richtiger Redeschwall.

Gabriel fragte Ares noch: >>Wie viele Soldaten und Wölfe schätzt du, wird es hier noch geben?<<

Da sah ihn Ares mit großen Augen an und antwortete: >>Viele Soldaten, viele Jäger!<<

Das war genau das, was ich nicht hören wollte, obwohl „viele" für Ares schon fünf waren. Somit wussten wir wieder nichts Genaues und ließen es auf uns zukommen. Wie es aussah, rüsteten sie sich schon eine Weile für uns. Da wir niemanden mehr begegneten, der eine Waffe trug, war anzunehmen, dass die Sinner das ganze Volk als „Stärkung" für die Wölfe opferten. Alleine dieser Gedanke machte mich unglaublich wütend und traurig zugleich. Doch jetzt war nicht die Zeit für Trauer, nun mussten wir handeln.
Ich konnte es mir in dieser Situation nicht erlauben, Schwäche zu zeigen. Zu groß waren die Gefahren in der Unterwelt. Hier, an diesem unwirklichen Ort zählte nur ein klarer Kopf. Als Ares das Zeichen zum Weitergehen gab, verließen wir den Raum. Wir schlichen uns einen Gang entlang und passierten dabei viele, kleine Räume, die sie offensichtlich als Schlaf und Wohnräume benutzten. Es war zwar niemand anwesend, aber wir sahen Betten und andere Gegenstände, die erst kürzlich benutzt worden waren.

Ares brauchte es nicht zu sagen, aber jeder von uns wusste, dass wir es nicht mehr weit zu der Sinnerhalle hatten. Die Anspannung wuchs in mir und jeder Schritt, den ich machte, fühlte sich wie in Zeitlupe an. Ständig mussten wir damit rechnen, dass uns ein Wachtrupp entgegenkam. Die Versteckmöglichkeiten waren zwar in Form von kleinen Räumen da, aber trotzdem war das Gefühl dabei kein Gutes. Mir kam jeder Weg zur nächsten Ecke wie eine kleine Ewigkeit vor und die Tatsache, dass wir nicht genau wussten, wohin wir gingen, machte es noch viel schwerer. Da stoppte Ares plötzlich an einer Weggabelung und deutete mit dem Finger in eine Richtung. Wir blickten in diese und hörten leise in der Entfernung etwas. Der Gang war immer noch finster, aber aus der angegebenen Richtung vor uns kamen ganz eindeutig menschliche Stimmen.

Sie kamen jedoch nicht auf uns zu, sondern blieben da, wo sie waren. Doch waren sie zu leise, um sie verstehen zu können. Jetzt stieg bei jedem die Anspannung, denn ich sah schemenhaft und hörte vor allem, wie jeder seine Waffen bereit machte. Wir waren also fast am Ziel angekommen. Nun bewegten wir uns noch vorsichtiger in Richtung der Stimmen und Ares wechselte von der Spitze unseres Trupps in die Mitte. Er war kein Kämpfer, daher mussten wir ihn beschützen. Seinen Teil der Aufgabe hatte er perfekt erledigt, jetzt waren wir dran. Wir bogen gerade um die dritte Ecke, als am Boden ein Lichtschein zu erkennen war. Gabriel, der ganz vorne war, spähte vorsichtig um die Ecke.

Danach drehte er sich zu uns um und flüsterte: >>Da vorne ist ihre Halle. Sie ist beleuchtet. Gleich hinter dem Eingang liegen einige Wölfe. Hier kommen wir nicht hinein. Kennst du einen anderen Eingang, Ares?<<

Da deutete uns Ares, dass wir mitkommen sollten, und wir gingen wieder zurück in die Richtung, aus der wir gekommen waren. Es war nicht weit bis zu einer Abzweigung und der folgten wir dann auch. Nur wenige Minuten später kamen wir zu einem anderen Eingang der Sinnerhalle.
Dieses Mal jedoch war es ein langer, gerader Gang, der zu ihnen führte und wir konnten uns nicht wie zuvor hinter einer Ecke verbergen.
Von unserer Position aus, konnten wir fast nichts erkennen. Wir mussten daher direkt und ohne Versteckmöglichkeit auf sie zugehen. Jetzt war mehr denn je Ares und sein „Schutzschild" gefragt. Ohne seiner Fähigkeit der Gedankenmanipulation würden wir sofort entdeckt werden. Als wir losgingen und auf den Eingang zusteuerten, war das Gefühl für mich unbeschreiblich. Wir kamen immer weiter in den Lichtkegel ihrer Halle und einige Wölfe und Soldaten standen dort, aber niemand nahm uns wahr. Direkt auf jemanden zuzugehen, ohne gesehen zu werden, war für mich noch immer ungewohnt. Alles in mir wehrte sich dagegen. Ich konnte sie klar sehen, sie uns aber nicht und dieser Gedanke überforderte mich ein wenig.

Als wir unmittelbar bei ihrem Eingang stehen blieben, konnten wir von ihrer Halle genug sehen, um zu erkennen, dass wir hier ein großes Problem hatten. Die Halle war sehr groß. Sie mussten Zwischenwände herausgerissen haben, denn so etwas Großes gab es bei uns oben nicht. Außerdem befanden sich in der Mitte einige abgebrochene Betonsäulen, die diese These untermauerten. Nur wenige Meter vor uns an der Wand, war eine massive Gefängniszelle aufgebaut. Diese war nur zwei Meter tief aber relativ lang. Hier konnte man sicher 20 Leute auf einmal einsperren, aber dieses Gefängnis war leer. Was ich jedoch etwas seltsam fand, war, dass die Zellentüre offenstand und der Schlüssel darin steckte. Am Gefängnisgitter hingen mehrere Ketten herab, aber niemand war angekettet.

Die Halle selbst war fast so groß wie ein Fußballfeld. Überall standen Tische und Bänke herum. So wie es aussah, teilten sich diese Sinner die Halle auf. Der eine war links und der andere rechts.

Jetzt jedoch saßen beide an einem Tisch und mehrere Soldaten standen um sie herum. Offenbar diskutierten sie gerade über etwas und mehrere Papierrollen oder Pläne lagen ausgebreitet vor ihnen. Wir beobachteten die beiden noch eine Weile und zogen uns anschließend zur Lagebesprechung zurück. Als wir wieder außer Sicht- und Hörweite waren, versammelten wir uns in einem kleinen Raum.

>>Was haltet ihr davon?<<, fragte Gabriel.

>>Schwierig<<, antwortete Arktos, >>da stehen etliche Wachen herum und ihre Wölfe liegen überall. Wegen den Wachen mache ich mir keine Sorgen, aber diese Wölfe verhalten sich echt

grimmig. An denen kommen wir nicht unbemerkt vorbei.<<

Da musste ich gleich dazu anmerken: >>Ich habe nur 36 Soldaten gezählt auch 17 Wölfe! Die Halle ist etwas unübersichtlich, wir müssen daher noch einmal zurück zum anderen Eingang und von dort aus schauen. Am hinteren Ende der Halle waren drei Türen. Wir wissen nicht, wer oder was sich dahinter befindet. Es war echt schwer, hier etwas zu entscheiden. Am besten wäre, wir beobachten sie noch, bevor wir etwas unternehmen.<<

Das blöde an der Sache war ja auch, dass wir immer alle gemeinsam gehen mussten und daher relativ viel Platz benötigten. Wir konnten uns auch nicht aufteilen, da Ares nur rund um sich diese Abschirmung erzeugen konnte.

Gabriel merkte noch an: >>Der Größere von den beiden ist der Telepath und der Chinese der Telekinet. Weißt du noch Ed, als wir bei den Ältesten waren, da hast du seinen Zwillingsbruder gesehen.<< Dann fügte er noch hinzu: >>Gut machen wir es so, wir beobachten sie noch länger und entscheiden anschließend was wir tun.<<

Als wir mit unserem Gedankenaustausch fertig waren, machten wir uns wieder auf den Weg zum ersten Eingang. Dieser war mir persönlich etwas lieber, weil wir vor dem Eingang hinter einer Ecke stehenbleiben konnten. Zwar mussten wir trotzdem in Ares Schutzkreis bleiben, um nicht entdeckt zu werden, aber es gab mir einfach ein besseres Gefühl.

Als wir direkt vor dem Eingang standen und in die Halle hineinsahen, war wie auf der anderen Seite auch nur fünf Meter von uns ein Eisengittergefängnis entfernt. Ebenfalls so groß wie das andere nur war hier die Zellentüre verschlossen. Von unserem Standort aus konnten wir die ganze Halle überblicken und uns ein gutes Bild von ihr machen. Alles darin war sehr spartanisch eingerichtet. Es standen nur etliche Tische, Stühle und ein paar Regale herum. Einige Matratzen lagen durcheinander am Boden und Kleidung oder Fetzen erkannten wir darauf. Ich konnte mir gar nicht vorstellen, wie man so überhaupt überleben konnte. Hier fehlte es an allem, was ein Leben lebenswert machte.

Wir warteten an der Ecke noch Stunden, aber es kamen keine Soldaten dazu oder gingen weg. Auch die Wölfe lagen nur herum und taten nichts. Von Zeit zu Zeit knurrten oder fletschten sie sich ohne erkennbaren Grund an. Die beiden Sinner gingen ab und zu durch jeweils eine der Holztüren am anderen Ende der Halle, aber sonst tat sich hier nicht viel. Ich hatte den Eindruck, dass sie auf irgendetwas warteten, aber auf was, das konnte ich nicht erkennen.
So konnte es nicht weitergehen und Gabriel deutete, dass wir uns zurückziehen sollten. Wir schlichen uns unbemerkt davon und hielten anschließend eine neuerliche Lagebesprechung ab.

Gabriel begann mit den Worten: >>Egal, wie wir es angehen, wir würden immer scheitern. Es gibt auf dieser Seite nur zwei Zugänge zu dieser Halle.

Die Türen auf der anderen Seite erreichen wir nicht, da wir zu nahe an die Wölfe herankommen. Sie würden uns bemerken und der Telepath würde unsere Tarnung so wie ich damals durchschauen. Die Soldaten wären kein Problem für uns, sie sehen nur groß und wild aus. Ihre Haut ist jedoch voller Narben und das heißt, dass sie leicht verwundbar sind. Unser Problem sind die Wölfe. Sie liegen relativ nahe an beiden Seiten der Zugänge. Selbst Dämon könnte nicht mit 17 Wölfen auf einmal kämpfen. Wir haben allerdings auch keine Chance gegen sie. Ed und Elias haben zwar ihre Pistolen dabei, aber die nützen uns ebenfalls wenig gegen diese Bestien. Um beide Sinner auszuschalten, müssten wir erst einmal in die Halle kommen. Und selbst wenn es uns gelingen sollte, die beiden samt der Soldaten zu töten, würden uns die Wölfe in Stücke reißen. Sie sind unser wahres Problem, an dem wir nun scheitern. Wir müssen leider wieder zurück und mit all unseren gepanzerten Wölfen zurückkommen. Nur ihre Masse kann uns weiterhelfen. Hier gibt es keinen versteckten Angriff. Ich muss euch leider erneut zum Rückzug auffordern.<<

Egal, wie sehr ich mir den Kopf über die Situation auch zerbrach, ich kam ebenfalls auf keine andere Lösung. Auch Arktos, der sicherlich ein angstloser Krieger war, sah hier kein Weiterkommen. Wir waren alle ratlos und ziemlich niedergeschlagen.

Da räusperte sich Elias und meinte belustigt: >>Glaubt ihr, dass ich den weiten Weg hierher gegangen bin, um dann wieder umzukehren?

Ich bin müde und will die Sache endlich beenden.
Wenn ihr an mich glaubt, dann werde ich jetzt da
reingehen und mit ihnen verhandeln. Danach ist
Friede und wir können nach Hause gehen. So
einfach ist das!<<

>>Spinnst du?<<, antwortete ich ihm. >>Du kannst
doch hier nicht so einfach hineinspazieren und mal
nett Hallo sagen! Hast du nicht gesehen, was das für
Monster sind, die Menschen und Wölfe fressen? Die
Wölfe sind willenlos und mit den beiden Sinnern
kannst nicht einmal du normal reden!
Die würden dich sofort umbringen, wenn du nur ein
Wort sagst oder sie dich sehen! Wir gehen jetzt
zurück und kommen ein anderes Mal wieder.<<

>>Ganz falsch Ed, ganz falsch<< erwiderte Elias,
>>Ich lebe jetzt schon zweitausend Jahre und weiß
genau, wie man Überzeugungskraft zeigt. Wenn ihr
euch an mich haltet, wird das Ganze hier zu unserer
Zufriedenheit beendet. Ich geh da jetzt rein und
quatsch mal ein paar Takte mit denen. Ihr werdet
schon sehen, wie einfach das hier zu lösen ist. Ihr
müsst jetzt nur ganz genau das tun, was ich euch
jetzt sage. Wie gesagt, es ist wichtig, dass ihr euch
exakt an meine Anweisungen haltet. Ich habe mir
das jetzt lange genug angesehen. Wenn ich so
darüber nachdenke, was das für dunkle Gestalten
sind und wie sich ihre Kuschelmonster benehmen,
dann gibt es nur eine Lösung dafür: Meine!
Wenn ich da reingehe und sie begrüßt habe, dann
sprintet ihr los und ab in dieses Gefängnis. Ihr
versperrt die Türe und kommt nicht mehr heraus,

bis ich mit dem Reden fertig bin und wiederkomme, um euch zu holen. Habt ihr das verstanden?<<

Ich verstand gar nichts mehr und konnte mir beim besten Willen nicht vorstellen, wie er sie überreden wollte, damit sie friedlich aufgaben. Elias war zwar gut, aber diese Redekunst traute ich nicht einmal ihm zu.

Gabriel meinte noch: >>Bist du sicher und weißt, was du hier riskierst? Die werden nicht so einfach mit dir reden.<<

Da unterbrach ihn Elias einfach und sagte trocken: >>Sie brauchen auch nichts sagen, das Reden übernehme ich. Haltet euch nur an meinen Plan. Wenn ich die Halle betrete, dann sprintet ihr zum anderen Eingang. Ihr lauft in das Gefängnis und verriegelt die Zellentür. Mehr habt ihr vorerst nicht zu tun und dann wartet ihr, bis ich euch hole. Und egal, was passiert, ihr kommt da nicht vorher raus! Ist das klar?<<

Die letzten Sätze von ihm kamen ungewöhnlich streng und ersticken unseren Widerstand. Gabriel verstand zwar auch nicht wirklich, was Elias da vorhatte, aber er vertraute ihm einfach.

Er sagte ihm zu, alles genau so zu tun und meinte achselzuckend: >>Ich hoffe, du weißt, was du hier tust.<<

Danach reichte ihm Elias die Hand und entgegnete: >>Wir sehen uns in ein paar Minuten wieder, wenn ich durch den Eingang komme. Haltet euch nur bereit und tut, was ich sagte, dann wird alles gut.<<

Anschließend drehte sich Elias um und verschwand alleine um die nächste Ecke. Jetzt hatte er keinen „Sichtschutz" mehr und niemand von uns wusste, was er vorhatte. Das Einzige, was wir jetzt noch tun konnten, war so schnell wie möglich zu dem anderen Eingang zu gelangen. Für uns war es nicht so gefährlich, denn wir hatten ja Ares, aber jeder machte sich Sorgen um Elias. Nur mit ihm zu diskutieren brachte wenig oder nichts, denn schon in der Vergangenheit zeigte er immer wieder seinen Sturkopf. Wenn er sich etwas einbildete, dann zog er es einfach durch. Er war eben ein zweitausend Jahre alter Dickkopf und immer für Überraschungen gut. Als wir in der richtigen Position direkt vor dem Eingang waren, warteten wir gespannt auf Elias.

Einige Minuten vergingen, als plötzlich Elias in die Halle rannte und schrie: >>AVE ARSCHLÖCHER!<<

Ich konnte nicht glauben, was ich da hörte! Doch in diesem Moment der Überraschung für uns alle, ballerte er auch schon mit seinen beiden 45er Pistolen los. Er stürmte zielstrebig auf die beiden Sinner zu und feuerte im vollen Lauf auf die beiden. Der Telepath ging, mit zwei Kopfschüssen getroffen sofort zu Boden. Aber der andere konnte sich noch hinter einem Tisch verschanzen. Als der Überraschungseffekt vorbei war und die Wölfe reagieren konnten, stürzten sie sich allesamt sofort auf Elias. Das war unsere Chance, das zu tun, was er uns aufgetragen hatte. Wir hechteten in das Gefängnis und sperrten die Tür zu.

Wie sich jeder vorstellen konnte, war jetzt die Überraschung bei den Soldaten groß. Hektik oder auch Panik brach unter ihnen aus und sie wussten nicht so recht, was sie jetzt tun sollten. Der Telekinet sprang hinter dem Tisch hervor und sprintete sofort durch eine der drei Türen am anderen Ende der Halle und verschloss sie hinter sich.
Doch was wir jetzt erleben mussten, war mehr als grausam. Das Rudel Wölfe, das sich auf Elias stürzte, war außer sich. Eine rasende Meute offensichtlich ausgehungerter Bestien zerrissen Elias und fraßen ihn vor unseren Augen auf. Sie schlangen, in ihrer Gier, ganze Teile von ihm auf einmal hinunter. Bei dieser Fressorgie bissen sie sich sogar gegenseitig. In diesem Augenblick waren das keine Wölfe mehr, das waren nur noch gierige Monster. Mir war in diesem Moment klar, dass wir Elias wohl nicht wiedersehen würden und langsam machte ich mir über unser Schicksal sorgen.

Es dauerte nur etwa eine Minute und Elias war komplett verschlungen. Doch nun waren diese immer noch hungrigen Bestien führungslos, da ihr Herr gerade getötet worden war. Immer noch im Blutrausch sahen sie sich um und erblickten die Soldaten. Diese wollten gerade unsere Zellentür aufbrechen und stießen mit ihren Schwertern und Lanzen nach uns, als die eigenen Wölfe sie anfielen.

Jetzt gab es kein Halten mehr und das Blutbad ging weiter und wurde noch größer. Die Sams versuchten, noch kurz mit ihren Waffen dagegenzuhalten, aber gegen diese Wölfe hatten sie keine Chance. Die meisten der 36 wurden noch an unserem Gitter zerfleischt. Ein paar wenige versuchten noch durch den Ausgang in den Gang zu flüchten. Aber einzelne der Meute setzte ihnen nach und wir hörten nur noch ihre verzweifelten Schreie in der Ferne, bevor sie verstummten. Die Wölfe waren nun endgültig außer Kontrolle und griffen alles und jeden an, der sich ihnen in den Weg stellte. Einige Wölfe, die immer noch in der Halle waren, versuchten wie wild in unser Gefängnis zu kommen. Dabei knurrten sie sie so laut, dass es mir durch Mark und Bein ging. Wir standen alle an der Rückseite der Wand und ich hoffte zitternd, dass die Gitterstäbe ihren wilden Attacken standhielten. Außer sich vor Rage bissen und zerrten sie an den Gitterstäben und ließen sich auch von unseren Schwerthieben oder Schüssen nicht aufhalten.

Das ganze dauerte eine Weile, bis sie endlich aufhörten, an unserem Gitter zu reißen. Sie waren dabei so wild, dass ihnen sogar einige Zähne ausgebrochen waren. Jetzt standen wir hilflos da. Mit dem Rücken zur Wand und eingesperrt in ein selbstgewähltes Gefängnis. Unser Freund Elias war tot und eine tobende Wolfsbande marodierte vor unserer Tür. Was konnten wir jetzt noch tun? Raus konnten wir nicht mehr und der Telekinet war durch die Tür verschwunden.

Ich fragte Gabriel: >>Was sollen wir jetzt tun? Wir können ja nicht ewig hier in dieser Zelle bleiben. Gegen die Wölfe zu kämpfen macht aber auch keinen Sinn, denn sie sind uns trotz Dämons Hilfe weit überlegen.<<

Gabriel jedoch schwieg und setzte sich einfach auf den Boden. Er lehnte sich gegen die Wand, schloss die Augen und tat so, als ob ihn das alles nichts angehen würde.

>>Hallo, Ed an Gabriel<<, motzte ich ihn an. >>Ist dir das alles egal, was mit uns hier passiert?<<

Da hob er nur seine Hand und streckte mir seine leere Handfläche entgegen.
Ich kochte innerlich gerade vor Zorn, als sich alle anderen ebenfalls hinsetzten und so taten, als ob nichts geschehen sei.

>>Wie könnt ihr euch alle in Anbetracht unserer Lage einfach hier hinsetzen. Hat einer von euch verstanden, was hier gerade passiert?<<, fauchte ich sie an.

Das war wieder einmal einer der Momente, in denen mich unbändige Wut durchströmte. Ich konnte nicht verstehen, warum hier alle so ruhig blieben.

Arktos jedoch sah mich an und lächelte, als er zu mir sagte: >>Ja mein Freund, das Leben hat oft Wendungen, die keiner von uns versteht. Aber wenn wir hier schon sterben müssen, dann wenigstens unter den besten Waffenbrüdern, die man sich wünschen kann. Ruh dich jetzt aus, bevor die Tür aufgeht und wir...<<

Da unterbrach er seinen Satz und schloss ebenfalls seine Augen. Selbst Dämon legte sich hin und starrte mich verständnislos an.
In diesem Moment hatte auch ich es verstanden und wusste, dass wir hier gemeinsam im Kampf sterben würden. Dafür war ich zwar noch nicht bereit, jedoch war unsere Lage aussichtslos. Aber genau dieses Wissen beruhigte mich seltsamerweise wieder. Langsam wurde vor meinem inneren Auge alles klar und ich wurde im Angesicht des sicheren Todes wieder stark und kämpferisch. Jetzt endlich setzte auch ich mich hin und schloss die Augen. Ich versank in eine Art Trance, wie es immer passierte, wenn ich mich auf einen Kampf vorbereitete. Die Wölfe draußen beruhigten sich langsam wieder und griffen unseren Käfig nicht mehr an. Offenbar hatten selbst sie verstanden, dass sie nicht in unsere Zelle kamen. In diesem Zustand der Besinnung, verschwamm alles um mich herum. Die Zeit schien still zu stehen und in der ganzen Halle kehrte eine seltsame Stille ein. Jetzt war nur noch das schwere Atmen der Wölfe zu hören. So saßen wir da und Stunden vergingen.

Ich war immer noch wie in Trance, als mich plötzlich Gabriel anstupste und sagte: >>Hörst du es?<<

>>Was meinst du?<<, antworte ich ihm.

>>Hör hin, dann bemerkst du es selbst<<, flüsterte er leise.

Dabei stieß er Arktos mit dem Ellenbogen an, der direkt neben ihm saß.

Dieser meinte noch mit geschlossenen Augen: >>Ich hörte es schon mehrere Minuten, ich denke, wir sollten uns jetzt langsam bereit machen, um rauszugehen.<<

Ich verstand immer noch nicht, was sie meinten, denn zu hören war für mich nichts Außergewöhnliches. Als Arktos aufstand und mit dem Schwert aufs Gitter schlug.

>>Hey ihr Höllenteufel, wir kommen jetzt raus, also macht euch bereit<<, schrie Arktos und lachte dabei.

Doch so sehr er auch schrie und gegen die Gitter schlug, keiner der Wölfe rührte sich. Sie lagen einfach alle nur in der Halle herum. Erst jetzt erst bemerkte auch ich es, sie atmeten nicht mehr.

Als ich das erkannte, fragte ich Gabriel ungläubig: >>Sind die tot?<<

Gabriel drehte sich zu mir und meinte: >>Hast du es nicht gehört, als sie aufhörten zu atmen?<<

Jetzt wusste ich, was sie vorher gemeint hatten, ich hatte mich so an die Stille gewöhnt, dass ich das Verstummen ihres Atems nicht bemerkt hatte.

Auch wenn ich schon eine Zeit lang in Danuvia war, zu den Fähigkeiten der Krieger hier fehlte mir noch viel. Mir fiel ein Stein vom Herzen, denn ich rechnete fest mit einem finalen Kampf gegen sie.

Neugierig geworden, erkundigte ich mich bei Gabriel: >>Warum, oder woran sind sie gestorben?<<

Da sah er mich fragend an und erklärte mir: >>Das werden wir gleich herausfinden, wenn wir sie genauer untersuchen.<<

Arktos ging zur Gittertür und schloss sie wieder auf. Dann untersuchte er den ersten Wolf. Er nahm sein Schwert und drückte es ihm langsam in die Brust.

Danach sah er auf und sagte: >>Es ist eigenartig, Gabriel, sie haben keinerlei äußere Verletzungen. Auch Gift scheidet aus, denn wir waren ja die ganze Zeit hier.<<

Wir gingen von einem Kadaver zum nächsten, aber keiner wies auch nur die Spur einer Verletzung auf. Nur einer, der direkt auf der anderen Seite beim Gefängnis lag, war ungewöhnlich stark angeschwollen. Er war doppelt so groß wie die anderen und zum Platzen aufgedunsen.

Da ging Gabriel zum Wolf und meinte lachend: >>So etwas habe ich noch nie gesehen, aber ich denke, wir helfen ihm jetzt.<<

Ich blickte verwirrt zu Gabriel, der sein Schwert zog und damit vorsichtig den Wolf aufschnitt.

>>Könnt ihr es jetzt sehen, woran zumindest dieser hier gestorben ist?<<, rief er belustigt.

Der aufgeblähte Bauch klaffte auseinander und ein nacktes, kleines Kind kullerte aus dem Wolf heraus und bewegte sich ein wenig. Es sah jedoch schon aus, wie ein Zusammengekauertes Fünfjähriges, obwohl es gerade erst geboren worden war. Jetzt verstand ich es erst, das hier vor uns war Elias, der durch seine Unsterblichkeit soeben neu geboren worden war.

>>Geben wir ihm noch ein zwei Stunden Zeit, bis er wieder ganz der Alte ist<<, meinte Gabriel grinsend.

Jetzt fügte ich vorwurfsvoll hinzu: >>Und du hast es die ganze Zeit gewusst und mir nichts gesagt! Ein schöner Freund bist du, wenn du mich so unwissend hängen lässt.<<

Der Angesprochene antwortete: >>Ich war nicht vollkommen sicher, wie er das machte, jedoch vermute ich stark, dass seine Unsterblichkeit ihm dazu verholfen hat diesen Kampf zu gewinnen. Eines muss ich ihm aber lassen, kreativ war der Bursche, oder besser gesagt ist der Bursche<<, antwortete Gabriel lachend.

Arktos zeigte indes zu der Tür, durch die der Telekinet verschwunden war und fragte: >>Was tun wir jetzt mit dem?<<

Gabriel sah hinüber und merkte dazu an: >>Um den kümmern wir uns später, jetzt warten wir auf Elias, vielleicht hat ja er noch so eine wahnwitzige Idee. Wir wissen nicht, was uns hinter dieser Tür erwartet. Soldaten oder Wölfe, denke ich, wird es auf der anderen Seite nicht geben. Vergesst jedoch nicht, er ist ein Telekinet und nicht minder gefährlich.<< Danach drehte er sich noch zu Ares und fragte ihn: >>Weißt du, was hinter dieser Tür ist?<<

Ares blickte ihn an und schüttelte den Kopf. Er wusste offenbar auch nicht mehr als wir. Jetzt warteten wir noch drei weitere Stunden, während Arktos und seine kleine Mannschaft die Tür des Telekineten bewachte. Wir wollten ja nicht, dass der mit irgendwelchen miesen Tricks rauskam und uns doch noch Verluste zufügte. In der Zwischenzeit sah ich das erste Mal, wie Elias sich erneuerte. Er hatte mir ja schon einiges davon erzählt, aber es mit eigenen Augen zu sehen, wie er vor mir wuchs, war etwas ganz anderes. Vor allem überraschte mich, wie schnell er wuchs. Das war einfach unglaublich für mich.

Als Elias sich plötzlich streckte und die Augen öffnete, war ich überglücklich darüber. Nicht nur, dass er wieder lebte, sondern dass ich dabei war, wie er sich erneuerte und regenerierte. Es erinnerte mich an die Geburt einer meiner beiden Töchter. Ich war damals bei beiden dabei gewesen und hatte ihren ersten Atemzug auf dieser Welt miterlebt. Bei Elias war es jetzt ähnlich, nur dass er in sieben Stunden zum voll entwickelten Mann geworden war.

Das erste, was ich zu ihm sagte, als er sich aufsetzte, war: >>Ave mein Freund!<<

Da sah er mich an und begann lauthals zu lachen.

Dabei meinte er: >>Na, waren meine Worte überzeugend? Hab ich gut verhandelt?<<

Jetzt bogen wir uns alle vor Lachen, als Elias aufstand, sich vor mich hinstellte und etwas künstlich verhalten fragte: >>Hat zufällig jemand eine zweite Unterhose mit?<<

So schlimm und bedrückend die ganze Situation noch vor Stunden für uns gewesen war und was wir alles mit ansehen hatten müssen, so komisch und lustig war sie jetzt.

Da ließ Arktos noch einen Spruch ab: >>Gabriel und Ed, das nächste Mal, wenn wir mit Elias in eine Schlacht ziehen, vergesst nicht, ihm eine Unterhose mitzunehmen. Wer weiß, was ihm dann noch so alles einfällt.<<

Elias Situation war natürlich noch für längere Zeit ein Grund zum Lachen. Auf ihn passte der Spruch perfekt, „Wer den Schaden hat, braucht sich um den Spott nicht zu sorgen. Der kommt von ganz alleine". Natürlich war unser Gelächter nicht böse gemeint, denn Elias feuerte uns mit seinen Ansagen ja selbst dazu an und lachte selbst auch eifrig mit. Im Prinzip schweißte uns dieses Erlebnis als Freunde und Kampfkameraden noch fester zusammen. Wir alle waren Waffenbrüder, die füreinander einstanden und bereit waren, für den anderen den höchsten Preis zu bezahlen, wenn es nötig wäre. Nein falsch gesagt, es waren meine Brüder, im Frieden und in Kriegszeiten.

Ich musste aber Elias noch etwas fragen: >>Sag mal, wie geht es dir nach so einem Tod und Wiedergeburt? Außerdem ... war das echt dein Plan von Anfang an?<<

Er blickte mich an und erklärte mir: >>Wie neugeboren fühle ich mich, im wahrsten Sinn des Wortes. Mir geht es danach immer hervorragend. Keinerlei Schmerzen oder sonstige Einschränkungen. Das hier dauert nur etwas länger als sonst. Wenn mein Körper durch Verbrennen oder eben Gefressen werden vollständig zerstört wird, dann muss sich alles in mir wieder neu entwickeln.
Das dauert dann schon Mal sieben bis acht Stunden. Wenn ich jedoch „nur" erschossen werde, ist der Großteil meines Körpers ja noch unversehrt und diese Heilung braucht nur zwei oder drei Stunden. Es kommt immer darauf an, was bei mir alles kaputt ist. Das Sterben selbst tut manchmal schon verdammt weh, aber danach fühle ich mich einfach nur spitzenmäßig. Wie ein Zwanzigjähriger, der gerade am Morgen erwacht ist. Also keine Sorge, mir geht es hervorragend.
Aber sagt, wo sind die beiden Sinner? Den Telepathen hab ich getroffen, wie ich es vorgehabt habe, aber den anderen hab ich nicht mehr mitbekommen. Da hatte ich gerade mit anderen Problemen zu kämpfen." (Dabei grinste er frech) Ich

wusste ja, dass wir niemals einen offenen Kampf gewinnen können, ohne dass ihr euch ernsthaft gefährdet. Es war nicht das erste Mal, dass ich durch meinen Selbstmord etwas in die richtige Richtung verändert habe. Ich weiß ja, dass ich wiederkomme, also ist es für mich nur etwas schmerzhaft. Für euch jedoch wäre es tödlich gewesen. Aus meiner Zeit im Versuchslabor wusste ich, dass jeder stirbt, der etwas von mir eingepflanzt bekommt.

Auch wilde Tiere starben, wenn sie mich nach meinem Tod auf einem Schlachtfeld angefressen haben. Wenn ich sterbe, stirbt alles und jeder, der mich in sich hat, egal wie. Somit wusste ich auch, dass diese ausgehungerten Wölfe mich sofort fressen und daran zu Grunde gehen würden. Anschließend hättet ihr die Möglichkeit, euch um die Soldaten und Sinner zu kümmern. Dass die Wölfe ihre eigenen Soldaten umbringen würden, wusste ich nicht, aber ich vermutete es.

Gabriel sagte doch, dass diese Wölfe nichts mit euren zu tun hätten und nur willenlose, instinktgesteuerte Wesen wären. Da dachte ich mir, bringe ich zuerst den Telepathen um, fressen mich die Wölfe und fallen vor dem Sterben noch die Soldaten an. So einfach war mein Plan.<<

>>Also wenn du wieder einmal eine solch wahnwitzige Idee hast, dann teile sie uns bitte vorher mit, damit wir nein sagen können. Weißt du eigentlich, wie grausam es war, tatenlos zusehen zu müssen, als die Wölfe dich zerrissen und fraßen? Ich dachte, du wärst echt tot und kannst so etwas nicht überleben. Den Telepathen hast du mit zwei Treffern sofort erschossen.

Der andere ist, glaube ich unverletzt durch eine dieser Türen da hinten geflohen. Wir wissen noch nichts Genaueres, denn wir haben bis jetzt auf dich gewartet<<, erklärte ich Eilas.

>>Ja ja, auf mich warten, damit ich wieder die Drecksarbeit erledige, das habt ihr euch wieder einmal fein ausgedacht<<, lachte Elias und erklärte weiter, >>Du musst keine Angst haben Ed, wenn mein Körper vollständig zerstört wird, beginne ich immer da zu wachsen, wo mein Kopf war. Zumindest der größte Teil davon<<, beruhigte mich Elias und fügte hinzu: >>Jetzt suche ich mir noch etwas zum Anziehen und danach kümmern wir uns um den Telekineten.<<

Elias suchte sich noch etwas von der herumliegenden Kleidung zusammen und wir stellten uns hinten neben der Tür auf.

Als er wiederkam, fragte Gabriel: >>Hat jemand einen Plan, wie wir da reinkommen, ohne in eine Falle zu laufen?<<, fragte Gabriel.

Da antwortete Elias: >>Ja ich!<<

Im selben Moment stellte er sich vor die Tür und trat auf sie ein. Zwei dreimal und die Holztür sprang auf. „Okay", dachte ich in diesem Moment, „ich hab's gelernt." Egal, was der Sinner vorhatte, Elias würde wiederkommen. Er hatte halt keine Angst vor dem Tod. Zufrieden stand er vor den Trümmern der Tür und blickte durch den Eingang.

Dann drehte er sich zu uns und meinte: >>Gabriel, das solltest du dir ansehen.<<

Gabriel machte einen Schritt zur Seite und stand jetzt neben Elias vor dem Eingang. Ich beugte mich etwas hinüber und blickte ebenfalls durch den Eingang. Dahinter befand sich ein etwas größerer Wohnraum, den der Sinner offenbar für sich selbst benutzte. Der Raum unterschied sich deutlich vom Rest der Unterwelt. Er wirkte sehr gepflegt und war luxuriös eingerichtet. Schöne Möbel, Teppiche am Boden und an der Wand. Ein Leben auf Kosten anderer sozusagen. Der Sinner stand stumm am Ende des Raumes und hielt eine Feuerkugel in seinen Händen. Sein Blick war hasserfüllt und es sah so aus, als ob er uns beide damit drohen würde.

Gabriel sprach ihn an: >>Ich soll dich von deinem Bruder grüßen lassen, er schämt sich für dich. Ich trage das Wasser und Metall in mir. Dein Feuer oder Holz sind daher nutzlos gegen mich oder meine Freunde. Dein Weg des Terrors endet hier und jetzt.<<

In diesem Augenblick hörten wir hinter uns ein tiefes, bedrohlich klingendes Knurren. Als wir uns umdrehten, stand Dämon fünf Meter hinter uns und fletschte seine Zähne. Er fixierte den Sinner mit seinen dunklen, zusammengezogenen Augen und senkte langsam seinen Kopf. Dann begann er, langsam in Richtung Sinner loszugehen. Seine Nackenhaare waren aufgestellt und sein tiefes Knurren klang immer bedrohlicher, je näher er kam.

Elias drehte sich zu Gabriel und meinte: >>Ich denke, du solltest zur Seite gehen Gabriel. Wir sind hier fertig. Das, was jetzt kommt, ist eine private Sache zwischen den beiden.<<

Dämon ging zielstrebig aber langsam auf den Sinner zu und Gabriel machte den Weg frei. Als Dämon direkt beim Eingang war, schloss sich ihm Ares an. Beide betraten den Raum und blieben kurz danach stehen. Ares hob langsam seine Hände und plötzlich verschwanden sie beide. Er hatte wieder sein „Kraftfeld" aktiviert. Jetzt konnten wir die beiden nicht mehr sehen. Der Sinner hingegen schwitzte und ich sah, wie ihm der Schweiß vom Gesicht tropfte, aber nicht vor Hitze. Er blickte hektisch in jede Richtung und blanke Angst und Panik stand in seinen Augen. Er ahnte wohl schon, was jetzt kommen würde. Eine Feuerkugel drehte sich in seinen Händen und er schleuderte sie immer wieder ziellos in verschiedene Richtungen. Sie krachten aber alle an die nächsten Wände und zerbrachen in dutzende Funken, ohne Schaden verursacht zu haben. Wir standen alle gebannt im Durchgang und sahen dem Treiben wortlos zu. Wir hätten auch gar nichts sagen können, denn uns fehlten die passenden Worte. Die ganze Szene war einfach unglaublich. Plötzlich tauchte für ein paar Millisekunden ein Wolfskopf aus dem Nichts heraus auf und riss dem Sinner einen Arm ab. Dann war er wieder verschwunden. Das Ganze ging so schnell, dass ich von alledem nichts mitbekam. Ich sah nur, wie etwas zubiss und dann fiel der Arm auch schon zu Boden und der Kopf von Dämon war wieder verschwunden.

Doch das grausame Schauspiel war noch nicht zu Ende. Der Sinner schrie vor Schmerzen und Angst und fuchtelte mit seinem verbleibenden Arm verzweifelt herum. Im nächsten Augenblick fiel auch dieser zu Boden. Dämon hatte erneut zugebissen und ihm sozusagen die Waffen genommen. Nun würde er wohl für all die Jahre seiner Qualen leiden müssen.

Der Sinner stand immer noch mit dem Rücken zur Wand, als Dämon und Ares wieder vor ihm auftauchten. Wir konnten sie sehen und damit auch der Sinner. Dämon knurrte und fletschte ihn an, als Ares seine Hand auf Dämons Rücken legte. Da beruhigte er sich langsam wieder, drehte sich mit Ares um und kam wieder zu uns zurück. Er tötete ihn nicht, obwohl es ein Leichtes für ihn gewesen wäre und diese kleine Geste bedeutete einen gewaltigen Fortschritt in der Entwicklung des Wolfes. Schließlich war er zu uns gekommen und hatte nur den Tod des Gegners als Ende eines Kampfes gekannt. Beide gingen an uns vorbei und der Sinner sank langsam zu Boden. Das Blut strömte aus seinen Wunden und somit auch sein Leben, denn überleben konnte er diese schweren Verletzungen nicht lange. Man konnte fast dabei zusehen, wie der kleine Funken seines Lebenslichts langsam in ihm erlosch. In der ganzen Zeit sprach er kein einziges Wort zu uns. Er jammerte nur vor Schmerzen und wir sahen ihm rührungslos beim Sterben zu. Dämon und Ares hingegen zeigten Gnade und drehten sich nicht mehr zu ihm um. Wir hätten ihn zwar mit meinem Wundschaum, den ich immer dabei hatte retten können.

Doch war es für uns alle besser, ihn sterben zu lassen. Damit hatte das Grauen hier unten mit Sicherheit ein Ende. Kurze Zeit später lag er regungslos am Boden und atmete nicht mehr.

Es war vorbei!

Wir gingen anschließend noch zu den beiden anderen Türen in der Halle und sahen nach, was da dahinter verborgen war. Als wir die erste Tür öffneten, fanden wir ebenfalls einen großen Luxuswohnraum für einen Sinner. Wir hatten schon so etwas vermutet, denn die drei hatten sich das bisschen, was da gewesen war, gut aufgeteilt. Der dritte Raum hingegen ließ mich staunen und trieb sicher jedem von uns einen Schauer über den Rücken. Da war zwar auch ein schöner Wohnraum, jedoch hatten die Sinner über Jahre hinweg ein großes Loch in die Decke gegraben. Sie wollten sich offensichtlich zu uns nach oben durch den Stahlbeton durcharbeiten. Bei genauerer Betrachtung kamen wir zu dem Schluss, dass nur noch etwa zehn Zentimeter bis zum Durchbruch zu uns gefehlt hatten. Sie hatten tatsächlich ein Loch von ungefähr zwei Meter im Durchmesser und 190 Zentimeter Tiefe gegraben. Am Treppenaufgang zu uns hinauf war die Betonwand nämlich zwei Meter dick bis zur nächste Ebene. Mit dem wenigen Werkzeug, das ihnen zur Verfügung stand, war das eine Wahnsinnsleistung. Es wäre nicht auszudenken gewesen, was passiert wäre, hätten sie es nach oben geschafft.

Aber nun ging von ihnen keine Gefahr mehr für uns aus. Dämon hatte die Rechnung mit seinem Peiniger beglichen und für uns war hier unten nichts mehr zu tun. Wir folgten danach Ares und Dämon, die uns zum nächsten Aufgang nach Danuvia führten.

Als wir wieder oben waren, gab Gabriel noch eine letzte Anweisung an unsere Krieger: >>Geht nach unten und durchsucht jeden Winkel. Wenn ihr noch Überlebende findet und sie euch nicht angreifen, dann rettet sie und bringt sie zu uns herauf. Wir haben da unten alles befriedet, was wir sahen. Es sollte also ungefährlich für euch sein. Gebt aber trotzdem Acht und geht nur in Gruppen. Lasst euch nicht von vielleicht noch versteckten Soldaten überraschen. Auf Wölfe werdet ihr nicht mehr treffen, genau so wenig wie auf Sinner.<<

Danach stiegen unzählige unserer Krieger und Wölfe hinunter, um noch einmal alles zu durchsuchen. Nach mehreren Tagen des Suchens kamen die Letzten von uns zurück, aber gefunden hatten sie niemanden mehr. Die furchtbare Wahrheit war wohl, dass die Sinner und ihre Soldaten alle Bewohner der Unterwelt getötet und als Nahrung verwendet hatten. Sie hatten sich noch stärken wollen, bevor sie zu uns nach oben durchgebrochen wären. Hätten wir noch ein paar Wochen untätig gewartet, wären wir von ihnen überrannt worden und es hätte mit Sicherheit ein blutiges Gemetzel mit großen Verlusten gegeben.

Kapitel 6
Expansion

Als Ares, Dämon und ich wieder nach Hause kamen, war erst einmal viel Ruhe angesagt. Natürlich wollte jeder wissen, was da unten vorgefallen ist, aber ich tat mir da etwas schwer, alles zu erzählen. Die schlimmen Grausamkeiten behielt ich einfach für mich. Auch Gabriel und die Gruppe von Arktos wurden gefragt, aber auch sie behielten die Details für sich. Niemand prahlte damit, die Sinner fertiggemacht zu haben. Mit Ausnahme von Elias. Der hatte eine ganz andere Einstellung. Sein Verhältnis zum Leben und Tod war ganz eigen. Er erzählte frei von der Leber weg, was sich da unten abgespielt hatte, ohne all die blutigen Details auszulassen. Bei ihm klang immer alles wie ein Spiel. Es ging für ihn ja stets gut aus. Er prahlte nicht, aber ich konnte schon heraushören, dass er einfach schon hunderte Male gestorben war. Der Tod gehörte zu seinem Leben einfach dazu, wie zu anderen Essen oder Schlafen. Elias war einfach anders, Elias eben.

Mit Ares und Dämon war das so eine Sache, sie blieben bei Luise und mir. Wir konnten sie nicht einfach in eine andere Wohnung übersiedeln. Die Danuvianer vertrauten ihm noch nicht weil er „Gedankenmanipulation" in jedem ihrer Köpfe erzeugen konnte. Er und seine Eigenheit war ihnen einfach unheimlich. Da half auch sein heldenhaftes Engagement in der Unterwelt nichts. Hartnäckig hielt sich das Misstrauen ihm gegenüber, egal wie sehr er auch seine Loyalität uns gegenüber bewies.

Dämon hingegen war in den Wolfsclan immer noch nicht integrierbar. Er verhielt sich zwar Menschen gegenüber harmlos, aber den Wölfen zeigte er sofort seine Abneigung. Doch das beruhte auf Gegenseitigkeit, denn auch die Wölfe in Danuvia lehnten ihn ab. Hätten wir ihn alleine herumlaufen lassen, wäre er mit Sicherheit sofort angefallen worden. Wir gingen daher immer mit ihm spazieren. Solange er neben uns war, ließen ihn die anderen Wölfe in Ruhe. Nur zu Raphael und Uriel baute er nach und nach eine vertraute und freundschaftliche Beziehung auf. Wir arbeiteten jedoch täglich daran, ihn irgendwann einmal vollständig ins Wolfsrudel zu integrieren.

Elias hingegen verschwand wie so oft wieder einmal mit den Worten: >>Ich hab draußen noch etwas zu erledigen.<<

Auch daran hatte man sich inzwischen bei ihm gewöhnt. Er kam und ging, wie es ihm beliebte, ohne viele Worte darüber zu verlieren. Elias war immer ein Freigeist gewesen, niemand konnte ihn an sich binden. Er hatte zwar stets eine Wohneinheit bei uns in Danuvia frei, aber niemand wusste, wann er wiederkommen würde.
Einige Tage, nachdem die letzten Krieger aus der Unterwelt zurückgekommen waren, besuchte uns Gabriel. Er kam regelmäßig vorbei und wir spielten gerne Schach. Dabei redeten und planten wir zusammen, um Danuvia immer lebenswerter zu gestalten. Bei einem dieser Sitzungen fielen mir seine Worte ein, die er zu dem Telekineten aus der Unterwelt sagte.

Da fragte ich ihn: >>Du hast damals zu dem Sinner gesagt: „Ich trage das Wasser und Metall in mir. Dein Feuer oder Holz ist daher nutzlos gegen mich oder meine Freunde." Was meintest du damit? Ich habe es schon damals nicht verstanden und tue es auch heute nicht.<<

Gabriel sah mich an und erklärte mir: >>Weißt du noch, als wir bei unseren Ältesten waren? Der eine chinesische Mann war der Zwillingsbruder von dem Sinner. Als er mich an sich bei der Verabschiedung drückte, berührten sich doch unsere Köpfe. In dieser Zeit übertrug er mir seine telekinetischen Veranlagungen. Da die beiden Zwillinge waren, teilten sie sich ihre Fähigkeiten. Der Sinner beherrschte Feuer und Holz. Sein Bruder hingegen Wasser und Metall. Einer konnte dem anderen mit seinen Waffen nichts anhaben, somit herrschte Ausgewogenheit. Darum konnte er uns mit seiner Feuerkugel nichts antun. Auch seine Holzpfeile waren nutzlos gegen meinen Metallschild den ich in mir trug. Sein Bruder wollte nichts mehr mit ihm zu tun haben und überließ mir für die Zeit in der Unterwelt seine Kräfte. Ich kann aufgrund meiner Fähigkeit alles von ihm absorbieren und auch wieder zurückgeben. So konnte ich uns vor ihm schützen.<<

Seine Ausführungen machten mich kurz sprachlos. Es war einfach unglaublich, was ich gerade erfahren hatte. Gabriel überraschte mich immer wieder mit seinen Begabungen. Jetzt, wo keine Gefahr mehr von der Unterwelt ausging, planten wir, sie komplett umzugestalten. Nichts sollte mehr an die

Grausamkeit und all den Schrecken erinnern, der so lange dort unten alles beherrscht hatte. Das Erste war natürlich das Bergen und Bestatten der menschlichen und tierischen Überreste. Es war egal, ob sie unsere Feinde waren, sie hatten wie alle anderen auch ein Recht auf eine würdige Bestattung. Jeder Gefallene wurde daher in die Halle der Sinner gebracht. Es war ihre Heimat und sollte auch ihre letzte Ruhestätte werden. Dort wurden sie von uns mit Respekt und Achtung aufgebahrt und anschließend mauerten wir diesen Teil der Unterwelt zu.

Danach begann ein kolossaler Neugestaltungsprozess. Wie Jahre zuvor bei uns begann alles von vorne, nur dieses Mal hatte der Umbau ein anderes Ziel. Der Umbau sollte die Schatten der Vergangenheit beseitigen und den neu gewonnenen Platz lebenswert machen. So nebenbei war das auch eine gute Gelegenheit für Ares und Dämon alles aufzuarbeiten, was sie da unten erlebt hatten. Wir gestalteten aus der dritten Ebene ein Reich des Wissens, der Forschung und Entwicklung. Schon alleine die Elektrifizierungsarbeiten dauerten zwei Jahre, denn hier wurden viel größere Maßstäbe gesetzt als beim letzten Mal.
So wie in Danuvia üblich, hielten alle zusammen und bauten gemeinsam die Unterwelt um.
Wir beleuchteten da unten jeden Quadratzentimeter, bauten in jeden Raum eine Türe ein und strichen die fahlen Betonwände mit weißer Farbe. Jedes Kind aus Danuvia sowie Ares und Judith bemalten unzählige Gänge jedoch selbst. Sie malten bunte Bilder an die Wände und hinterließen

auch ihre Handabdrücke. Selbst Dämon verewigte seine riesigen Pfotenabdrücke in über zwei Meter Höhe. Wir schufen neue Wasserleitungen, Zu- und Abflüsse und auch die Böden wurden verfliest. Eine ultramoderne Zu- und Abluft Anlage wurde in jeden Raum eingebaut, denn hier wurde überall geforscht und entwickelt. Die Internet und Computerabteilung wurden auf eine riesige Dimension ausgebaut. Ich staunte jedes Mal, wenn ich sah, was die Danuvianer in zehn Jahren dazugelernt hatten. Sie entwickelten sich durch ihre angeborenen Fähigkeiten in atemberaubender Geschwindigkeit. Auch hier übernahm ich wieder die Finanzgeschäfte, nur dieses Mal in noch beeindruckenderen Ausmaßen. Als wir vor fünf Jahren die erste und zweite Ebene um und ausbauten, war die Rede von einem zweistelligen Millionenbetrag. Doch hier mit den neuen Laboreinrichtungen, Maschinen, Versuchs und Computeranlagen ging es um mehrere hundert Millionen Euro. Nur das Beste vom Besten wurde angeschafft und eingebaut.

Danuvia entwickelte sich zu einer geheimen Miniweltmacht, was diese Forschungseinrichtung betraf. Geld spielte dabei keine Rolle, denn die gelagerten Schätze der Nazis waren zig Milliarden Euro wert. Alleine das gelagerte Gold wog schätzungsweise 80 Tonnen. Dazu kam noch die Kunstsammlung wie Bilder und Skulpturen.

Die meisten Computerfachleute würden sagen, „Das Internet kann man nicht kontrollieren oder beherrschen." Ich möchte dazu nur eines sagen, „Danuvia kann!"

Aber Danuvia konnte noch viel mehr. Wir erzeugten extra für mich einen kugelfesten Stoff. Nur dieser war als Unterwäsche zu tragen und in einem Stück. Er war wie ein Stretchanzug eines Superhelden und ultradünn, reagierte jedoch wie die Haut der Danuvianer. Der Anzug absorbierte durch seine Kohlefaser und noch einigen atomaren, chemisch und elektrischen Veränderungen jeden schnellen Druckunterschied. Wenn ich ihn anhatte und auf mich geschossen wurde, fühle ich nur einen kurzen Aufschlagsdruck, blieb aber bewegungsfähig. Wir hatten das natürlich unzählige Male mit den größten, uns zur Verfügung stehenden Kalibern getestet. Dieser Stoff ist sogar noch effizienter als die Haut der Danuvianer, denn er ermöglichte mir volle Bewegungsfreiheit unter starkem Beschuss.

Auch in der Medizin entwickelten wir uns rasant. Unsere Ärzteanzahl wuchs und auch ihr Können. Es war unglaublich, aber sie schafften es selbst abgetrennte Gliedmaßen in kürzester Zeit narbenlos zusammenwachsen zu lassen. Mit ihrer früheren Heilsalbe waren sie schon unserer Medizin weit voraus, aber jetzt sprengten sie alle Rahmen.

Mein Wundschaum wurde weiterentwickelt und verschloss innerhalb von Sekunden jede Verletzung. Entwickelt wurde er aber nicht nur für mich. Wir wollten damit eine gute Verhandlungsbasis und Ware haben, wenn wir einmal für den Rest der Welt „sichtbar" wurden. Insgesamt entwickelten wir vieles, dass es in anderen Teilen der Welt nicht gab. Danuvia wollte für die Zukunft vorsorgen, denn irgendwann würde auch uns die Vergangenheit einholen.

Ares war bei allen Entwicklungsprozessen dabei und verarbeitete so seine Vergangenheit. Er lernte, dass es auch ein schönes und freudvolles Leben gab. Gabriel und ich sprachen viel mit Ares und erklärten ihm, dass er innerhalb von Danuvia seine Fähigkeiten der Gedankenmanipulation nicht verwenden dürfe. Die Danuvianer akzeptierten ihn nur dann, wenn er sie niemals gegen einen von ihnen einsetzte. Wir erklärten ihm auch, dass es hier keinerlei Gefahr gäbe, um sich zu verbergen. Er musste uns versprechen, dass er niemals einen Danuvianer manipulierte, um selbst „unsichtbar" etwas zu machen. Es gab ja mehrere Telepathen bei uns und Ares musste sich vor ihnen mehrmals verbergen und wieder sichtbar machen. So bekam jeder ein Gefühl dafür, wenn Ares „unsichtbar" in der Nähe wäre. Gabriel konnte es ja damals auch fühlen, nur hatte er zu diesem Zeitpunkt nicht gewusst, womit er es zu tun hatte. Diese „Signatur" musste jeder Telepath für sich selbst erkennen, wenn Ares an ihm verborgen vorbeiging. So war sichergestellt, dass er niemanden hintergehen konnte. Mit diesem Wissen integrierten wir Ares in Danuvia und verwendeten meines Wissens nach nie mehr unerlaubt seine Fähigkeiten. Nur zu Übungszwecken und beim Training durfte er sie anwenden. Denn in Danuvia wurden alle Talente gefördert und trainiert.

Dämon, der einst in diesen finsteren Gängen herumstreifte und ein gefürchteter Todesvollstrecker war, entwickelte sich auch immer besser. Er wurde da unten geboren und kannte jeden Gang und Raum. Er führte unsere Techniker zielsicher zu jedem Ort, an den sie wollten. Nun war er der heimliche, alleinige Herrscher der Aresebene, wie wir sie ab nun nannten. Kein anderer Wolf hielt sich da unten auf, so konnte Dämon unbehelligt überall herumlaufen. Dieser einst so menschenscheue Wolf war nun gerne unter Menschen, denn von ihnen ging für ihn keine Gefahr mehr aus. Und nach fast fünf Jahren der Um- und Ausbauarbeiten erinnerte nichts mehr da unten an etwas Böses. Wir entfernten ebenfalls viele Zwischenwände und vergrößerten somit kleinere Räume zu großen Hallen.

Zu dem Megaumbau gehörte es auch, die Aus- und Eingänge nach Danuvia neu zu gestalten. Zuerst waren die Grabungsarbeiten beim Reichsbrücken-Eingang dran. Nach dem Kampf mit unseren Soldaten schütteten wir einfach den Gang mit loser Erde zu. Danach grub die Söldnerarmee diesen wieder auf und schüttete ihn mit losem Material zu. Wir wussten bis heute nicht, wer den zweiten Auftrag zum Zuschütten gegeben hat. Auf jeden Fall mussten wir den Gang aufgraben, abstützen und sicher begehbar machen. Danach bauten wir im Keller der Mexikokirche eine neue, stählerne Sicherheitstüre ein und schufen einen geheimen Ausgang aus der Kirche. Diese erste Außentüre war gepanzert und mit einem biometrischen Authentifizierungssystem für Danuvianer ausgestattet. Wir waren nun mit einer besseren und noch dazu alarmgesicherten Eingangsanlage ausgestattet. Diese drei Türen gaben uns die Sicherheit, die wir brauchten, um die Eindringversuche der Vergangenheit zu vergessen. Auch der andere Ausgang beim Stift Klosterneuburg wurde etwas umgebaut und erleichterte das ungesehene Ein- und Ausgehen von und nach Danuvia. Natürlich mit den gleichen Sicherheitsanlagen wie jeder andere Zugang in unser Reich. Auch beim Rampeneingang bauten wir einiges um. Hier war die Gefahr am größten, entdeckt zu werden. Die vielen Spaziergänger waren ein Problem für unsere Sicherheit. So bauten wir dutzende, versteckte Kameras in der Umgebung auf und konnten auf diese Art den Ausgang sicherer machen. Die Kameras hielten zwar die Spaziergeher nicht ab, aber wir konnten sehen, wann keiner mehr da war, um die Rampe zu öffnen. Eine etwas größere Herausforderung war dabei, den alten Kettenantrieb zum Öffnen und Schließen zu erneuern. Der alte Antrieb war relativ langsam und somit unsicher für unsere Zwecke. Die zwei neuen, hydraulischen Pumpen öffneten und verschlossen die Rampe in wenigen Sekunden.

Wir bauten aber noch einen neuen Zugang zu Danuvia. Die drei Vorhandenen waren ja südwestlich ausgerichtet. Der Neue aber war nordöstlich ausgerichtet und lag somit auf der anderen Seite der Donau. Dort war die sogenannte

„Alberner Schotterbank". Das war ein Endstück
zwischen Donau und Entlastungsgerinne. Hier
führte der erste Ausgang hin. Gleich gegenüber
jedoch war der Lobauerwald, da mussten wir nur
eine Verlängerung graben und hatten einen zweiten
Ausgang mitten in ein kleines Waldstück.

Somit wuchs Danuvia um ein Drittel der Fläche, nur
seine Bewohner vermehrten sich in dieser Zeit
unwesentlich. Doch wie viel wir auch in Sachen
Fruchtbarkeit und Vermehrung forschten, das
Ungalitium machte uns einen Strich durch die
Rechnung. So groß auch der Vorteil davon war, so
sehr blockierte es die Wachstumsrate von Danuvia.
Wir versuchten die verschiedensten Strategien, um
unsere Männer mit Frauen der Außenwelt zu
„verkuppeln". Das mochte jetzt etwas lustig klingen,
(was es teilweise auch war), aber es funktionierte
nicht so einfach.
Luise und ich wollten den Danuvianer zeigen, wie
man mit Menschen aus der Außenwelt umging. Sie
kennenlernte und mit ihnen vorsichtig in Kontakt
kam. Aber so genial sie auch in ihren Handwerken
waren, so unbeholfen waren sie beim anderen
Geschlecht. Christina, Luises Schwester und
mittlerweile Langzeitfreundin von Gabriel, half uns
dabei und zeigte jedem das Schminken seiner
auffälligen Haut. Die Danuvianer mischten sich
auch auf diese Art unter das Wiener Volk. Wir
gingen regelmäßig mit ihnen einkaufen, um den
Umgang mit Geld zu üben. Wir beobachteten die
Menschen auf den Straßen unzählige Male, doch
nichts half wirklich. Natürlich verstanden die
Danuvianer, dass man mit Geld einkaufen ging, aber

186

man bemerkte sofort, dass sie keinen Bezug dazu hatten. Ihr ganzes Verhalten war anders. Im Prinzip waren sie wie kleine, unschuldige Kinder, die mit dieser, unserer Lebenseinstellung der Außenwelt nichts anzufangen wussten. Ich erinnerte mich an eine lustige, aber auch beispielhafte Situation in einem Kaufhaus in der Stadt. Einer meiner „Schützlinge" wie ich sie nannte, stand bei einer Kasse und wollte mit einem 100€ Schein eine Tafel Schokolade bezahlen.

Die Kassiererin sah ihn an und fragte ihn: >>Haben Sie es auch kleiner?<<

Daraufhin lächelte er, riss einen Teil von dem 100er runter und hielt ihn ihr hin. Für ihn war es genau das, was die Dame wollte und er verstand den Sinn hinter ihrer Frage nicht. Nicht weil die Danuvianer dumm waren, sie hatten nur eine völlig andere Art, miteinander umzugehen und zu reden. So passierten im Alltag ständig Missverständnisse und das verwirrte sie einfach sehr.

Mit ihrer eigenen, jahrzehntelangen Prägung passte das nicht mit der konsumgesteuerten und hedonistischen Lebensweise der übrigen Welt zusammen. Danuvianer waren selbstlos, hatten aber keinen Bezug zu Geld und Lügen. Das alles passt nicht in die normale Außenwelt aus der ich kam. Christina musste auch über lange Zeit lernen, dass Gabriel genau das meinte, was er sagte. Natürlich verstanden sie Spaß und machten ihn auch, aber selbst das dauerte eine Weile bei den beiden, bis sie das eine vom anderen unterscheiden konnten.

Dann war da noch die Sache mit dem „Du" Wort.
Ein Danuvianer sprach jeden sehr höflich und nett
an, aber das „Sie" war ihnen total fremd. Auch hier
gab es lustige, peinliche und traurige Momente, die
zeigten, dass sie noch viel lernen mussten. Lernen
konnte man aber am besten durch ständiges Tun.
Jedoch lebten wir dauerhaft in Danuvia, wo es diese
zwischenmenschlichen Probleme nicht gab. Die
paarmal, die jemand draußen war und seine
„Erlebnisse" hatte, reichten ihm dann für Monate,
um nicht mehr raus zu wollen.
Das war definitiv ein Problem, an dem wir arbeiten
mussten. Natürlich ging nicht jede Begegnung mit
einem „Wiena" ,wie Danuvianer jeden Menschen
von draußen nannten, sofort schief. Manchmal
trafen sie sich noch ein paarmal, bis einer von
beiden die Begegnungen genervt beendete. Die
unterschiedliche Lebenseinstellung und Kultur
waren sehr große Hürden, die gemeistert werden
sollten. Aber es gab noch ein weiteres Problem,
jeder geborene Danuvianer sah wie zwanzig aus,
konnte aber einiges über 70 Jahre alt sein. Ihre
geistige Entwicklung war enorm und keiner konnte
mit einem „20 jährigen Partner" etwas anfangen.
Das verhielt sich wie Tag und Nacht.
Das Ganze war eine große Herausforderung für
Luise, Christina und mich.
Einzig Emelie und Leon gingen regelmäßig in die
Stadt. Emelie kannte das Leben draußen und
konnte sich noch am besten daran erinnern, wie es
„früher" war. Leon lernte schnell von ihr und sie
„beschützte" ihn vor Missgeschicken mit den
Wiena. Die beiden gingen gerne ins Kino, Museen
und Theater. Nur nie wieder in eine Diskothek.

Leon erzählte uns, dass es die schlimmste Erfahrung für ihn gewesen war und er gar nicht verstehen konnte, was die Jugend daran fand. Ich verstand das, denn gerade für so sinnesempfindliche Menschen wie die Danuvianer war die ohrenbetäubende Musik und die von Zigarettenrauch geschwängerte Luft der Horror. Nichtsdestotrotz waren die beiden regelmäßig in Wien unterwegs und genossen ihre Freiheit, in beiden Welten zu leben.

Ganz zu Beginn, als wir mit den Danuvianern in die Stadt kamen, um sie auf das „draußen" vorzubereiten, bewaffneten sich alle. Es war lustig und traurig gleichzeitig. Lustig war es, weil sie aufgeregt und schwer bewaffnet zum Ausgang kamen und so mit mir raus wollten. In Danuvia war das Tragen von Waffen eine Normalität, denn jeder ging oder kam von oder zur Trainingsarena. Aber so wollten sie auch rausgehen und verstanden nicht, dass sie jetzt in Wien keine Waffen mehr brauchten. Sie waren immer noch geprägt vom Angriff der Söldnerarmee und wollten sich vor dem „Bösen" da draußen schützen. Es hatte einiges an Zeit und Überredungskunst gebraucht, um einen Kompromiss zu finden, der uns alle zufriedenstellte.

So wurde das Gesetz der „Verteidigung" beschlossen. Regeln oder Gesetze wurden in Danuvia sehr schnell gemacht und wenn notwendig auch gleich verändert und den Umständen angepasst. So eine Änderung dauerte oft nur Stunden und jeder war bei der Abstimmung dabei. Das Gesetz der „Verteidigung" besagte einfach, „Niemand darf mit Angriffswaffen in die Außenwelt gehen". Erlaubt waren aber Verteidigungswaffen, die jedoch nur bei großer Not verwendet werden durften. Nun ja, ich musste bei diesem Gesetz etwas schmunzeln, denn ein Danuvianer war rein körperlich schon jedem normalen Menschen weit überlegen. Keiner von ihnen hätte eine Waffe gebraucht, um sich zu verteidigen, aber es wurde so beschlossen und stellte damit alle zufrieden. Verteidigungswaffen waren zwei Meter lange Teleskopstäbe ohne scharfe Spitze und eigens angefertigte aufklappbare Schutzschilde, die als Rückenpanzer getarnt unter der Kleidung getragen werden konnten. Beide Verteidigungswaffen waren zusammengeschoben nur 50 Zentimeter groß und beruhigten die Danuvianer beim Rausgehen. Es steckte trotz ihrer Neugier immer noch viel Misstrauen in ihnen. Insgesamt taten sich die Danuvianer mit der Außenwelt schwer und die Annäherung an normale Menschen klappte nur sehr, und auch nur sehr langsam.

Elias konnte uns bei dieser Sache aber auch nicht helfen. Er lebte zwar ständig unter den „Wiena", hatte aber durch sein 2000 Jähriges Dasein eine sehr eigene Einstellung zum Leben. Er passte weder auf die eine, noch auf die andere Seite.

Judith verließ Danuvia nur sehr selten. Sie war hier groß geworden und vermisste da draußen niemanden. Ihr war auch das Leben in Wien fast unbekannt, denn bis auf ein paar wenige Erinnerungen war ihr die Außenwelt fremd. Sie führte ein anderes Leben mit den Wölfen. 90% ihrer Zeit war sie unter ihnen und verhielt sich auch anders als Stadtmenschen und Danuvianer.

Unsere kleine Judith war ja jetzt schon groß und wuchs sozusagen in dem Wolfsrudel auf. Sie war zwar immer unsere Kleine, aber veränderte sich sehr unter der Herrschaft der Wölfe.

Kapitel 7
Die Jagd

Aber nicht nur Danuvia veränderte sich immer
mehr, auch meine Familie und ich taten es. Emelie
führte das „Heiraten" in unser kleines Reich ein. Sie
überzeugte ihren Freund Leon davon, mit dem sie
schon lange in „wilder Ehe" zusammenlebte. Sie
entwickelte sich wunderbar und war glücklich mit
ihrem Leben in Danuvia. Zu Anfang hatte ich ja die
größten Sorgen um sie. Ihr Verhalten war alles
andere als vorbildlich gewesen und sie hatte große
Probleme mit unserer Isolation hier. Von all dem
war nichts mehr zu erkennen. Nur mit dem
Kriegshandwerk konnte sie nichts anfangen. Sie
blieb beim Sport, aber vom Kämpfen wollte sie
nichts wissen. Ebenso Luise, sie trieb mit Petra
jeden Tag Sport, aber kämpfen wollte sie nie.
Ich hingegen hatte das Kriegerische in mir und
perfektionierte meine Fähigkeiten immer mehr.
Kämpfen lag mir einfach im Blut, daher ging ich fast
jeden Tag in die Arena zum Trainieren. Der für mich
extra entwickelte Wund oder Heilschaum wirkte
wahre Wunder. Das Zeug stank zwar immer noch
widerwärtig, aber es heilte selbst schwere Wunden
in kürzester Zeit. Auch meine Haut wurde dadurch
immer widerstandsfähiger. Ich kam zwar nicht an
die Unverwundbarkeit der meisten Krieger heran,
aber mit einem Messer konnte man mich nicht
mehr so einfach verletzen. Selbst ein Schwerthieb
hinterließ nur eine leichte Schnittwunde, die dank
des Schaums in ein paar Minuten verschwand.

Doch das Mittel machte mich leichtsinnig. In einem Anfall aus Übermut und Selbstüberschätzung, schoss ich mich einmal selbst an. Es war ein glatter Durchschuss am Oberschenkel meines linken Beines. Es tat unglaublich weh und brannte wie Feuer. Wie ein kleines Kind hockte ich am Boden und wimmerte leise in mich hinein. Es sollte mich niemand hören, diese Blöße wollte ich mir nicht geben. Meine selbstgemachte Spezialmunition hinterließ ein großes Loch und das Blut quoll nur so aus der Wunde. Da sprühte ich in das offene Loch meines Oberschenkels, eine ganze Ladung Heilschaum. Als der Schaum an der hinteren Austrittsstelle wieder herauskam, bemerkte ich schon, wie das Brennen aufhörte und der Schmerz verging. Es war unglaublich, was die Forscher hier zustande gebracht hatten und nach kürzester Zeit stand am Boden nur noch eine rote Pfütze als Erinnerung an meine unsinnige Idee.

Ich lag da alleine in meiner Schießhalle und wäre ohne dieses Zeug mit Sicherheit verblutet. Doch innerhalb von zehn Minuten verheilte der große Schusskanal vollständig, ohne dass eine Narbe zurückblieb. In weniger als zwanzig Minuten konnte ich mich wieder bewegen, als ob nichts geschehen sei. Nur als ich nach Hause kam, fragte mich Luise gleich: „Hast du dir schon wieder irgendwo wehgetan, weil du so nach Salbe stinkst?" Das Zeug stank wirklich extrem lange und bescherte mir wieder einmal eine Nacht am Wohnzimmersofa. Ich konnte mich zwar duschen, so lange ich wollte, aber der Wundschaum stank nicht von außen, sondern vom Inneren der Wunde. Da half nur Zeit und kein Wasser.

Judith geriet mehr nach mir, denn auch sie hatte das Kämpferische in sich und entwickelte sich großartig. Doch weder ich noch sonst jemand, hatte sie jemals trainieren oder mit Raphael kämpfen gesehen.

Sie war jedoch unglaublich schnell und beweglich. Wenn sie mit Dämon oder Raphael herumalberte, machte sie Bewegungen, die ich nie zuvor gesehen hatte.

Ihre außergewöhnliche Geschwindigkeit und Wildheit beim Raufen mit den beiden verblüffte nicht nur mich. Auch Gabriel bemerkte ihr kriegerisches Talent und von dem einstigen kranken, schwachen Mädchen, war nichts mehr zu erkennen.

Judith wuchs zu einer ungewöhnlich kräftigen, jungen Frau heran. Sie war jetzt fast neunzehn Jahre alt und ihr Wolfsrudel betrachtete sie noch immer als Welpe. Das lag daran, dass sie durch den Einfluss des Ungalitiums noch immer keine Periode bekommen hatte. Solange das so war, wurde sie nie von anderen Wölfen herausgefordert oder angegriffen.

Das Einzige, was ich immer wieder einmal hörte, waren Gerüchte über ihr außergewöhnliches Verhalten beim Kämpfen. Unsere Schmiede hatten viel mit ihr zu tun und tuschelten untereinander, denn sie ließ sich einen Kriegsharnisch der Wölfe anfertigen. Nur war dieser Auftrag alles andere als leicht und gewöhnlich, wie man so hörte. Doch die Schmiede waren nicht verärgert über diesen Auftrag, im Gegenteil. Sie liebten Herausforderungen und es machte ihnen Spaß, an ihre handwerklichen Grenzen geführt zu werden.

Sie sahen es als Chance, ihr Können noch mehr verbessern und verfeinern zu können. Der Harnisch musste etliche Male umgestaltet und angepasst werden, weil er sie immer wieder in ihrer Bewegungsfreiheit einschränkte, wie sie zu ihnen sagte. Die Werkstätten hatten alle Hände voll mit ihr zu tun, denn sie hatte extrem hohe und außergewöhnliche Ansprüche an ihren Harnisch.

Einmal, als Elias wieder bei uns zum Essen war, erzählte er uns, dass sie eine sehr seltene Spinnenseide aus Brasilien und Madagaskar bei ihm bestellt hatte. Er fragte, ob wir wüssten, wozu sie diese brauchte, denn es waren insgesamt zweitausend Meter, die sie bei ihm geordert hatte. Ich konnte nur verwundert den Kopf schütteln, denn ich wusste bis zu diesem Zeitpunkt gar nichts darüber. Judith kam zwar jeden Tag zu uns, aber über ihre restlichen Aktivitäten redete sie nicht viel. Sie war nicht verschlossen, aber sie sagte immer, „Macht euch keine Sorgen, mir geht es sehr gut bei den Wölfen". Luise versuchte, manchmal etwas mehr Informationen aus ihr herauszulocken, das jedoch misslang meist. Bei uns war sie jedoch ein ganz normales, junges Mädchen, lustig und albern. Nur wenn es ihr zu eng wurde mit unseren Fragen, wich sie einfach aus und lenkte das Thema auf etwas anderes. Da uns nie vorgekommen war, dass es ihr schlecht ging, respektierten wir ihre Privatsphäre und bohrten nicht länger mit unseren Fragen nach.

Uns war nur ihre sehr selbstbewusste und wehrhafte Art aufgefallen. Dies führten wir aber auf die

Tatsache zurück, dass sie unter den Wölfen aufwuchs. Sie zeigte nie Angst oder Schwäche und war immer gut gelaunt. Leider waren wir uns bei ihr nie sicher, ob das echt war oder sie uns nur etwas vorspielte. Sie hatte auch eine sehr enge Bindung zu Dämon und Uriel aufgebaut und mit Raphael zusammen waren sie die vier Wilden. Wenn die vier bei uns im Wohnzimmer zum Spaßraufen begannen, dann bebte der Raum. Für meine Begriffe war das alles sehr extrem und ich hätte dabei niemals mitmachen können. Aber sie lachte und biss wie die anderen knurrend und wild schnaufend zu und verhielt sich mehr wie ein Wolf als wie ein Mensch.

Als Außenstehender konnte man sagen, dass es ein wilder, runder Haufen Pelz war, wenn sie herumkugelten und alberten. Ebenfalls bemerkten wir, dass Dämon zu Raphael und Uriel eine sehr enge Bindung aufgebaut hatte. So sehr er die anderen Wölfe mied, so eng waren die drei miteinander verbunden. Ich fragte öfter mal Gabriel, ob er durch Uriel etwas darüber wusste, aber er sagte mir nur, dass sie sehr gute Freunde waren. Uriel redete nicht viel mit Gabriel darüber, denn was Wölfe untereinander verband, blieb ihr Wolfsgeheimnis. Die Wölfe hatten trotz ihrer engen Bindung zu uns Menschen immer ihre eigene „Wolfswelt" und das durchschaute niemand, auch nicht Gabriel.

Immer mit dabei war auch Ares. Er und Dämon waren wie Brüder, vergleichbar wie Gabriel und Uriel. Doch er kämpfte nie mit, wenn die anderen wieder einmal am Boden rauften. Auch für ihn war das wilde Kämpfen nichts. Seine Stärken lagen eindeutig in der Verteidigung; wenn man so wollte in der Tarnung. Diese Technik hatte er perfektioniert und uns schon oft genug die Vorteile seiner passiven Waffen vor Augen geführt.

Mit Judith verband ihn eine enge Freundschaft. In guter Absicht wollte sie ihn öfters zum Training überreden, doch er blockte jedes Mal ab. Aus Ares war ein sehr sanfter und etwas zurückgezogener, junger Mann geworden. Er ritt auch nie auf den Wölfen wie Judith. Dämon hatte es ihm immer wieder angeboten und Judith wollte es ihn lehren, aber bis auf ein paar kurze Versuche blieb es dabei. Er mochte es einfach nicht.

Manchmal hatte ich den Eindruck, dass Judith etwas verliebt in ihn war, aber sie waren im Prinzip grundverschieden. Er, ruhig, ängstlich wirkend und eigenbrötlerisch, sie wild und unbändig, strotzend vor Kraft und mutig. Als ich sie mal auf Ares ansprach, lachte sie nur und wechselte das Thema. Ich fragte Ares einmal, ob er nicht auch mit Judith zusammen trainieren wolle, aber er antwortete nur, „Ich habe nie zu kämpfen gelernt, sondern nur, zu überleben."

Er mochte das Wilde und Laute nicht, wenn Judith mit den drei Wölfen kämpfte. Dann zog er sich einfach in ein Eck zurück und sah teilnahmslos zu. Zusammengefasst, sie mochten sich sehr, aber es trennten sie Welten.

Ares und Dämon wohnten mittlerweile in der dritten Ebene. Sie lebten abgeschieden von den anderen Wölfen und die einzigen, die da unten wohnten. So dick die Freundschaft auch zu Uriel und Raphael war, mit den anderen Wölfen durfte Dämon alleine nicht zusammenkommen. Sie hätten ihn sofort angefallen und bis zum Tod gekämpft. Dämon war den Wölfen immer ein Dorn in ihrem Pelz, konnte man sagen. Wölfe waren untereinander sehr nachtragend. Ein Grund für ihren Hass auf ihn war die Tatsache, dass er Wölfe getötet und gefressen hatte. Aber es musste mehr Gründe dafür geben, denn Uriel und Raphael beschützten ihn nicht nur vor den anderen, sie schirmten ihn regelrecht vor ihnen ab. Mir kam es öfters so vor, als wollten sie ihn gar nicht in das Rudel integrieren und das trotz ihrer engen Freundschaft zu ihm. Na ja, wie schon gesagt, Wölfe tickten eben anders und ein Mensch würde das sowieso nie verstehen.

Dann kam Christinas Geburtstag. Luise richtete mit Gabriel eine große Feier bei uns in der Wohnung aus. Wir schmückten unser Wohnzimmer festlich und schon bald hatten wir die Bude voll, wie man so schön sagt. Außer Luise, Gabriel und Uriel, waren auch noch Elias, Ares und Raphael anwesend. Wir warteten noch auf Judith, die wir losgeschickt hatten, um Dämon von der dritten Ebene zu holen. Judith musste Dämon ja abholen, da er alleine nicht zu uns kommen konnte. Er konnte sich nur in der Aresebene frei bewegen, hier bei uns oben brauchte er immer noch Begleitung. Wir saßen gerade zusammen und alberten ausgelassen herum, als ein Alarm losging. Aber es war kein Eindringlingsalarm, sondern ein Wolfsgeheule, wie ich es nie zuvor gehört hatte. Uriel und Raphael schreckten sofort hoch und blieben regungslos vor unserem Eingang stehen, um zu lauschen.

Das Wolfsgeheul wurde immer lauter, Wolf zu Wolf trug es weiter.

Überall in Danuvia verbreitete sich das durchdringende Heulen wie ein Lauffeuer und verkündete die unheilvolle Botschaft, wie uns Gabriel voller Entsetzen zuflüsterte: >>Wölfe sterben!<<

Mit einem Schlag war unsere ausgelassene Feierstimmung vorbei und alle waren starr vor Schreck. Keiner sprach ein Wort und wir starrten alle fassungslos nach draußen, von wo wir die Neuigkeiten erwarteten. In meinem Nacken hatten sich alle Härchen aufgestellt und ich blickte sorgenvoll zu Luise. Ihr stand das Entsetzen ins Gesicht geschrieben. So eine Situation hatte es noch nie gegeben. Noch nie wurden unsere Wölfe getötet und es gab nur einen, der das schaffen konnte - Dämon! Aber er war ja nicht alleine, denn Judith sollte ihn doch abholen. Die Frage: „Was war da nur los?", schoss mir durch den Kopf und Panik stieg in mir auf.

Luise hatte denselben Gedanken und schrie fassungslos: >>Judith ist bei Dämon!<<

Panik stand in ihren Augen und ich konnte sie gerade noch davon abhalten, aus dem Haus zu laufen. In derselben Sekunde, als Luise schrie, sprangen Raphael und Uriel aus der Tür raus und verschwanden hinter der nächsten Ecke.

Ich brüllte Gabriel an: >>Wo ist Judith, wo müssen wir hin?<<

Gabriel war ebenso überrascht von der Situation wie wir und antwortete beklommen: >>Folgt mir, wir müssen zum nächsten Abgang in die Aresebene.<<

Sofort stürzten wir alle zur Tür hinaus und liefen den Gang zum Abgang entlang. Mein Herz raste und ich hatte nur einen Gedanken: „Was ist passiert und geht es Judith gut?"
So viel Angst hatte ich zuletzt gespürt, als sie im Sterben gelegen hatte und ein Blick zu Luise verriet mir, dass es ihr nicht besser ging.
Es waren nur fünf Minuten zum Abgang, aber diese wenigen Minuten fühlten sich wie Stunden an. Als wir endlich ankamen, war schon eine große Menschen- und Wolfsmenge zusammengekommen. Luise und ich drängten uns panisch und schreiend durch die Masse, als wir sie liegen sahen.
Zwei Wölfe zuckten am Boden und rangen nach Luft, doch von Judith und Dämon war nichts zu sehen.

Luise schrie völlig aufgelöst: >>Wo ist Judith? Hat jemand Judith gesehen?!<<

Alle sahen sich um, aber keiner sagte etwas. Da trat Gabriel aus der Menge hervor und kniete sich zu den schwer verletzten Wölfen am Boden. Er schloss die Augen und streichelte sie vorsichtig am Kopf.

Dabei sagte er beschämt: >>Das waren Judith und Dämon! Ich kann nicht sagen, was genau passiert ist, aber Dämons Speichel ist noch frisch an ihrem Fell. Außerdem klebt Judiths Blut an ihnen und auch am Boden.<<

Uriel und Raphael schnüffelten in der Zwischenzeit an den beiden Wölfen und anschließend überall im Raum. Es erschien mir so, als ob sie den Tathergang rekonstruieren und gleichzeitig Gabriel davon berichten wollten.

In der Zwischenzeit trafen auch unsere Ärzte ein und stabilisierten die beiden Wölfe, so gut sie konnten. Danach legten unsere Ärzte sie auf die Trage und brachten sie in die Krankenabteilung.

Luise und ich standen hilflos daneben und wussten nicht, was wir dazu sagen sollten. Neben der Angst, die ich um Judith hatte, breitete sich auch Fassungslosigkeit in mir aus.

Die Frage, „Was ist passiert?", hämmerte in einer Dauerschleife in meinem Kopf. Ebenfalls entsetzte mich die Aussage von Gabriel, dass Blut von Judith am Boden klebte.

Aber wo war sie? Wo steckte Dämon?

Warum waren sie nicht hier? Wie schwer verletzt waren sie? Versteckten sich die beiden, weil sie Angst vor der Bestrafung hatten? Dutzende Fragen schossen mir durch den Kopf, aber ich erhielt keine Antworten auf sie. Zu unsicher war noch der tatsächliche Hergang. Doch das alles lähmte mich. Ich konnte nichts tun, nicht klar denken. Ich war hilflos. Luise weinte und bettelte Gabriel förmlich an, ihr zu sagen, wo sie wäre.

Da knurrte plötzlich Raphael laut auf und verschwand hinter der nächsten Ecke.

Gabriel nahm Luise an der Hand und sagte hektisch zu ihr: >>Kommt gleich mit in die Kriegshalle der Wölfe, Raphael rief ein Tribunal zusammen!<<

Sofort stürzte Luise aus dem Raum und lief den Gang entlang zur besagten Halle. Gabriel, Elias, Ares und ich folgten ihr, so schnell wir konnten. Als wir dort ankamen, waren schon alle Wölfe versammelt. Raphael stand am Ende des Saales und ihm gegenüber alle anderen Wölfe in der üblichen hierarchischen Anordnung. Dann überschlugen sich die Ereignisse. Hier begann gerade etwas, dass niemand von uns verstand. Raphael knurrte und brummte auf eine Art, die ich noch nie zuvor bei den Wölfen gehört hatte. Offensichtlich „redete" er mit ihnen und Gabriel übersetzte uns, so gut er konnte.

Gabriel flüsterte: >>Raphael ruft seine Brüder. Sie sollen sich für das, was er jetzt zu sagen hat, neben ihn stellen.<<

Als sich seine vier Brüder neben ihn stellten, trat er einen Schritt hervor und knurrte erneut.

Gabriel übersetzte uns wieder aus Raphaels Sicht: >>Ein großes Unglück ist heute passiert. Zwei unseres Volkes sind verletzt worden und dafür sind eindeutig Dämon und meine Tochter Judith verantwortlich. Ihr alle wisst, dass zwei meiner Brüder, Remiel und Gabriel, seit der Schlacht an der Grenze unter uns fehlen. Sie fielen ehrenvoll, wie es sich für einen Kriegswolf gebührt. Dabei entstand aber ein Machtvakuum, das nie nachbesetzt wurde.

Ich frage euch daher Brüder, wer besitzt die Größe und Stärke deren Platz einzunehmen und an ihrer Stelle ein Rudel zu übernehmen?<<

Daraufhin begannen die Wölfe im Saal zu drängeln und rangeln. Nun wurde es laut und die Emotionen der Wölfe kochten hoch. Ich verstand nicht, warum Raphael gerade jetzt, wo zwei Wächter verletzt wurden, darüber sprach. Hatte er keine anderen Sorgen? Judith und Dämon fehlten, das sollte doch wichtiger sein, als irgendwelche Machtspielchen. Aber wer von uns verstand wirklich die Denk- und Handlungsweise der Wölfe? Sie überraschten mich immer wieder mit ihrem eigenwilligen Verhalten, das für uns Menschen oftmals unlogisch war. Ich wusste aber auch, dass Raphael in der Vergangenheit sehr überlegt gehandelt hatte, darum hinterfragte ich seinen Weg jetzt nicht, sondern beobachtete gespannt, was weiter passierte.

Gabriel erzählte uns, dass sie gerade untereinander abklärten, wer sich für die zwei Plätze geeignet fühlte. Dann traten aus der Menge der Wölfe auf einmal acht Wölfe hervor und drängten die anderen etwas zurück.

Da sagte Gabriel erregt: >>Das kampflose Geplänkel ist nun vorbei, jetzt kämpfen sie gleich um einen Rang.<<

Nur Augenblicke später fielen sie wie wilde Bestien übereinander her. Sie bissen und knurrten einander an und jeder kämpfte offenbar gegen jeden. Nach ein paar Minuten jedoch heulten die ersten auf und zogen sich gedemütigt aus dem Kampfgeschehen zurück. Luise konnte gar nicht hinsehen und drehte sich entsetzt zur Seite. Gabriel, Elias, Ares und ich sahen dem wilden Treiben gespannt zu und ich dachte mir ständig verärgert: „Müssen sie gerade jetzt ihre Machtverhältnisse klären, wo doch wichtigeres anstand, wie Judith und Dämon zu finden"? Von den acht Wölfen, die zu Beginn gekämpft hatten, blieben nach einer halben Stunde nur noch drei über. Der Rest zog sich aus dem Kampf zurück und gab sein Bestreben als Rudelführer auf. Da heulte Raphael plötzlich auf und die drei verbleibenden Kämpfer hörten sofort zum Kämpfen auf.

Gabriel drehte sich anschließend zu uns und erklärte: >>Raphael hat jetzt entschieden, dass diese drei Judith und Dämon suchen sollten.<<

Dann stockte er plötzlich, drehte seinen Kopf weg und sagt nichts mehr.

Ich schrie ihn panisch an: >>Was ist los? Was sagt er? Rede mit mir, rede!<<

Langsam hob Gabriel seinen Kopf, sah mich an und sagte niedergeschmettert: >>Raphael gab gerade die Anordnung, jagt sie und bringt sie zur Strecke. Tötet sie, tötet sie beide! Die beiden von euch, die erfolgreich sind und ihr Blut getrunken haben, werden Rudelführer.<<

Im selben Moment, als Gabriel das sagte, sprang Raphael auf und zum Hallenausgang hinaus.

Luise schrie entsetzt auf und konnte es nicht fassen, was Raphael gerade verkündet hatte. Auch ich stand unter Schock und verstand die Welt nicht mehr. Was war das jetzt? Wie konnte er es wagen? Das konnte er doch nicht ernst gemeint haben!? Oder doch?

Sofort fragte ich Gabriel, was das sollte, aber er antwortete: >>Die Wölfe haben ihre eigenen Gesetze und Regeln, Judith weiß das und muss sich nun ihren Vollstreckern stellen. Dämon ist bei ihr und wird sie beschützen. Aber ob er gegen drei Beseelte gleichzeitig bestehen kann, weiß ich nicht. Sie werden gnadenlos über sie herfallen, wenn sie sie gefunden haben. So lautet der Kodex der Wölfe und niemand kann ihnen jetzt noch helfen. Weder Dämon noch Judith können an dem Urteil etwas abändern. So traurig das jetzt auch klingen mag, aber das Tribunal der fünf Alphas ist unumstößlich.<<

Luise schluchzte und wimmerte mit tränenerstickter Stimme: >>Das kann er doch nicht tun! Das kann er doch nicht! Es ist seine Tochter! Seine eigene Tochter! Verstehst du mich? Er kann doch nicht seine eigene Tochter zum Tode verurteilen!<<

Immer mehr Angst mischte sich in ihre Worte und ließ ihre Stimme panisch zittern. Auch ich stand völlig aufgelöst da und wusste gar nicht mehr, was ich sagen sollte, noch weniger, was wir tun konnten. Mein Kopf fühlte sich leer an. Es gab nur noch Verzweiflung darin.

Reglos stand ich am Ausgang der Halle und wusste nicht mehr weiter. Was jetzt? Wie ging es weiter?

Ich zitterte und stammelte sinnloses Zeug vor mich hin, als Gabriel zu uns sagte: >>Die drei Jäger sind Cid, Aron und Malachon. Cid ist der zweite Sohn Remiels, der bei der Schlacht an der Grenze gefallen ist. Er war einer der Brüder Raphaels. Aron ist in der Blutlinie von Gabriel, aber ein niederer Wolf als Malachon. Der ebenfalls aus der Linie Gabriels ist. Cid hat aber die Schmach nie vergessen, die er wegen Judith ertragen hatte müssen. Er ist jetzt ihre größte Bedrohung. Ich selbst kann nichts gegen dieses Urteil tun und hoffe, dass Dämon sie bis zum letzten Atemzug beschützt. Du, Ed, hast gesehen, wie Dämon kämpft, aber ob er gegen drei auf einmal bestehen kann, weiß ich nicht. Wir haben nur eine kleine Hoffnung und müssen zuerst einmal aufklären, was beim Abgang tatsächlich geschehen ist. Lasst uns mit Uriel zurückkehren und herausfinden, was dort wirklich passiert ist.<<

Endlich sagte mir jemand, was ich tun sollte. Erleichtert setzte ich mich in Bewegung, fühlte mich aber noch immer, als wäre ich in Watte gepackt. Alles drang nur sehr gedämpft in mein Bewusstsein.
Es tat unheimlich gut, wenn einem jemand sagte, was man tun sollte. Es war genau das, was ich im Moment brauchte. Aber als wir uns langsam in Bewegung setzten, drängte sich mir eine Frage auf.

>>Wo ist Raphael? Warum ist er auf einmal verschwunden? Warum hilft er uns oder Judith nicht?<<

Gabriel zögerte etwas und antwortete danach: >>Ich weiß nicht, wo Raphael ist und warum er verschwunden ist, aber wir müssen jetzt so schnell als möglich aufklären, was beim Abgang passiert ist. Nur wenn wir wissen, was genau geschehen ist, können wir das Todesurteil vielleicht noch aufheben.<<

Kapitel 8
Doppelleben

Gabriel rief Uriel und wollte mit ihm und uns zum Abgang gehen. Doch Uriel sah nur in unsere Richtung, drehte sich anschließend weg und verließ uns.

Gabriel war über Uriels Verhalten überrascht und schrie ihm nach, aber es half nichts, Uriel verschwand hinter der nächsten Ecke und kam nicht mehr zurück.

>>Was verdammt noch Mal ist hier los?!<<, schrie ich in meiner Verzweiflung lauthals in den leeren Gang. >>Sind jetzt alle verrückt geworden?<<

Gabriel meinte neben mir: >>Ich weiß nicht, was los ist, aber wir werden den Fall jetzt sofort untersuchen und herausfinden, was hier passiert ist. Luise, geh bitte mit Ares wieder in eure Wohnung und wartet dort auf uns. Sag Christina Bescheid, was passiert ist und bitte sie, auf mich zu warten. Wir kommen später zu euch und werden berichten was wir herausgefunden haben. Aber jetzt müssen wir handeln, bevor sie Judith und Dämon stellen. Die Zeit drängt! Ed, Elias und ich müssen jetzt rasch eine Lösung finden.<<

Luise drehte sich noch zu mir, küsste mich und flüsterte mir mit zitternder Stimme ins Ohr: >>Finde Judith und beschütze unser Mädchen. Pass auf dich auf und kommt alle heil nach Hause.<<

Rasch drückte sie mich nochmals an sich, dann drehte sie sich um und eilte mit Ares in die Richtung unserer Wohnung. So wie ich Luise kannte, kämpfte sie schon wieder mit ihren Tränen und wollte es uns nicht zeigen.

Gabriel, Elias und Ich hingegen, eilten sofort zum Abgang zurück, um Spuren zu suchen. Wir mussten herausfinden, was tatsächlich vorgefallen war. Als wir in den Raum zum Abgang kamen, fanden wir büschelweise ausgerissene Wolfshaare und Kratz- sowie Schleifspuren an den Wänden. Alles deutete auf einen Kampf mit Dämon hin, aber wir fragten uns: Warum? Für uns war klar, dass Dämon niemals alleine ohne Judith hochgekommen wäre. Er wusste, dass er das nie tun dürfte. Mit Judith hingegen an seiner Seite hätten ihn die beiden Wölfe normalerweise auch nicht angegriffen.

Es musste einen anderen Grund für diese Angriffe gegeben haben. Für die Wächter war es ein Tabu, diese Grenze zu überschreiten und anzugreifen. Unsere Wölfe waren in ihrem Wesen allesamt untadelig gewesen. Selbst Cid, der Judith nicht mochte, wäre für sie in einem Kampf gestorben. Seine persönliche Abneigung hätte nichts daran geändert, dass er den Kodex der Wölfe befolgte. Sie waren alle unbestechlich in ihrem Tun und stellten jeden Menschen über ihr eigenes Leben. Wenn sich also die Wölfe immer korrekt verhielten, Dämon alleine nicht hochgekommen ist und Judith unantastbar war für sie, was war dann geschehen? Gabriel sammelte die Wolfshaare ein und wir machten anschließend noch Fotos von den Blut, Schleif- und Kratzspuren an Wänden und Boden.

Elias machte nun den Vorschlag: >>Gehen wir in die Krankenstation und untersuchen noch die beiden Wölfe. Sehen wir nach, welche Verletzungen sie haben und wie es ihnen geht. Vielleicht kannst du, Gabriel, mit ihnen noch Kontakt aufnehmen und sie befragen.<<

Sein Vorschlag klang vernünftig und konnte neues Licht in die ganze Angelegenheit bringen. Vielleicht war es überhaupt unsere einzige Chance, die Wahrheit herauszufinden. Ohne ein weiteres Wort zu verlieren, liefen wir in die Krankenstation. Dort angekommen wurden wir sofort in das Zimmer geführt, wo die beiden lagen. Gabriel fragte nach, wie es ihnen ginge und welche Verletzungen gefunden worden waren.

Da erklärte uns der behandelnde Arzt: >>Auf den ersten Blick lassen sich keine äußeren Bissverletzungen erkennen. Ein paar ausgerissene Haare, aber sonst nichts. Als wir sie geröntgt hatten, konnten wir ebenfalls keine Brüche, Quetschungen oder Ähnliches erkennen. Doch ihr Erscheinungsbild, das Zucken und ihr verkrampftes Verhalten deutete auf eine Nervenverletzung hin. Also haben wir die beiden noch genauer mit dem MRT Gerät untersucht. Erst als wir diese Bilder vor uns hatten, erkannten wir eine Verschiebung oder einen Bruch des ersten Halswirbels.
Das heißt im Klartext: Genickbruch.
Was es aber genau ist, können wir noch nicht sagen. Wir müssten sie operieren, um das feststellen zu können. Andere Verletzungen liegen nicht vor.

Das Seltsame dabei ist aber, dass beide genau dieselbe Verletzung haben.<<

Gabriel wurde hellhörig und fragte sofort neugierig nach: >>Kann das durch einen Nackenbiss passiert sein oder durch einen festen Schlag auf den Kopf? Sind sie bei Bewusstsein und können sie befragt werden?<<

Der Arzt nickte bei seinen Fragen und antwortete in sachlichem Tonfall: >>Beide Wölfe weisen Speichelspuren am ganzen Körper auf, auch am Nacken. Unsere Analyse zeigte eindeutig, dass es sich dabei um Dämons Speichel handelte. Wir stellten auch Blutspuren fest und untersuchten auch diese. Leider stammen diese eindeutig von Judith. Es ist nicht viel Blut, wir können daher nicht sagen ob sie nur leicht oder schwer bei dem Kampf verletzt worden ist. Eines muss ich euch noch sagen. Kurz bevor ihr gekommen seid, war Raphael mit Uriel da, um nach den beiden Wölfen zu sehen. Sie gaben die Anweisung, dass wir sie nicht operieren dürfen und so liegen lassen müssen. Ich verstehe die Entscheidung zwar nicht, aber es ist ihr Rudel und ich halte mich an ihre Anweisungen. Befragen könnt ihr die beiden verletzten jedoch nicht, denn sie liegen im Koma.<<

Gabriel fragte den Arzt, ob Uriel und Raphael noch etwas gesagt hätten, oder ob er wüsste, wohin sie gegangen wären, aber der Arzt konnte uns nichts mehr dazu sagen.

Das passte für mich alles nicht zusammen und ich fragte Gabriel: >>Verstehst du das? Kannst du mir das Verhalten von Uriel und Raphael erklären? Für mich ist da nichts mehr logisch oder nachvollziehbar. Ich verstehe es einfach nicht! Kannst du mir das alles erklären?<<

Gabriel drehte sich zu mir, schüttelte den Kopf und meinte nachdenklich: >>Nein Ed. Das Gesamtbild passt nicht zusammen. Die Verletzungen der Wölfe, das Verschwinden von Judith und Dämon und jetzt verweigern die Alphas ihren Brüdern die Hilfe. Warum? Wenn es ein Unfall gewesen wäre, hätte Judith das aufklären können. Aber es war eine gezielte Attacke auf die beiden Wölfe, ohne dass man sie getötet hat. Wir wissen, dass Dämon keine Gnade beim Kämpfen zeigt, er hätte sie sofort getötet. Judith ihrerseits kann keinen Wolf verletzen oder töten. Ihr habt selbst gesehen, wie unsere Wölfe kämpfen können. Dazu braucht es eine Urgewalt und kein Mädchen wie Judith. Aber wenn es Dämon nicht war und auch nicht Judith, wer war es dann?<<

Menschen schieden aus, denn sie hätten nicht die Kraft und Kampftechnik, um einen Kampfwolf solche Verletzungen zuzufügen. Es musste also etwas anderes gewesen sein, das hier passiert war. Plötzlich heulten wieder Wölfe auf und Gabriel hielt inne, um zu lauschen.

Dabei sprach er leise: >>Die Jäger haben erneut Witterung aufgenommen und berichten, dass Judith und Dämon nicht mehr in Danuvia sind.

Judith reitet auf Dämon und sie sind sehr schnell geflüchtet. Sie haben jetzt mehrere Stunden Vorsprung. Die Jäger haben die Erlaubnis erhalten, Danuvia zu verlassen und nehmen in der Außenwelt die Verfolgung auf. Und Raphael bestätigte vorhin nochmals: „Hetzt beide, bis sie tot sind!"<<

In meinem Kopf drehte sich alles. Das ergab alles keinen Sinn! Das Verhalten von Raphael und Uriel passte ebenso wenig zu den Geschehnissen wie das Verschwinden von Dämon und Judith. Es musste einfach einen anderen Grund für das alles geben!

Gabriel meinte anschließend noch: >>Wenn der Tatort, die Verletzungen und der Arzt nicht weiterhelfen können, dann müssen wir tiefer graben und andere befragen. Das machen wir jetzt so lange, bis wir schlüssige Antworten erhalten. Ed, wo war Judith in letzter Zeit? Wo hielt sie sich öfter auf? Hatte sie neue Freunde oder Umgang mit Menschen oder Wölfen, die euch neu waren? Denk nach, jede Kleinigkeit kann uns weiterhelfen.<<

Ich dachte verzweifelt nach, aber da gab es in meinen Erinnerungen nichts Außergewöhnliches. Sie war jeden Tag mit Raphael zum Essen zu uns nach Hause gekommen, hatte nie von neuen Freundschaften oder sonstigem erzählt. Ich durchforstete mein Gehirn und da fiel mir ein, dass ich manchmal von den Schmieden harmlose Gerüchte hörte. Dass sie eben sehr anspruchsvoll oder auch etwas wild in ihrem Verhalten wäre. Aber das war nichts Außergewöhnliches für mich.

Nur, es war das Einzige, das mir einfiel und das erzählte ich auch Gabriel.

Da sah er mich an und meinte: >>Dann gehen wir eben zu den Schmieden und befragen sie. Sonst haben wir ja keine Anhaltspunkte.<<

Da wir keine anderen Spuren hatten, zogen wir zu den Schmieden los. Dort angekommen fragte Gabriel jeden Einzelnen über Judith aus. Als sie den Namen Judith hörten, war ihre Meinung eindeutig. Anspruchsvoll, wild, klein und manchmal etwas frech. Aber keiner war böse auf sie, ganz im Gegenteil, einer erzählte uns, dass er froh war, wenn sie kam, denn sie verlangte immer nur Spitzenleistungen. Bei ihr konnten sie ihr wahres Können hervorkramen und endlich einmal ihr Geschick beweisen, erklärten sie uns, nicht ohne Stolz.

Einer von ihnen fasste es treffend zusammen: >>Judith ist halt etwas wilder und eigensinniger als andere, aber durchaus höflich und zuvorkommend. Sie ist auch manchmal ein wenig frecher, macht das durch ihren bestechenden Charme aber wieder wett. Sie ist eben ein aufgewecktes Mädchen und die Tatsache, dass sie bei den Wölfen lebt, erklärt auch ihre ungestüme Art. Ich hab von allen Schmieden hier am meisten für sie gemacht. Durch ihre hohen Ansprüche forderte sie mir immer wieder mein ganzes Wissen und Können ab, aber genau das war der Reiz an ihr. Sie wusste genau, was sie wollte und ich hatte oftmals etwas Außergewöhnliches zu tun.

Das Letzte, das ich für sie anfertigte, war ein maßgeschmiedeter Wolfsharnisch. Es war aber kein gewöhnlicher, sondern eine Kriegspanzerung aus über 1000 Einzelteilen. Ich fragte sie noch, wozu sie einen solchen bräuchte, da wir weder vor einem Kriegseinsatz stehen, noch damit in der Arena kämpfen. Aber sie meinte dazu nur: „Fertige ihn bitte an und rede bitte nicht viel darüber, denn es soll eine Überraschung werden." Sie hatte ja auch ihren Trainingspanzer, aber der kam jede Woche mehrmals zur Reparatur. Ich weiß ja nicht, was sie damit anstellte, aber er war öfter so zerstört, dass ich einen ganz Neuen für sie machen musste. Wenn diese Schäden beim Training passierten, dann möchte ich nicht in ihrer Haut gesteckt haben.<<

Damit war sein Bericht zu Ende und er ging wieder zu seinem Schmiedeplatz. Von dort zog er ein größeres Stück Metall aus einer Kiste hervor und hielt es uns hin.

Ich fragte ihn, was er uns damit sagen wolle und er antwortete: >>Hast du schon einmal einen Brustpanzer mit solchen Löchern darin gesehen?<<

>>Was soll das sein?<<, fragte ich ungläubig und fassungslos bei dem Anblick. >>Sag bloß, das ist ein Teil von ihrem Trainingsharnisch? Da sind ja fingerdicke Löcher drin! Wurde auf sie geschossen?<<

Doch er schüttelte den Kopf.

>>Nein Ed<<, antwortete er, >>Siehst du nicht, dass diese Löcher von Zähnen stammen? Mit wem sie auch trainiert hat, er biss gnadenlos zu. Aber sieh dir den Harnisch einmal genau an, Ed! Er hat seltsame unterschiedlich große Löcher! Da muss also mehr als ein Wolf mit ihr gespielt haben. Ich kenne ja die zerknirschten und verbogenen Panzerungen unserer jungen Krieger, wenn sie zur Reparatur zu mir kommen, aber solch kaputte Platten hat mir bisher noch nie jemand gebracht. Außerdem werden die Panzerungen unserer jungen Kämpfer mit der Zeit immer weniger zerstört. Das liegt daran, dass sie im Kampf immer besser werden und nicht mehr so viel Angriffsfläche geben wie am Anfang ihres Trainings. Aber bei Judith war das anders. Die Zerstörungen wurden bei ihr immer schlimmer bis hin zu den Durchbissen, wie du gerade selbst gesehen hast.

Im Durchschnitt brauchen unsere jungen Krieger drei bis vier Jahre, bis die Kampfspuren abnehmen. Bei Judith wurden sie die letzten zehn Jahre immer schlimmer statt weniger. Ich würde Mal in der Krankenstation und bei den Webern nachfragen. Denn das Letzte, das ich für Judith machte, waren zwei faustgroße Wolfsköpfe aus Vollstahl, die sie vor circa einem Monat abholte. Sie sagte, dass sie damit zu den Webern gehen müsse, denn die sollten diese Köpfe weiterverarbeiten. Was sie damit meinte, kann ich nicht sagen, aber ich frage mich heute noch, was die Stoffweber mit zwei so massiven Stahlköpfen anfangen sollten.<<

Ich war geschockt über die Aussagen, die der Schmied gemacht hatte, denn ich konnte meinen ganzen Zeigefinger durch diese Bisslöcher stecken. Mir lief es kalt den Rücken hinunter, bei dem Gedanken, dass Judith solchen Angriffen ausgesetzt gewesen war. Jetzt hatten wir drei neue Anhaltspunkte und zusätzliche Fragen, die beantwortet gehörten. Erstens, welche Wölfe trainierten so brutal mit Judith? Zweitens, welcher Arzt behandelte Judith nach diesen Attacken und drittens, was haben die Stoffweber mit den faustgroßen Wolfsköpfen gemacht?

Als wir schon vor der Tür bei den Schmieden standen, drehte sich Gabriel noch einmal um und fragte: >>Wo ist Judiths Kriegspanzer jetzt?<<

Daraufhin antwortete der Schmied: >>Den hat sie abgeholt, vor ungefähr zwei Monaten.<<

Mit diesen neuen Informationen eilten wir anschließend zum Wolfsrevier. Wir mussten herausfinden, wer mit Judith so hart trainiert hatte. Gabriel suchte und fand recht bald einen der Alphawölfe und fragte ihn, ob er wüsste, wer mit Judith trainierte. Dieser antwortete sehr knapp und nannte nur zwei Namen: Raphael und Uriel. Von anderen wusste er nichts, Es war Raphael, der nicht wollte, dass Judith mit jemand anderen trainierte. Gabriel war völlig verwundert, denn er hatte nicht gewusst, dass Uriel mit Judith trainierte. Er meinte dann auch, dass er sich nicht vorstellen könne, das Uriel so brutal bei einem Trainingskampf zubeißen würde. Schließlich trainierten er und Uriel schon ihr ganzes Leben zusammen.

Die Sache wurde immer mysteriöser, denn Uriel und Raphael blieben verschwunden und konnten nicht befragt werden. Nun begaben wir uns weiter zu den Stoffwebern, die am Weg zur Krankenstation waren. Als wir ankamen, fragte Gabriel sofort nach den Wolfsköpfen, die Judith hier „weiterverarbeiten" hatte lassen.

Da meldete sich eine Weberin und erzählte uns: >>Judith kam vor ungefähr einem Monat zu mir und bat mich, ein Seil aus Spinnenseide zu flechten. Sie wollte es aber auf eine bestimmte Art verwoben und danach geflochten haben. Sie wusste offenbar genau, was sie wollte. So eine Verarbeitung ist sehr ungewöhnlich und extrem reißfest. Ich musste aus zwei Kilometer Spinnenseide ein Seil von einem Meter flechten. Das Ergebnis ist sehr dünn und trotzdem superleicht. Außerdem ist es sehr strapazierfähig. Als ich damit fertig war, wollte sie, dass ich das Seil an die vorgefertigten Ösen der Wolfsköpfe spleiße, weil ihr eine normale Verknotung nicht gefiel. Diese Art der Verflechtung ist sehr speziell, denn es gibt keinen Anfang und kein Ende. Sie hat das Seil mit den Köpfen dann vor zwei Wochen abgeholt. Ich fragte sie noch, was sie damit vorhätte, denn es war wirklich ein ungewöhnlich schönes Stück und auf jeden Fall ein Unikat. Doch sie lachte nur und legte es sich um die Hüften. Dabei sagte sie: „Das ist doch ein schöner Gürtel oder?" Ich muss zugeben, Geschmack hat sie, die Kleine.<<

Wir erfuhren zwar viel über meine Tochter, doch Antworten auf die drängendsten Fragen bekamen wir keine. Schön langsam fragte ich mich, was ich noch alles nicht von Judith wusste. Sie führte offensichtlich ein sehr bewegtes Doppelleben mit Raphael. Jetzt eilten wir noch zur Krankenstation, um die Ärzte zu befragen. Als wir dort ankamen, erkundigten wir uns zuerst einmal über den Gesundheitszustand der beiden verletzten Wölfe. Da erhielten wir die Antwort, dass alles unverändert wäre und man ohne Operation nichts für sie tun könne.

>>Da wir ihnen im Moment nicht weiterhelfen konnten, blieb uns nichts anderes übrig als sie zu stabilisieren und abzuwarten<<, gab der behandelnde Arzt von sich.

Nun fragte Gabriel nach, wer Judith nach ihrem Training behandelt hatte.

Da sah uns der Arzt mit großen Augen an und meine erstaunt: >>Wir alle!<<

Ungläubig sahen wir uns an. „Was sollte das nun heißen?", dachte ich mir, denn normalerweise war maximal ein Arzt oder Krankenhelfer notwendig, um Brüche, Quetschungen oder Fleischwunden zu behandeln. Jetzt erklärte er uns, dass alle mit ihr beschäftigt gewesen waren?

>>Was meinst du mit wir alle?<<, fragte Gabriel nach.
Da antwortete der Mediziner überrascht: >>Wusstet ihr das nicht? Judith war hier unser Dauergast. Sie wurde täglich zu uns gebracht. Wir mussten nur für

sie alleine einen Bereitschaftsarzt abstellen, so oft benötigte sie unsere Hilfe. Dieser Arzt musste sie oft noch in der Arena stabilisieren, sonst wäre sie überhaupt nicht transportfähig gewesen. Oder besser gesagt, was von ihr noch übrig geblieben war. Judith war überhaupt unsere größte Herausforderung. Normalerweise nehmen die Verletzungen beim Training mit den Wölfen mit der Zeit ab. Nach drei bis vier Jahren „Lehrzeit" gibt es keine gröberen Verletzungen mehr. Ganz anders war das allerdings bei Judith. Sie kam in den letzten zehn Jahren täglich zu uns und ihre Verletzungen wurden immer schlimmer, statt besser. Kein Jungkrieger war jemals so ungeschickt wie sie.<<

Seine Aussage deckte sich im Hinblick auf die Verletzungen ziemlich mit denen der Schmiede.

>>Das Eigenartige daran war aber<<, erklärte er weiter. >>Dass sie sich immer nach dem letzten Stand der medizinischen Technik erkundigte und wissen wollte, was wir alles heilen konnten. Und siehe da, ein paar Tage später hatte sie diese Verletzungen. Als ob sie verhext wäre und es mit ihren Fragen heraufbeschworen hätte. Wie ihr wisst, hat sich unsere Medizin in den letzten zehn Jahren extrem gut weiterentwickelt. Wir können heute problemlos schwerste Verwundungen heilen, ja sogar abgetrennte Gliedmaßen narbenfrei anhaften. Mit Knochenbrüchen, Rissquetschwunden, offenen Bauchdecken, Lungen, Krallen- und Herzverletzungen hatten wir noch nie Probleme, aber Judith toppte das alles. Sie kam des Öfteren nur noch in Teilen an und wir hatten gemeinsam

alle Hände voll zu tun, um sie wiederherzustellen. Abgerissene Hände oder Beine gehörten bei ihr zum Alltag. Ich legte ihr mehrmals nahe, dass sie mit dem Training aufhören sollte, da sie nach unserer Meinung dafür einfach zu ungeschickt wäre. Jeder Jungkrieger und war er noch so unbegabt, kam nach ein paar Jahren nicht mehr, weil er es gelernt hatte. Judith jedoch war unbelehrbar. Sie kam in zwei Teilen an, wir flickten sie zusammen. Einen Tag später hatten wir dasselbe oder noch schlimmer.<<

Er machte eine Pause, sah uns an, schüttelte ein wenig verständnislos seinen Kopf und sprach dann er weiter.

>>Ich hab nie verstanden, wie ihr Raphael ständig so etwas antun konnte. Aber nicht nur er, auch Uriel und Dämon malträtierten sie so schonungslos. Es ist aber nicht unsere Aufgabe das zu hinterfragen oder zu unterbinden. Unsere Aufgabe ist es lediglich, die Jungkrieger wieder zu heilen und sie auf die Beine zu stellen.<<

Jetzt wurde mir schlecht und ich musste mich setzen. Das alles war mir zu viel. Ich konnte nicht fassen, was ich da hörte. Aber selbst Elias und Gabriel, die schon viel gehört und erlebt hatten, waren erstaunt.

Da beugte sich Gabriel zu mir herunter und sagte: >>Ich kenne Uriel und Raphael mein Leben lang, ich verbürge mich für beide. Noch wissen wir nicht, warum sie so etwas getan haben, aber wir werden es herausfinden. Ich kann mir ihre Grausamkeit nicht erklären, aber es muss einen Grund dafür geben. Was ich aber auch nicht verstehe, ist, wieso Dämon ihnen dabei auch noch geholfen hat! Ich weiß von allen dreien, dass sie Judith lieben. Jeder würde für sie sein Leben geben! Wir müssen dringend Uriel und Raphael finden, um sie zu befragen.<<

Als ich mich von diesen schockierenden Antworten wieder etwas gefangen hatte und wir gehen wollten, fragte uns der Arzt: >>Wo ist Judith überhaupt? Sie war die letzten Wochen nicht mehr da. Hat sie endlich eingesehen, dass unser Training nichts für sie ist?<<

Ich sah ihn nur traurig an, drehte mich wortlos um und verließ mit Gabriel und Elias die Krankenstation. Alles, was ich bis jetzt gehört hatte, verwirrte mich. Ich musste enttäuscht feststellen, dass ich meine Tochter nicht kannte. Ihr ganzes Leben, das sie Luise und mir gezeigt hatte, war anders. Ich zweifelte an allem und jedem, denn ich hatte nie etwas von diesen Grausamkeiten gehört. Sie konnte immer mit uns reden und es uns mitteilen, wenn es ihr nicht gut ging. Aber sie hatte uns offensichtlich immer nur etwas vorgespielt. Nach all dem Gehörten wollte ich nur noch nach Hause und mich im Bett vergraben. Ich wusste nicht, wie ich das alles überhaupt Luise erzählen sollte. Es war ja schwer oder unmöglich, einfach zu sagen, „Hey Schatz, Raphael, Uriel und Dämon sind Sadisten und haben Judith regelmäßig in Stücke gerissen!" Zumal ich das nicht glauben konnte. Ich wollte es auch nicht glauben!
NEIN, da stimmte etwas nicht, nur WAS?

Dieser furchtbare Tag forderte mir alles ab. Ich war hundemüde, schwer enttäuscht und völlig erschöpft. Elias und Gabriel wollten auch ein paar Stunden Ruhe und so beschlossen wir, uns in fünf Stunden wieder zu treffen. Gerade als wir uns voneinander verabschiedeten, kam uns ein Schattenkrieger entgegen. Er rief uns zu, dass wir warten sollten, denn er hätte uns etwas Wichtiges zu erzählen.

>>Ich suche euch schon einige Stunden, ihr verfolgt doch Judith und Dämon. Sie sind vor etlichen Stunden an mir vorbei gerannt. Judith saß auf Dämon und sie hetzten wie wild zum Stiftausgang. Judith hatte einen Kriegsharnisch der Wölfe angezogen und einen Wolfshammer bei sich.<<

>>Bist du sicher, dass sie einen Wolfshammer bei sich trug?<<, fragte Gabriel entsetzt und verwundert.

>>Ja<<, antwortete der Schatten, >>ich erkenne doch einen, wenn ich ihn sehe. Dieser hatte jedoch einen zweiten Dorn an der Spitze.<<

>>Was ist bitte ein Wolfshammer?<<, fragte ich Gabriel neugierig.
Jetzt war ich zehn Jahre in Danuvia, hatte unzählige Waffen kennengelernt aber von einem solchen Ding hatte ich noch nie etwas gehört.

Da warf der Schatten ein: >>Du weißt nicht, was ein Wolfshammer ist? Das macht gar nichts. Es gibt nur zwei Menschen in Danuvia, die einen besitzen, einer davon ist Arktos. Das ist eine furchtbare Waffe. Es ist ein Teleskopstab, an dessen Enden je eine stählerne Faust sitzt, die einen zehn Zentimeter langen Dorn festhält. Richtig eingesetzt ist es die einzige Waffe, die einen Wolf sofort töten kann. Wir haben sie nie gebaut, aber die Nazis verwendeten sie als Tötungskeule für die Wölfe und Löwen. Arktos hat seine noch und er hat mich hergeschickt, um euch das zu sagen.<<

>>Und wer besitzt noch so einen Hammer?<<, fragte ich unwissend.

>>Ich<<, hörte ich von der Seite und Gabriel drehte sich zu mir um. >>Ich besitze einen, Arktos und ich sind die einzigen, die damit im Kampf umgehen können. Wir müssen sofort zu mir nach Hause und nachsehen, ob meiner noch da ist. Das Bild setzt sich langsam zusammen und wenn es stimmt, was ich denke, dann ... <<

Er sprach nicht weiter, sondern drehte sich um und lief davon. Von ihm kam kein weiteres Wort mehr. Elias und ich rannten hinterher und jetzt kam wieder Panik in mir hoch. Wenn Gabriel so reagierte, dann bedeutete das bestimmt nichts Gutes. Er wusste mehr als ich und das trieb meinen Puls in die Höhe. War er der Lösung nähergekommen? Als wir bei Gabriel zu Hause ankamen, stürzte er geradewegs in sein Schlafzimmer und wir blieben völlig außer Atem am Türrahmen davor stehen. Er zog eine Kiste unter seinem Bett hervor, öffnete sie und griff hinein.

Sein Gesichtsausdruck sprach in diesem Moment
Bände. Erleichtert von der Last der Unwissenheit
zog er seinen Wolfshammer heraus und hob ihn
über seinen Kopf, um ihn uns zu zeigen.
Danach stand er wieder auf, kam zu uns und zeigte
mir diese furchtbare Waffe.

Dabei rief er erleichtert: >>Meinen hat sie auch
nicht, woher hat sie dann ihren? Niemand wusste,
wo ich meinen habe und keiner außer Arktos und
die Schatten kennen diese Waffe. Kein Krieger
außer den Schatten hat ihn je gesehen. Trainiert
haben nur Arktos und ich damit, also woher wusste
sie davon und wer hat ihn für sie gebaut? Wir
müssen sofort noch einmal in die Schmiede, denn
irgendwer dort muss ihn angefertigt haben.<<

Adrenalin schoss durch erneut meine Adern und
plötzlich war ich wieder hellwach.

Gabriel wickelte seinen Wolfshammer in ein Tuch
und stürmte an uns mit den Worten: >>Folgt mir<<,
vorbei.

Er lief dabei so schnell, dass wir ihn nach zwei drei
Ecken verloren. Da wir aber wussten, wohin er
wollte, liefen wir den schnellsten Weg zur
Schmiede. Als wir dort ankamen, sahen wir Gabriel
bereits mit einem Schmied reden.

Wir kamen näher und hörten gerade noch, wie er
fragte: >>Wer hat das hier für Judith angefertigt?<<

Dabei zeigte er den Hammer vorsichtig her. Der Schmied schüttelte den Kopf und zeigte auf einen anderen, der gerade am Amboss etwas bearbeitete.

Gabriel schritt zu ihm und fragte: >>Hast du für Judith dieses Teil angefertigt?<<

Der Schmied betrachtete das Stück näher und meinte dann: >>Ich habe so etwas Ähnliches angefertigt, aber nicht für Judith. Da war auf der Faust noch ein zweiter Dorn und der Teleskopstab hatte eine Sprungfeder, die auf Knopfdruck aktiviert werden konnte. Ja, so etwas hab ich gemacht und es war eine sehr knifflige Arbeit.<<

>>Für welchen Krieger hast du diese Waffe gemacht?<<, herrschte ihn Gabriel an.

>>Krieger? Das war kein Krieger, das war Uriel!<<, antwortete der Schmied verwundert, >>Ich dachte, sie wäre für dich, Gabriel. Uriel ist vor zwei Monaten mit diesem Stück zu mir gekommen, das du mir gezeigt hast. Er meinte, dass er den Neuen aber etwas anders und modifiziert brauchen würde.<<

>>Sagte Uriel, dass ich ihn dazu beauftragt habe?<<, fragte Gabriel verwundert nach.
Der Schmied schüttelte seinen Kopf und meinte: >>Nein, er zeigte mir die Waffe und verlangte nur das neue Stück. Mehr war da nicht. Er holte die Waffe vor zwei Wochen ab und für mich war es damit erledigt.<<

Ich konnte den Schmied sogar verstehen. Bei jedem anderen hätte er sich wohl über einen solchen Auftrag gewundert und nachgefragt, aber Uriel war über jeden Verdacht erhaben. Was er wollte, bekam er auch. Niemand zweifelte an seiner Integrität. Gabriel war sichtlich aufgebracht und ich sah ihn das erste Mal zittern. Obwohl ich nicht wusste, was ihn so verärgerte, machte mir sein Verhalten Angst. Als wir die Schmiede wieder verließen, fragte ich ihn direkt, was das alles zu bedeuten hat.

>>Gabriel, sag mir bitte, was du weißt<<, flehte ich ihn an.

Da drehte er sich zu mir um und antwortete geknickt: >>Noch habe ich nicht alle Puzzleteile zusammen, aber das, was ich weiß beschwert mein Herz sehr.<<

Ich erwiderte besorgt: >>Was weißt du? Hat Uriel dich belogen oder ein Gesetz gebrochen? Was weißt du über Judith und Dämon? Was ist mit Raphael? Los, bitte erzähl es mir, denn ich will nicht glauben, dass Uriel, Dämon und Raphael böse sind.<<

Gabriel atmete tief ein. Man sah ihm an, wie schwer es ihm fiel, alles zu erzählen was er wusste: >>Judith hat mit Dämon Danuvia verlassen. Alles deutet auf einen anderen Grund hin, als das sie vor uns geflohen sind. Ich glaube, die beiden sind nicht weggelaufen, sie sind selbst auf der Jagd!<<

Kapitel 9
Judiths Initiation

>>Um Gottes Willen, was machen sie?<<, entgegnete ich fassungslos. >>Hören die Überraschungen denn heute gar nicht mehr auf? Was oder wen wollen sie da draußen jagen? Wir haben keine Feinde mehr! Der Krieg ist schon lange vorbei!<<

>>Nein, Ed du irrst, der Krieg beginnt gerade!<<, erwiderte Gabriel, >>Der Krieg wird nicht gegen fremde Feinde geführt, er richtet sich gegen das Wolfsrudel. Ich weiß noch nicht, was Raphael und Uriel damit zu tun haben, aber sie zettelten ihn, geplant von langer Hand, gerade an. So wie es bis jetzt aussieht, ist Judith ihr Köder und Dämon ihr Schlächter. Die drei Kampfwölfe, die sie den beiden hinterher schickten, werden ihre ersten Opfer sein. Nicht die drei sind die Jäger, es verhält sich genau andersrum. Ich weiß nicht, warum sie ihr eigenes Blut in den Tod schicken, aber wir müssen jetzt sofort Raphael und Uriel finden und den Wahnsinn beenden!<<

Ich stand fassungslos neben Gabriel und Elias, und konnte nicht glauben, was ich gerade gehört hatte. Meine Gefühle bei seinen Worten waren nicht genau zu beschreiben. Mir wurde übel, mein Kreislauf machte schlapp und alles begann sich um mich herum zu drehen. Gleichzeitig liefen mir Tränen übers Gesicht und ich musste mich übergeben. Es war, als fiele ich gerade in ein großes, dunkles Loch, das im Nichts endete.

Elias redete auch auf mich ein, doch seine Worte erreichten mein Bewusstsein nicht und verschwanden irgendwo im Nirgendwo meines Kopfes. Ich war wie betäubt und verstand zwar seine Worte, doch deren Sinn blieb mir ein Rätsel. Wir hatten alle Kämpfe gemeinsam durchfochten, hatten gemeinsam geblutet und gemeinsam gelitten und zusammen gelacht. Und jetzt sollten meine Kampfgefährten einen Krieg in Danuvia selbst angezettelt haben?! Gabriel musste sich einfach irren. So konnte es doch gar nicht sein, oder doch?

>>Bist du sicher, was du da sagst, Gabriel? Das wäre doch Meuterei und dieses Delikt wird nach meinem Wissen mit dem Ausschluss aus Danuvia bestraft. Früher hattet ihr für solche Täter die Unterwelt und das kam einem Todesurteil gleich. Heute aber wären die Ausgestoßenen nach längerer Zeit da draußen ebenso zum Tode verurteilt. Es will einfach nicht in meinen Kopf, dass uns Uriel und Raphael uns alle so hintergangen haben. Bitte Gabriel, denk nach, könnte es nicht noch andere Umstände geben, die ihr Verhalten erklären?<<, flehte ich Gabriel verzweifelt an.

Ich sah gerade vor mir, wie meine Welt aus Freunden und Verwandten auseinanderbrach. Meine zweite Welt löste sich gerade auf. Warum passierte das gerade mir? Reichte es nicht, wenn man einmal im Leben aus seiner Welt gerissen wird? Musste sich das unbedingt noch ein zweites Mal wiederholen?

Gabriel dachte angestrengt nach, ohne ein Wort zu verlieren. Scheinbar ging es ihm genauso wie mir. Der Einzige, der noch klar und ohne Vorbehalte denken konnte, war Elias. Er überlegte auch angespannt über die Ereignisse nach, aber dann fragte er etwas, das uns wieder Hoffnung gab.

>>Sag Mal Ed, wie alt ist Judith jetzt?<<

Ich sah ihn ungläubig an und antwortete: >>Fast 19, aber warum fragst du?<<

Elias hob seine Augenbrauen und erklärte uns seine Überlegung: >>Erinnert ihr euch noch an die Situation, als Judith ins Rudel aufgenommen wurde und Cid sie bedroht hat? Raphael und seine Brüder beschlossen damals, dass sie so lange als Welpe gelten sollte, bis sie ihre Periode bekommen würde. Ab diesem Tag wäre sie angreifbar für jeden Wolf gewesen, speziell für Cid. Als wir die Schlacht an der Grenze geführt und dabei die beiden Rudelführer verloren hatten, begann es bei den Wölfen zu brodeln. Erschwerend an der ganzen Situation kam aber hinzu, dass Judith als Raphaels Tochter angenommen werden musste, weil sie Wolfsblut in sich hatte. Was also, wenn Judith ihre Periode bekommen hätte und deswegen von den beiden Wölfen angegriffen worden war? Oder umgekehrt, die Wölfe griffen Dämon an, weil ihn Judith nicht mehr durch ihren Welpenstatus abschirmen konnte? Was auch immer wirklich passierte, die Regelblutung würde auch das wenige Blut erklären, das wir beim Abgang gefunden haben.

Stellt euch nur einmal theoretisch vor, dass Judith, gerade als sie mit Dämon hochgekommen war, zu bluten begonnen hat. Die beiden zufällig vorbeikommenden Wächter rochen das natürlich sofort und griffen augenblicklich Dämon an. Hätten sie Judith attackiert, wäre viel mehr Blut vergossen worden. Dämon beschützte Judith und es kam zum Kampf.

Dämon ist nicht dafür bekannt, Gnade zu gewähren und hätte beide getötet. Seine Kampfkraft kommt auf jeden Fall der von mehreren Wölfen gleich. Aber bevor er sie töten konnte, schritt Judith ein und hielt ihn zurück. Danach flüchteten sie, weil sie ab jetzt Freiwild gewesen wären. Sich in Danuvia zu verstecken, wäre sinnlos gewesen, weil jeder Wolf sie sofort gefunden hätte. Daher mussten sie aus Danuvia verschwinden.<<

Seine Worte klangen auf einmal logisch und leuchteten mir ein. Sie gaben uns wieder Hoffnung. War es vielleicht wirklich so gewesen?

Doch Gabriel sah ihn entgeistert an und konterte: >>Wenn es so gewesen wäre, warum sind sie nicht sofort zu uns gekommen? Wir hätten sie beschützen können. Außerdem erklärt das nicht Uriels und Dämons Verhalten. Da fehlt noch etwas anderes. Das passt nicht wirklich zusammen.<<

Elias nickte und forderte uns anschließend auf, mitzukommen. Er wollte seine Theorie überprüfen und wir liefen wieder zu dem Abgang zurück, wo der Kampf stattgefunden hatte.

Als wir in dem Raum waren, erklärte Elias: >>Das Einzige, was wir nicht überprüften, war der Abgang selbst und die Gänge im unteren Bereich. Hier müsste man nach meiner Theorie auch noch Blut finden. Also los, runter und Augen auf, wir suchen Blutstropfen am Boden.<<

Wir stiegen die Treppen hinunter und sahen uns in den Gängen der näheren Umgebung genau um. Lange brauchten wir nicht zu suchen, da fanden wir auch schon die ersten Blutstropfen. Elias kratzte das bereits eingetrocknete Blut vom Boden und wir eilten in das nächstgelegene Labor, das ohnehin hier unten eingerichtet war. Elias legte die Probe auf den Tisch und forderte den zuständigen Arzt auf, es sofort zu untersuchen. Die Analyse dauerte nicht lange, bis der Arzt feststellen konnte, dass dieses Blut eindeutig von Judith stammte. Schlagartig änderte sich das Bild und neue Teilstücke kamen zum Puzzle hinzu.

>>Ich hatte also doch recht mit meiner Annahme, dass Judith schon vor dem Kampf im Raum oben Blut verloren hatte. Jetzt müssten wir nur noch herausfinden, was Raphael und Uriel damit zu tun hatten. Und die größte Chance, die Wahrheit herauszufinden, haben wir im Wolfsrevier. Also verdrängt eure Müdigkeit und folg mir!<<, rief Elias und lief davon.

Voller Hoffnung durch die neuen Erkenntnisse, verspürte ich keine Müdigkeit mehr und lief ihm mit Gabriel nach. Im Wolfsrevier angekommen suchten wir die drei Alphawölfe Suriel, Raguel und

Michael auf. Gabriel rief sie zusammen und wir alle begaben uns in einen extra Raum, in dem sich keine anderen Wölfe aufhielten.

Als wir uns alle bequem niedergelassen hatten, bat er sie, ihm alles, zu erzählen was sie wüssten. Er war überzeugt davon, dass die beiden seinen Plan nicht ohne die anderen Rudelführer durchführen konnten.

Nach einer Weile des Herumknurrens, das ich sowieso nicht verstand, ergriff Gabriel das Wort und übersetzte: >>Sie stecken alle zusammen unter einer Decke, denn sie sagen nichts Genaues über die Sache. Teilweise wissen sie nicht alles oder wollen nichts darüber erzählen. Sie verweigern jede Art der Aufklärung und wollen auch nicht preisgeben, wo Uriel und Raphael sind. Sie haben alle Wölfe hier im Revier zusammengerufen und keiner würde uns helfen, die beiden zu finden. So groß wie Danuvia ist, könnte es Monate dauern, bis wir sie finden, wenn sie sich versteckt halten.<<

>>Sagt Mal, geht´s noch?!<<, brüllte ich die Wölfe an, ohne über meinen Tonfall nachzudenken. >>Habt ihr eine Ahnung, welche Sorgen wir uns machen? Das hier ist kein Spiel und eure Heimlichtuerei hilft uns nicht weiter. Sagt, was ihr wisst, denn es könnten wirklich Wölfe oder Judith sterben! Sie werden ja bereits gejagt und wollt ihr wirklich, dass Blut vergossen wird?<<

Gabriel beruhigte mich wieder etwas und flüsterte verhalten: >>Du darfst die Alphas nicht anschreien, sie sind nicht unsere Untergebenen oder Sklaven. Wir können sie nicht zwingen, uns weiterzuhelfen, aber wenn sie alle zusammen einen Plan ausgeheckt haben, dann hat das seinen Sinn, zumindest aus Sicht der Wölfe. Auch wenn wir ihn jetzt noch nicht verstehen, müssen wir ihnen vertrauen. Komm, wir gehen wieder, hier kommen wir nicht weiter.<<

Erbost drehte ich mich weg und folgte Gabriel, der gerade den Raum verließ. Für die Alphas hatte ich keine weiteren Worte oder Blicke übrig. Sie hatten mich mehr als enttäuscht. Ich fand ihr Verhalten noch immer ungeheuerlich, doch gab ich nach und folgte Gabriel. Es hätte auch keinen Sinn gemacht, länger hier zu bleiben.

Elias legte seine Hand auf meine Schulter und versuchte, mich beim Gehen noch etwas zu beruhigen. Er hatte schon immer etwas sehr Sanftes und Magisches in seiner Stimme gehabt. Ich kann es nicht wirklich beschreiben, aber wenn er redete, beruhigte ich mich schnell wieder. Vom Beginn des Kampfes bis zum jetzigen Zeitpunkt waren jedoch schon 48 Stunden vergangen und seit dem Vorfall war ich ständig unter Strom gestanden. Meine letzten Energiereserven waren nun endgültig aufgebraucht und es machte sich eine unglaubliche Müdigkeit in mir breit. Ich schlief schon fast im Gehen ein.

Als wir bei mir zuhause ankamen, wartete Luise schon aufgeregt auf uns. Sie wollte wissen, welche Neuigkeiten es gab. Elias, Gabriel und ich setzten uns ins Wohnzimmer, wo alle übrigen Familienmitglieder schon auf uns warteten.

Ich bat sie um eine kleine Ruhepause und sagte: >>Bitte gebt mir ein paar Stunden zum Schlafen, danach erzähle ich euch alles genau. Es gibt viele Neuigkeiten, aber vorerst brauche ich nur et ...<<

Ich war offenbar gleich am Sessel eingeschlafen, denn ich wachte einige Zeit später darin wieder auf. Als ich die Augen öffnete, schreckte ich hoch und sah mich um. Ich war ganz alleine im Wohnzimmer und fragte mich, wo alle hin waren. Da hörte ich von außerhalb der Wohnung laute Stimmen.
Ich stand auf, streckte mich kurz und lauschte ein wenig. Dann rannte ich raus, um zu sehen, was los war. Draußen standen einige unserer Freunde und diskutierten gerade mit Luise. Samuel, seine Frau, Petra, Leon, Emelie und noch viele mehr waren zusammengekommen. Als sie mich sahen, brach sofort ein Redeschwall über mich herein, aus dessen Gewirr ich nur Bruchstücke verstand. Ich war gerade erst wachgeworden und brauchte noch etwas, um auf Touren zu kommen. Die letzten Stunden waren doch sehr anstrengend und fordernd für mich gewesen.
Das Reden war mir gerade etwas zuviel, doch ich verstand aus den Wortfetzen nur Raphael und Uriel. Als diese Namen fielen, war ich plötzlich hellwach. Nach einigen Minuten im Gewirr der Stimmen und Leute kamen Gabriel und Elias um die Ecke gebogen und deuteten mir, ich solle zu ihnen kommen.

Ich drehte mich zu Luise und fragte sie: >>Hat Gabriel dir alles erzählt, während ich geschlafen habe?<<

Sie sah mich an und erwiderte lachend: >>Du hast einen ganzen Tag geschlafen, Raphael ist wieder da. Er ist angeblich mit Uriel im Wolfsrevier. Wir müssen sofort hin und sie befragen.<<

Ich deutete ihr, dass Gabriel und Elias an der Ecke standen und wir hinkommen sollten. Sofort schloss sich Luise mir an und wir bahnten uns einen Weg durch die Menge.

Als wir bei den beiden waren, eröffnete uns Gabriel: >>Raphael und Uriel sind im Wolfsrevier, wir sollten hingehen und versuchen, mit ihnen zu reden.<<

Das brauchte er uns nicht zweimal zu sagen und wir machten uns sofort auf den Weg dorthin. Kurz bevor wir ankamen, stand plötzlich einer der Ältesten vor uns im Gang. Gabriel stockte, verbeugte sich und grüßte höflich den alten Mann. Ich war verwundert, denn die Ältesten blieben üblicherweise unter sich und kamen nur selten zu uns. Es musste also etwas Wichtiges sein. Noch dazu war er weit weg von seinem Zuhause. Der Alte stand aber nur da und sagte nichts, als Gabriel ihn höflich ansprach und fragte, was er hier mache.

Der Mann antwortete Gabriel in einer Sprache, die ich nicht verstand, aber ich dachte dabei sofort an Slawisch. Elias, der ebenfalls hinter uns stand, antwortete kurz etwas in der gleichen Sprache und auch ihn verstand ich nicht. Dann schwieg er.

Gabriel antwortete kurz dem Ältesten in derselben Sprache und wechselte danach aber auf Deutsch:

>>Entschuldigung Luise und Ed, Sascha wusste
nicht, dass ihr kein Russisch versteht.<<

>>Ich dachte, du weißt es, wenn du mich siehst<<,
entgegnete der alte Mann anschließend auf
Deutsch.

Gabriel war sichtlich mehr als überrascht, ich hatte
fast den Eindruck, dass er sogar etwas
eingeschüchtert war.

Anschließend klärte uns Gabriel auf: >>Darf ich
vorstellen, das ist Sascha Andrej Smirnow, mein
Mentor und väterlicher Freund.<<

Nun war auch ich schwer beeindruckt, denn für
mich war Gabriel immer derjenige gewesen, der
stets alles wusste und lenkte.

>>Du hast Fragen, deren Antwort du bereits kennst.
Ich hätte dich für klüger gehalten, malen'kiy
Gabriel. Komm einmal mit<<, sagte Sascha ruhig zu
ihm, drehte sich um und ging voraus.

Ich blickte Luise fragend an, zuckte mit den
Schultern und wir folgten alle zusammen Sascha. Er
führte uns jedoch nicht in das Wolfsrevier, wie ich
es erwartet hatte, sondern in einen abgelegenen Teil
Danuvias. Als er endlich stehenblieb, befanden wir
uns vor einem großen, schwarzen Loch im Boden.
Neugierig sah ich es mir genauer an, denn mir war
dieser Ort vollkommen unbekannt. Das Loch war
ungefähr zwei Meter im Durchmesser groß und es

war so schwarz und tief, dass ich keinen Boden erkennen konnte.

Sascha stellte sich seitlich hin, sah Gabriel an und flüsterte: >>Spring malen'kiy Gabriel, oder hast du bereits gefunden, was du suchtest?<<

Luise und ich blickten sofort genauer ins Loch und ich rief verhalten: >>Judith?<<

Ich dachte für einen Moment wirklich, sie würde sich da unten verstecken. Natürlich kam von unten keine Antwort von ihr, doch stattdessen hörte ich Gabriel kleinlaut hinter mir: >>Du brauchst Judith da unten nicht zu suchen Ed, ich weiß jetzt, was sie macht. Wir müssen auch Raphael nicht mehr befragen, denn sein Herz ist ebenso schwer wie eures. Lasst uns zu euch nach Hause gehen und ich werde euch alles in Ruhe erzählen. Danke Sascha, dass du mir wieder einmal geholfen hast, die Dinge klarer zu sehen. Ich werde wohl immer dein Schüler bleiben.<<

Dazu verbeugte er sich langsam vor dem alten Mann.

>>So wie ich deiner, malen'kiy Gabriel, es freut mich, wenn ich dir weiterhelfen konnte<<, entgegnete ihm Sascha mit sanfter Stimme.

Ich verstand nichts von alledem und wenn ich so zu Luise hinübersah, schien sie ebenso ratlos wie ich zu sein. Aber was ich in all den Jahren in Danuvia gelernt hatte war, dass ich mich auf das Wort dieser

Menschen verlassen konnte. Noch nie hatte mich jemand hier belogen oder betrogen und selbst die Wölfe waren über jeden Zweifel erhaben. Dieses Verhalten war hier gänzlich unbekannt.

Sascha drehte sich um und ging mit einem Abschiedsgruß an uns vorbei. Rasch und ohne ein weiteres Wort zu verlieren, verschwand er in der Dunkelheit. Das alles war so lautlos geschehen, dass man glauben hätte können, gerade einen Geist gesehen zu haben. Gabriel dagegen stand noch immer vor dem Loch und starrte ins Leere.

Wortlos drehte er sich um und ging voraus. Wir folgten ihm ebenso schweigend. Niemand fühlte sich im Moment in der Lage, über das alles hier zu sprechen. Es gab inzwischen noch mehr Fragen als Antworten und das seltsame Gespräch von vorhin verwirrte noch zusätzlich. Aber hatte Gabriel nicht versprochen, uns alles daheim zu erklären? Meine ganze Hoffnung, mehr von Judiths Verbleib zu erfahren, hing an diesen Worten.

Mit selbstbewusstem und schnellem Schritt, führte uns Gabriel zur Grenze des Wolfsreviers. Am Eingang blieb er stehen und starrte in den langen Gang, der in das fremde Gebiet führte. Er stand einfach nur da und machte keine Bewegung und kein Wort der Erklärung kam über seine Lippen. Als er einige Minuten so dastand, tauchten plötzlich Raphael und Uriel auf. Beide blieben kurz stehen und blickten in unsere Richtung. Dann trabten sie los und Gabriel kniete sich hin. Dabei legte er die Hände mit Handflächen nach oben zeigend auf den Boden. Für mich war das ganz klar eine Demutsgeste den beiden gegenüber.

Als sie bei uns ankamen, begrüßten sie Gabriel überschwänglich und drückten sich fest an ihn. Sie warfen ihn dabei um und knuddelten ihn am Boden nieder. Es war, als ob sie sich jahrelang nicht mehr gesehen hätten.

Gabriel sagte dabei immer wieder:
>>Entschuldigung Brüder, Entschuldigung!<<

Ständig wiederholte er diese wenigen Worte und ich kannte mich gar nicht mehr aus. Wofür entschuldigte er sich? Zuerst Sascha, der in Rätseln sprach, dann diese eigenartige Begrüßung. In meinem Kopf schwirrte alles. Luise und ich standen da und verstanden nichts von alldem.

Da fasste mich Elias an der Schulter und sprach in leisem Tonfall: >>Ich hab zwar keine Ahnung, was hier gerade abgeht, aber vertrau auf Gabriel. Er wird uns mit Sicherheit gleich aufklären.<<

Die unzähligen Fragen, die ich stellen wollte, brannten mir zwar unter den Fingernägeln und meine Ungeduld stieg ins Unermessliche. Ich dachte, ich würde gleich vor Neugier platzen und wollte endlich wissen, was hier eigentlich los war.

Da stand Gabriel auf und meinte zu uns: >>Die Gefahr ist noch nicht vorüber, aber ich weiß jetzt, was los ist. Kommt, gehen wir zu euch, damit ich euch alles erzählen kann.<<

Danach eilten wir mit Raphael und Uriel nach Hause, denn langsam wurde ich so angespannt, dass ich es kaum mehr aushielt. Zuhause angekommen versammelten wir uns im Wohnzimmer und setzten uns alle erst einmal hin.

Raphael und Uriel berichteten Gabriel und dann sah dieser in unsere Richtung und fing zu erzählen an: >>Wie ihr wisst, läuft vieles bei uns in Danuvia anders. Judith ist in ein Alter gekommen, das sie vom Kind zur Frau machte. Raphael wusste das und trainierte sie von klein an, um für diese Aufgabe gerüstet zu sein. Er und Uriel haben mit ihrem jetzigen Handeln nichts mehr zu tun, sie konnten sie nur auf ihrem Weg der Entwicklung unterstützen.
Alles begann, als Raphael sein Leben für Judith gab. Zu diesem Zeitpunkt betraten auch wir in Danuvia Neuland. Niemand wusste, was danach passieren würde, denn so etwas hatte es davor noch nie gegeben. Doch schon wenige Tage später veränderte sich Judith, zunächst für euch unbemerkt, doch die Wölfe merkten es sogleich. Natürlich habt ihr gesehen, dass sie gesund und immer stärker wurde, aber das war nicht alles. Judiths Blut vermischte sich mit Raphaels und ihr Geruch veränderte sich. Sie wurde ein Mischwesen aus Mensch und Wolf. Die Wölfe rochen das und es brachte Unruhe in ihr Volk. Damals, als noch alle sieben Rudelführer lebten, konnten sie die Meute im Zaum halten. Da es nie ein solches Mischwesen gab, hatten die Unbeseelten Angst und die Beseelten verstanden es nicht. Für die Wölfe wäre es besser gewesen, wenn Judith gestorben wäre. Sie meinen es nicht böse, nur fühlen und denken Wölfe anders.

Nun aber war Judith da und sie mussten sich damit abfinden. Doch begann es langsam im Volk der Wölfe zu brodeln, denn als Alphawolf hat Raphael das Recht, Judith zu seiner Nachfolgerin zu ernennen. Da unsere Wölfe aber unter normalen Umständen nicht sterben, Judith jedoch als „Erstgeborene" gilt, hat sie ebenfalls das Recht als ranghoher Wolf zu herrschen.<<

Er seufzte und sah uns an. Langsam dämmerte mir, worauf er hinaus wollte.

>>Judith ist kein Wolf, aber auch kein Mensch. Genaugenommen ist sie ein Mensch der nach Wolf riecht. Sie ist ein lebender Konflikt für die Wölfe. Ein Mischwesen, dessen Dasein solange damit unterdrückt werden konnte, solange sie als Welpe im Rudel galt.<<

Wieder entstand eine Pause. Es schien, als wenn Gabriel nach den nächsten Worten suchen würde. Dann sah er uns direkt an und seufzte leise.

>>Ihr habt von alldem nichts mitbekommen und Judith am Anfang auch nicht. Uriel erzählte mir zwar schon damals davon, aber da war es noch nicht „so" wichtig.
Raphael aber wusste, dass der Tag irgendwann einmal kommen würde, an dem sich Wölfe erheben und Judith als „Alphawölfin" angreifen würden. Ihm und allen anderen war aber auch klar, dass sie diese Angriffe als Mensch nicht überleben würde.<<

Raphael sah dabei traurig zu uns rüber. Er hoffte wohl auf unser Verständnis. Ich nickte zustimmend, denn ich hatte Wölfe kämpfen gesehen. Ein Mensch konnte gegen sie nie bestehen.

Neben mir hörte ich Luise bewegt schlucken. Ihr gingen die letzten Worte wohl sehr nahe. Gabriel merkte wohl, wie uns seine Worte nahe gingen und wollte uns ablenken.

>>Bitte vergesst aber nie, auch für die Wölfe ist die Situation nicht leicht. Unsere Wölfe würden uns Menschen zwar niemals etwas antun, aber einem Wolf gegenüber hätten sie das Recht und sogar die Pflicht, ihm seinen Rang in der Wolfshierarchie zu zeigen. Die Wölfe haben aber auch ihre eigenen Gesetze und Regeln! Wir als Menschen dürfen uns da nicht einmischen, denn vergesst nicht, sie sind nicht unsere Sklaven oder sonst irgendwie unsere Untergebenen. Sie sind Verbündete und Waffenbrüder im Kampf, uns jedoch nie untergeordnet. Die Tatsache, dass sie uns unterstützen und helfen, beruht auf Gegenseitigkeit. Wir leben mit ihnen ein Miteinander, kein über ihnen.

In der Wolfswelt geht es nur um eines, Respekt und Achtung. Ihre Regeln sind klar und besagen: „Jeder Wolf darf jederzeit und an jedem Ort einen Ranghöheren zum Kampf herausfordern. Gekämpft wird, bis sich einer unterwirft oder im Kampf getötet wird. Beim Kamp selbst gibt es KEINERLEI Regeln! Alles ist erlaubt. Niemand, weder Wolf noch Mensch darf sich in so einen Kampf einmischen, ihn unterbrechen oder beenden.

Als Raphael damals Judith vor Cid beschützte, brach er dieses Gesetz auch nicht für sie. Er stellte nur klar, dass Judith den Status eines Welpen hätte und somit alle Freiheiten besäße, die ein Wolfswelpe in der Wolfsgesellschaft auch hat. Zurechtweisungen sind erlaubt, aber kein Angriff. Wolfswelpen halten aber durch ihren Pelz viel mehr aus als Menschen, darum blutete Judith damals sofort.

Noch etwas solltet ihr über die Wölfe Wissen; jeder Wolf hat ebenfalls das Recht auf Wiedergutmachung, egal wann! Das ist wie im Alten Testament, „Auge um Auge, Zahn um Zahn." Cid wurde damals wegen Judith gedemütigt. Jetzt, da sie erwachsen ist, macht er nichts anderes, als dieses Recht einzufordern. Denkt also nicht, dass er irgendwelche Wolfsregeln bricht, im Gegenteil, er hält sich ganz streng danach. Das ist für Cid eine Herausforderung und Wiedergutmachung zugleich. Das ist etwas ganz anderes als Gerechtigkeit, wie ihr es versteht! Es gibt im Leben eines Wolfes keine Ungerechtigkeit, denn wer sich benachteiligt fühlt, darf jederzeit einen Kampf fordern und es ändern.

Wölfe lügen und betrügen nicht, wer ein Gesetz bricht oder überschreitet, wird sofort vom Nächsthöheren bestraft. Judith kennt die Gesetze der Wölfe und hat sich damals entschieden, ein vollwertiger Wolf mit allen Rechten und Pflichten zu werden. Raphael trainierte sie seit diesem Tag härter, als je ein Mensch trainiert wurde. Er bildete sie jahrelang alleine aus und duldete keine Zuseher. Ihr Leben und auch seines hängt von seinem Einsatz ab, der jetzt zum ersten Mal geprüft wird. Als er Judith nichts mehr lehren konnte, holte er

Uriel dazu, um ihm zu helfen. Zusammen trainierten sie Judith erneut und noch härter als zuvor. Und glaubt mir, egal ob Uriel oder Raphael, sie übten keine Gnade an Judith, waren aber im Kampf immer fair und gerecht zu ihr.<<

Da fiel mir sofort die Rüstung ein, die uns der Schmied gezeigt hatte. Ich konnte und wollte Luise aber nichts davon erzählen, denn das hätte sie nicht ertragen. Alles, was ich jetzt hörte, erklärte zwar vieles, jedoch nahm es mir noch immer nicht die Angst, die ich um meine Tochter hatte. Ich wusste schon jetzt, dass der schlimmste Teil der Geschichte noch fehlen musste. Kam er jetzt?
Ich warf einen kurzen Blick zur Seite. Dort stand Luise und nahm alles regungslos auf. Fast wirkte sie auf mich, als wäre sie in Schockstarre, doch hoffte ich, dass dem nicht so war.

>>Judith nahm alles hin und trainierte täglich bis zum Äußersten. Ihr Wille war und ist unglaublich stark und ihr Stolz wuchs ebenso. Sie ertrug rein körperlich immer mehr, denn etwas veränderte sich in ihr. Wir Wissen bis jetzt nicht genau, was es ist, aber Raphaels Blut löste etwas in ihr aus, das keiner zuvor hier gesehen hatte. Nach wenigen Jahren konnte Judith auch von Uriel nichts mehr lernen und widerstand unerklärlicherweise selbst den härtesten Attacken von ihm. Das alles war ihr aber nicht genug, denn Judith wollte mehr. Ständig verlangte sie nach neuen Herausforderungen und wollte ihr Kampfverhalten noch weiter verbessern. Wir wussten nicht mehr, wo wir ansetzten sollten, doch sie gab keine Ruhe.

Ihr Wissensdrang und ihr Wille, bei Kämpfen noch besser zu werden, war nicht zu stillen. Dazu müsst ihr etwas über uns Wölfe wissen: Wölfe bremsen ihre Jungen nicht, wenn sie lernen wollen.

Sie fördern sie, bis die Jungwölfe selbst aufgeben oder ihre Grenzen erkennen und akzeptieren. Das machten wir anfangs bei Judith ebenso, doch bei ihr hatten wir diesen Punkt noch nicht erreicht und es schien fast so, als zeigte sie uns unsere Grenzen auf und nicht umgekehrt. Dann kam Dämon ins Spiel. Er vertrug sich mit Raphael und Uriel. Durch ihn begann alles von vorne, nur war Dämon ein Wolfskiller. Er hatte früher um sein Leben gekämpft, das taten unsere Wölfe nie. Sie mussten es ja nicht, denn solche Kämpfe gab es hier nie. Dämon hatte einen völlig anderen Kampfstil. Wir kämpfen untereinander, um zu siegen, er hingegen, um zu töten und nicht nur, um zu siegen. Er kannte im Kampf keine Gnade und verlangte sie auch nicht für sich selbst.

Nur so war es ihm möglich gewesen, in der Unterwelt zu überleben. Daher kam auch seine Abneigung gegenüber den anderen Wölfen. Die Abneigung beruhte auf Gegenseitigkeit, denn die Wölfe konnten riechen, dass Dämon andere getötet und gefressen hatte. Nur bei Raphael und Uriel war es anders. Sie behandelten ihn nicht wie einen ihrer Wölfe. Für sie war er keine Konkurrenz. Sie forderten ihn nicht heraus und nahmen ihn wie einen Bruder auf. Die beiden wandten sich an Dämon, denn von ihm konnte Judith noch lernen. Unter diesen Begleitumständen unterrichtete auch Dämon Judith.

Verteidigen konnte sie sich zwar schon ganz gut, aber Dämon hatte einen völlig anderen Kampfstil, als alles, was sie bisher kennengelernt hatte. Judiths Glück war, dass Dämon sie liebgewonnen hatte. Sie hatte sich ja um ihn gekümmert, als er zu uns gekommen war. Sie zeigte ihm Liebe und schenkte ihm Vertrauen und „beschützte" ihn auch, wenn er sich unter ihrem Bett vor uns Menschen versteckt hatte. Na ja, am meisten beschützte sie ihn damals vor mir, denn ich machte ihm am meisten Angst. Aber auch für Dämon galt und gilt das Gesetz der Wiedergutmachung. Das ist in den Wolfsgenen einfach gespeichert. Jetzt konnte er Judith etwas zurückgeben, denn er kannte ihr Bestreben. So bildete er sie gemeinsam mit Raphael und Uriel zur perfekten Lykanthkriegerin aus. Aber die Zeit drängte, denn Judith wurde älter und sie wussten alle drei, dass der Tag irgendwann kommen würde, an dem sie sich der Meute stellen musste. Judith jedoch hatte hohe Ziele und sagte einmal: „Wenn ich mir meinen Rang schon erkämpfen muss, dann auf andere Art und Weise, ich bin nämlich Judith, Tochter von Ed und Raphael".

Vor ungefähr zwei Monaten begann Judith über Bauchschmerzen zu klagen. Dem folgten Übelkeit, Müdigkeit und andere körperliche Schmerzen. Da wussten wir, dass ihre Welpenzeit bald vorbei sein würde. Ab diesem Zeitpunkt veränderte sich Judith körperlich extrem schnell und noch ungewöhnlicher als sonst. Sie wollte nur noch mit Dämon alleine trainieren. Denn nur er konnte ihr etwas zeigen, das wir ihr nicht beibringen konnten - das bewusste Töten. Wölfe haben zwar das Recht, einen Herausforderer zu töten, aber wir taten es nie. Dämon ist da anders, ja genau genommen das komplette Gegenteil. Wir würden nie jemand töten, er hingegen würde einen Herausforderer niemals am Leben lassen. In diesen letzten Monaten verspürte auch Raphael Veränderungen in sich. Sein Leben ist ja mit dem von Judith verknüpft. Er konnte plötzlich mit Judith mitfühlen. Ihre Schmerzen, ihre Ängste und die Wut, die sich in ihr aufbaute quälten ihn genauso, wie sie. Judith wurde in diesen Wochen unglaublich und außergewöhnlich aggressiv. Ihre Reizschwelle war sehr niedrig. Wir wussten nicht, was genau sie mit Dämon trainierte, aber noch weniger wussten wir, was wir mit ihr reden konnten, ohne einen Wutanfall bei ihr auszulösen. Raphael kann inzwischen fast alles fühlen, was auch Judith spürt und sieht teilweise auch Bilder durch ihre Augen. Raphael macht gerade selbst eine unglaublich schwere Zeit durch. Denn auch er veränderte sich und kennt sich teilweise selbst nicht mehr.

Doch nun war Eile geboten und wir ließen ihr eine Kriegerrüstung und einen Wolfshammer anfertigen. Ebenso wie eine zweiköpfige Bolaschleuder, die sie als Gürtel trägt. So ausgerüstet war sie am besten gewappnet für das, was vor ihr lag. Dass die beiden Wächter Dämon angegriffen haben, als er mit Judith gerade die Stufen hochkam, war purer Zufall. Denn gerade in diesem Moment, als sie in der Aresebene war, begann sie zu bluten. Jetzt wusste sie, was zu tun wäre, denn sie hatte sich zehn Jahre darauf vorbereiten können.<<

Da unterbrach Luise Gabriel verzweifelt und sichtlich geschockt über das Gehörte: >>Aber warum ist sie nicht zu uns gekommen und hat darüber gesprochen? Sie konnte doch mit jedem Problem zu uns kommen! Wir hätten ihr doch sofort geholfen.<<

Doch Gabriel entgegnete ihr aufklärend: >>Gerade das ist es ja Luise. Sie hatte kein Problem und benötigte auch keine Hilfe. Luise, sei bitte nicht böse, aber du denkst wie ein Mensch, Judith jedoch auch noch wie ein Wolf. Für sie war die ganze Situation etwas natürliches und daher kein Problem. SIE alleine wollte das so und nicht jemand anderer! Niemand hat sie zu diesen Schritten gezwungen. Sie will sich ihre Sporen im Kampf verdienen oder in Ehre sterben. Das ist IHR Initiationsritual!
Das ist der Weg der Wölfe, das ist ihr persönlicher Weg, den sie mit Stolz gehen will. Erst wenn sie dieses Ritual hinter sich hat, wird sie im Rudel als vollwertiges Mitglied aufgenommen und kann und wird um ihren Rang kämpfen. Es gehört zum Übergang vom Welpenstatus zum vollwertigen Wolf einfach dazu. Niemand kann ihr diese Prüfung abnehmen, niemand kann das für sie erledigen. Dafür trainierte sie ihr Leben lang. Raphael und Uriel gaben ihr nur das beste Rüstzeug mit, das sie hatten. Dämon begleitet sie als ihr Freund, nicht weil er musste oder feige war. Was sich jedoch jetzt da draußen abspielt, weiß niemand. Raphael gab die Anweisung, sie zu töten nur weiter, denn Judith bat ihn zuvor persönlich darum! Sie verlangt keine Gnade für sich.

Für sie ist es wichtig, dass sich ihre Herausforderer nicht zurückhalten, nur weil sie auch ein Mensch ist. Sie will einen gerechten Kampf und wird ihn genauso führen, wie alle anderen auch. Sie will keine bevorzugte Behandlung oder gar Gnade.
Im Zuge des Trainings und der Ausbildung lehrte sie Dämon, auch den eigenen Tod furchtlos zu begrüßen und in Würde zu sterben.
So schmerzhaft das für euch jetzt auch klingen mag, aber sie ist durch ihre drei Lehrer auf jede, ja auf wirklich jede Situation vorbereitet worden. Keiner hier im Wolfsrudel hat je eine so gute und komplette Ausbildung erhalten, wie sie. Judith vereint als Einzige hier im Rudel eine perfekte Ausbildung in Kampf, in Verteidigung, aber auch beim Töten. Dies alles gibt ihr wirklich gute Möglichkeiten, bei bevorstehenden Kämpfen überleben zu können. Jetzt können wir nur gemeinsam abwarten, denn niemand, ja nicht einmal ich weiß wer von den fünf zurückkehren wird.<<

Luise schockte das gerade Gehörte so sehr, dass sie in Tränen ausbrach.

Mit Tränen erstickter Stimme stammelte sie: >>Mein Mädchen, mein Baby ... <<

Ich war nicht weniger geschockt, mir fehlten die Worte.

Gabriel bemerkte das und merkte an: >> Luise, Ed, seid ein wenig zuversichtlich! Sie ist gut gerüstet für ihre Aufgabe, macht euch keine Sorgen, sie wird es schaffen. Die Besten der Besten haben sie ausgebildet.<<

>>Aber sie sind doch nur zu zweit gegen drei<<, stammelte Luise voller Verzweiflung.

>>Ja Luise das stimmt, jedoch ist Dämon ein guter Beschützer<<, meinte Elias, der sich nun auch ins Gespräch einschaltete.

Luise fragte Gabriel noch: >>Warum haben sie überhaupt Danuvia verlassen, sie hätten ihren Kampf ja auch hier austragen können?<<

Da antwortete Gabriel etwas zögerlich: >>Ich kann es nicht mit Sicherheit sagen, aber ein Grund könnte sein, dass sie von euch nicht abgelenkt werden wollte. Vergesst nicht sie braucht für ihren Kampf alle Konzentration. Jedoch wissen wir es nicht wirklich. Diese Frage stellten auch wir uns.<<

Elias wollte, denke ich, die angespannte Situation etwas entspannen und vom Thema ablenken, als er Gabriel fragte: >>Sag Mal Gabriel, was hat Sascha vor dem Loch gemeint, was hat es damit auf sich? Erzähl doch auch diese Geschichte.<<

Gabriel sah uns etwas beschämt an und begann anschließend: >>Das Loch und ich<<, dabei schmunzelte er etwas. >>Als ich noch ein kleiner Junge war, etwa acht oder neun Jahre alt und den Bunker erkundete, fand ich eines Tages dieses Loch. Wie ihr selbst gesehen habt, fällt es steil ab und kein Boden ist zu erkennen.

Ich kam monatelang dorthin und wollte unbedingt herausfinden, wohin es führte. Für mich war es eine Herausforderung, die immer stärker in mir brannte. Zu dieser Zeit las ich gerade von Jules-Gabriel Verne den Roman „Die Reise zum Mittelpunkt der Erde". Ich stellte mir diese Reise so lebhaft vor, dass ich beschloss, in das Loch hinunterzuklettern. Für mich war klar, dass dieses Loch zum Mittelpunkt der Erde führen musste und ich, der große Gabriel, wollte der Erste sein, der da hinuntersteigt. Eines Tages, als ich es nicht mehr aushielt, wagte ich mich zum Loch und suchte einen Abstieg.
Doch die Wände waren so glatt, dass es nichts gab, woran ich hinunterklettern konnte. Auch ein Seil half mir nichts, denn es gab nichts, woran ich es hätte festmachen können. Ich stand also vor dem Loch und die Sehnsucht nach dem Abenteuer brannte unerträglich in mir. Es war meine Prüfung, meine Mutprobe, mein Weg, den ich gehen musste. Also sprang ich einfach in das schwarze Nichts, ohne Rücksicht auf mein Leben.<<

Hier unterbrach er und schwieg.

>>Und weiter, wie ging es weiter?<<, bohrte Eilas sofort nach. Auch ich war gespannt auf die Fortsetzung der Geschichte.

Da schmunzelte er und setzte fort: >>Wie ihr seht, bin ich nicht zum Mittelpunkt der Erde gekommen, denn nach ungefähr drei bis vier Meter endete das Loch plötzlich. Da unten war nichts außer harter Boden, auf dem ich schmerzhaft aufschlug. Ich verletzte mich zwar nicht, war aber etwas enttäuscht, dass ich nicht zum Mittelpunkt der Erde gelangt war. Aber jetzt saß ich in dem dunklen Loch fest und konnte nicht mehr alleine hochklettern. Uriel fand mich, konnte mir aber auch nicht heraushelfen. Er holte Sascha, um mich wieder aus dem Loch zu befreien. Doch Sascha half mir nicht einfach so. Er stellte sich zum Rand und fragte mich, was ich da unten zu suchen hätte. Ich erzählte ihm von meinem Traum, der so stark in mir brannte, dass ich sogar blindlings in das für mich bodenlose Loch gesprungen war.

Er war mir jedoch nicht böse oder schalt mich. Stattdessen fragte mich Sascha, was ich daraus gelernt hätte und ich antwortete allerlei aus Scham wegen meines gescheiterten Versuchs. Er jedoch durchschaute mich und meinte emotionslos: „Gut, ich komme morgen wieder und wenn du die richtige Antwort weißt, kannst du es mir ja dann erzählen." Dann ging er einfach und ließ mich im Loch sitzen.

Ich war aber nicht völlig alleine, denn Uriel war ja noch da und lag oben und sah zu mir herunter. Am nächsten Tag hatte ich schon großen Hunger und wartete ungeduldig auf Sascha. Als er wiederkam, fragte er mich, ob ich inzwischen etwas daraus gelernt hätte. Ich erzählte ihm etwas, worüber ich dachte, dass er das hören wollte. Er hörte sich meine Geschichten an und sagte anschließend: „Wie ich sehe, brauchst du noch etwas mehr Zeit, um nachzudenken. Ich werde morgen wiederkommen und mir anhören, was du mir dann zu sagen hast." Ohne ein weiteres Wort zu verlieren drehte er sich um und ging. Ich wurde wütend und schrie ihm nach und der Hunger machte die Situation nicht besser. Er ließ mich einfach in meinem kleinen „Gefängnis" schmoren.<<

An dieser Stelle lachte er kurz auf.

>>Die Zeit in diesem Loch verging einfach nicht und es fühlte sich für mich da unten wie eine Ewigkeit an. Hunger und Durst quälten mich, aber mein Stolz ließ es nicht zu, dass ich aufgab. Am dritten Tag kam Sascha wieder, um erneut nachzufragen. Doch auch dieses Mal war er mit meinen Antworten nicht zufrieden und ging, ohne mir rauf zu helfen. Er warf mir nur grinsend eine Wasserflasche und einen Löffel hinunter.

So saß ich da unten und wusste nicht, was ich mit einem Löffel ohne Essen anfangen sollte. Sascha jedoch kam jeden Tag einmal vorbei und fragte mich immer dasselbe. Erst am sechsten Tag ohne Essen war meine Grenze erreicht und ich erzählte ihm, was ich wirklich aus dieser Situation erkannt hatte. Nun half er mir endlich herauf und ich hatte etwas Wichtiges daraus gelernt. Diese Erfahrung prägte mein Leben bis heute, nur hatte ich es bei Judith nicht wahrhaben wollen.<<

Jetzt unterbrach er abermals und schwieg etwas betreten, wie mir schien.

Neugierig auf seine Erkenntnis fragte ich nach, denn mir hatte sich die Lehre aus der Situation nicht erschlossen: >>Was hast du geantwortet und wozu war der Löffel ohne Essen gut?<<

Er sah mich an und gab zurück: >>Der Löffel zeigte mir, dass er nur meinen falschen Stolz fütterte, nicht aber meinen Bauch, um den Hunger zu stillen. Die Antwort auf deine erste Frage findest du in dem Loch. Sie ist immer noch dort. Judith ist sinnbildlich auch in das Loch gesprungen und jetzt muss sie den Weg selbst herausfinden. Ihre Waffen sind der Löffel und Dämon ist ihr ...<<

Er unterbrach mitten im Satz und sah zu Raphael.

Dazu schrie er aufgeregt: >>Judith kämpft! Raphael kann ihren Zorn und den Schmerz in ihrem Herzen fühlen. Sie ist blind vor Wut. Er sieht durch ihre Augen, wie sie gnadenlos den Tod bringt. Es sind jedoch nicht ihre Jäger, gegen die sie kämpft, es sind Menschen!<<

>>Um Gottes willen, Judith tötet Menschen<<, brach es aus Luise voller Panik heraus. >>Was tut sie nur, ist sie verrückt geworden?!<<, schrie sie fassungslos.

Ich verstand auch nicht was Gabriel erzählte und noch weniger war ich mir sicher, ob er uns alles berichtete, was Raphael ihm sagte. Ein Blick jedoch auf Raphael verriet mir, wie sehr er litt und ihren Schmerz als seinen verspürte. Er lag am Boden und winselte immer wieder kurz auf. Sein Blick war starr auf die Wand gerichtet und er zuckte manches Mal kurz. So wie ich das deutete, kämpfte sie um Leben und Tod. Nur mit wem, wenn nicht mit den Wölfen, die sie ja verfolgten? Seit ihrem Verschwinden waren schon mehrere Tage vergangen und die Jäger mussten sie längst eingeholt und gestellt haben, dachte ich. Was war da draußen los?

Von einem Moment zum anderen beruhigte sich Raphael und Gabriel sagte erleichtert: >>Es ist vorbei! Judith beruhigt sich wieder und zieht mit Dämon weiter. Auch er kämpfte, aber nur gegen Menschen.<<

Luise weinte bei seinen letzten Worten bitterlich und war fassungslos. Sie verstand nicht, wie ihr kleines Mädchen plötzlich zur Mörderin hatte werden können. Ich verstand es ebenso wenig, aber ich sah das ein wenig anders. Dass Judith grundlos töten würde, glaubte ich nicht, vielmehr dachte ich dabei an Menschen, die ihr und Dämon etwas antun wollten. Sie fiel ja mit ihrer Bekleidung in der Außenwelt sofort auf. Eine stählerne Rüstung trug da draußen doch niemand. Noch dazu in Begleitung eines 140 Zentimeter großen Wolfs. Nein, ich glaubte nicht an einen kaltblütigen Mord, sondern viel mehr an Notwehr. Wie auch immer, Judith war da draußen in größter Gefahr. Raphael hatte ständig diesen Tunnelblick und erlebte ihre Taten und Emotionen noch immer mit.

Kapitel 10
Fünf gehen, sechzehn kommen

Die Tage vergingen und wir blieben alle zusammen bei uns im Wohnzimmer. Raphael fraß fast nichts und starrte ständig die Wand an. Immer wieder winselte er kurz auf und begann wild zu zucken. Es schien so, als ob er mitkämpfte, oder direkt miterlebte, was Judith machte. Gabriel berichtete uns, die ganze Zeit darüber, was Raphael wie in Trance von sich gab. Einiges war ganz klar und anderes wiederum total unverständlich. Fakt war jedenfalls, dass sie da draußen mehrere Kämpfe hatte, aber nie mit ihren Verfolgern. Es waren immer Menschen, gegen die sie kämpfen musste. Gabriel ersparte uns die blutigen Einzelheiten und sprach nur über das Wesentliche. Mir war das nur recht, denn ich wollte Luise die brutalen Details, die ein Kampf immer mit sich brachte, ersparen.

Jetzt waren schon 16 Tage vergangen, als Gabriel plötzlich sagte: >>Die Jäger stehen vor ihnen! Jetzt beginnt ein Kampf auf Leben und Tod! Raphael sieht aber viele Wölfe, nicht nur die drei. Er ist verwirrt und kann es nicht klar ausmachen. Er sagt, überall sind Wölfe und starren sie an.<<

Sofort sprang Uriel bei unserer Türe hinaus und heulte in die Gänge. Aus jeder Richtung erklang plötzlich Wolfsgeheul und ganz Danuvia durchströmten diese Laute.

Dann kam er wieder zurück und Gabriel berichtete uns: >>Es sind nicht unsere Wölfe, die sie Stellen, denn in Danuvia sind alle da. Raphael sieht nur, dass Cid sich ihr stellt. Aron und Malachon ziehen sich zurück und greifen auch Dämon nicht an. Es ist ein Kampf Judith gegen Cid. Seine große Revanche und Herausforderung. Was auch immer geschehen wird, ihr könnt sicher sein, dass es ein fairer Kampf ist. Möge der Bessere gewinnen.<<

Mir wurde bei seinen Worten ganz anders und auch Luise war ganz blass und schweigsam. Aber wir hatten keine Zeit, unseren Gedanken nachzuhängen, denn es erklang wieder Gabriels Stimme.

>>Raphael erzählt davon, dass dutzende Augen ihn anstarren und Judith sich für den Kampf bereitmacht. Judith streitet sich mit Cid und ist außer sich vor Wut.
Aron, Malachon und Dämon stehen etwas abseits Schulter an Schulter und sehen einfach nur zu. Raphael versteht nicht, was dort vor sich geht und warum Aron und Malachon nicht mit Dämon kämpfen.<<

Plötzlich wurde seine Stimme laut und ganz aufgeregt.

>>Jetzt greift Cid an und springt auf Judith zu! Sie weicht aus, öffnet in der Bewegung den Wolfshammer und ... <<

Mitten im Satz unterbrach Gabriel seine Erklärung, fiel vor Raphael auf die Knie und hielt seinen Kopf.

Mit leiser Stimme raunte er in Raphaels Ohr: >>Ich bin da, mein Freund, du bist nicht alleine in deiner schweren Stunde.<<

Mir wurde ganz anders. Was bedeutete das gerade? War Judith etwas passiert? War sie verletzt? Lebte sie überhaupt noch? Ich befand mich am Rande der Verzweiflung und Luise ging es ähnlich. Raphael zuckte wie wild und eine Mischung aus Knurren, Schnaufen und Luftschnappen kam aus ihm. Er wurde immer wilder und Gabriel musste ihn festhalten, sonst wäre er wohl im Wohnzimmer blindlings herumgesprungen.
Ein Beben durchdrang minutenlang seinen Körper, bis er plötzlich mitten in seiner Bewegung erstarrte.

Gabriel riss seine Augen auf und schrie entgeistert: >>Dämon greift Judith an ... <<

Da brach Raphael auch schon zusammen und blieb regungslos liegen. Gabriel versuchte ihn sofort wieder aufzurichten, aber es war vergebens. Raphael lag da und bewegte sich nicht mehr. Keiner wusste, was geschehen war, denn hier trennte sich die Verbindung zu Judith. Niemand konnte uns jetzt sagen, wie es ihr gerade ging.
Stattdessen schossen mir dutzende Fragen, durch den Kopf und ich verstand nicht, warum gerade Dämon Judith angegriffen hatte. Was war passiert, dass ihr Freund und Beschützer ihr etwas antat? Sie musste jedoch noch leben, denn sonst wäre Raphael auch gestorben. Aber was war geschehen? Diese Frage quälte mich und ein Blick zu Luise beruhigte mich auch nicht. Sie war außer sich und schrie

hysterisch herum. Petra versuchte vergeblich, sie zu beruhigen und redete immer wieder auf sie ein. Selbst Elias, der eine ganz eigene Einstellung zum Krieg und zum Kämpfen hatte, war sichtlich bewegt. Wir alle stellten uns scheinbar diese eine Frage und mit uns bestimmt noch viele andere mehr.

Bange Stunden verstrichen und Raphael lag noch immer regungslos da. Endlich, nach über sechs Stunden des Wartens bewegte er sich wieder und öffnete seine Augen. Das gab uns allen Hoffnung, jedoch war sein Blick leer, als er uns ansah.

Gabriel sagte dann zu uns: >>Raphael hat den Kontakt zu ihr verloren, er weiß nichts über das, was geschehen ist. Er fühlt nur, dass sie lebt, mehr kann er dazu aber nicht sagen. Er kann sich auch an die letzten Stunden nicht mehr erinnern, das ist auch der Grund für seinen leeren Blick.<<

Gabriels Worte beruhigten mich nur wenig. Gut, sie lebte, diese Angst brauchten wir nicht mehr zu haben. Was aber weiter? War sie verletzt? Hatte man sie gefangen? Fragen über Fragen schwirrten in meinem Kopf. Die Flamme der Hoffnung in uns war zwar klein, aber sie flackerte. Am Schlimmsten für mich war jedoch, dass keiner wusste, was wirklich mit ihr passiert war. So sehr Raphael auch versuchte die Verbindung zu ihr wieder aufzunehmen, es klappte nicht mehr. Wir warteten tagelang, aber von ihr kam „kein Signal" mehr. Wir blieben im Ungewissen. Kurz dachten wir schon daran, hinauszugehen, um sie zu suchen, aber das hätte nichts gebracht.

Niemand wusste, wo sie waren und sie war schon bald drei Wochen weg. So schwer es uns auch fiel, wir mussten uns mit der neuen Lage abfinden. Das Leben hier ging weiter, auch ohne Neuigkeiten von Judith. Raphael ging ins Wolfsrevier zurück und ich suchte die Ablenkung in meiner Arbeit. Luise und Petra redeten täglich stundenlang und trainierten etwas mehr, um zu „vergessen". Elias half Gabriel bei einem neuen Projekt, das er schon lange verwirklichen wollte. Emelie und Leon saßen ebenfalls oft stundenlang draußen vor einem Eingang und warteten vergebens auf Judiths Rückkehr. Doch es kamen weder Dämon noch Judith, noch einer der drei Verfolgerwölfe zurück. Ein Monat verging und nichts passierte, wir wussten nur, solange Raphael lebte, lebte auch sie.

Ich war gerade bei einem Gespräch mit Gabriel und Eilas, als die Wölfe wieder aufheulten. Ihr Heulen durchzog Danuvia wie ein Lauffeuer.

Uriel sprang sofort auf und lauschte in den Gang, als Gabriel aufgeregt zu uns sagte: >>Die Wächter melden Eindringlinge. Viele Wölfe dringen in Danuvia ein. Die Meldungen überschlagen sich gerade und jeder sagt etwas anderes. Es ist ein Gewirr aus unterschiedlichen Quellen und Uriel kann sie nicht richtig deuten. Er weiß nur sicher, dass sie vom Norden aus kommen, vom Stiftseingang.<<

Uriel sprang sofort in den Gang und heulte ebenfalls los.

Gabriel erklärte uns: >>Er ruft die Kriegswölfe zusammen, um einen Gegenangriff zu starten.<<

Jetzt brach allgemeine Hektik los, denn so etwas hatten wir noch nie erlebt. Gabriel stürmte in sein Schlafzimmer und holte seinen Wolfshammer, mit dem er loslief. Elias und ich rannten in der Hektik unbewaffnet hinterher. Ich dachte mir beim Laufen, dass wir sowieso bei meiner Schießhalle vorbei kommen würden. Dort wollte ich mich schnell bewaffnen, um für den Kampf gerüstet zu sein. Als wir auf halber Strecke waren und einen langen Gang entlangliefen, stoppten plötzlich die vorauslaufenden Wölfe und blieben stehen. Davor war noch wildes Knurren und Fletschen zu hören, doch jetzt verstummten sie alle wie auf ein Kommando.
Aber nicht nur, dass sie stehenblieben, jetzt wichen sie auch zurück und immer mehr Wölfe drängten sich in diesem schmalen Gang zusammen. Wir konnten nicht sehen, warum alle auf einmal zurückwichen, doch die bloße Masse an Wolfskörpern schob uns einfach retour, ohne dass wir etwas dagegen tun konnten. Es herrschte Totenstille. Gabriel sah mich auch nur mit großen Augen an. Da deutete mir Gabriel, mich in eine Nische zu stellen, damit die Wölfe an uns vorbei konnten. Wolf um Wolf schlich an uns vorbei und machte den Weg für das frei, was da vor ihnen war. Unwillkürlich stieg meine Anspannung an und nervös blickte ich immer wieder ganz nach vor.

Gabriel öffnete instinktiv seinen Wolfshammer und war zum Angriff bereit. In den nächsten Sekunden mussten die fremden Wölfe um die Ecke biegen, damit wir sie sehen konnten. Doch der erste Schatten an der Wand ließ uns erschauern. Denn wenn das Wölfe waren, dann mussten sie riesig sein. Mehr als doppelt so groß wie unsere und viel massiger zeichnete sich der Schatten an der Wand ab. Er wurde immer größer und als er bei der letzten Lampe vorbeikam, verdunkelte sich der Gang, so groß war dieses Ungeheuer. Beunruhigt dachte ich mir: „Was für ein Monster kommt da auf uns zu?", als wir es schon um die Ecke biegen sahen. „Was ist das für ein Ungetüm?", dachte ich entsetzt, als es ins Licht trat. Jetzt konnte ich das seltsame Wesen genauer betrachten. Das war weder ein Überwolf noch ein Monster.

Das war Cid!

Aber was trug er da auf seinem Rücken? Als er näherkam, bogen auch schon Aron und Malachon um die Ecke. Gleich dahinter folgten Dämon und Judith! Blitzartig fiel die Spannung von mir ab und auch Gabriel richtete sich von einer gebückten Angriffsstellung wieder auf. Wir konnten aber immer noch nicht erkennen, was Cid da am Rücken trug, dass ihn so überdimensional groß wirken ließ. Langsam schritten die „Eindringlinge" voran und erst als sie näherkamen, erkannten wir, was uns so erschreckt hatte.

Es waren verschiedenfarbige Felle! Sie trugen ihre Jagdtrophäen bei sich. Es herrschte immer noch eine gespenstische Stille, als Judith wortlos an uns vorbei schritt. Ich wagte es nicht, als erster die

Stimme zu erheben, so beeindruckt war ich von dem Einzug unserer Vermissten. Als sie an uns vorbeigingen, sah ich zu Gabriel und Elias hinüber und sie deuteten mir, dass ich ihnen einfach folgen sollte. Überall machten unsere Wölfe den Weg frei und wichen voller Ehrfurcht zurück. Keiner wollte ihnen im Weg stehen.

Eine Weile ging ich einfach hinter dem Zug her, als sich die Gelegenheit bot, um in einen anderen Gang abzubiegen. Ich rannte, so schnell ich konnte, nach Hause, um Luise zu benachrichtigen, was ich gerade erlebt hatte. Als ich endlich ankam, stand Luise schon vor der Tür und sah, wie viele andere Danuvianer, einfach zu, wie dutzende Wölfe und Krieger zurückwichen und den Weg frei machten. Ich berichtete Luise völlig außer Atem, was da auf sie zukam und jetzt sah ich das erste Mal seit Langem wieder ein Lächeln in Luises Gesicht. Mir war klar, wohin sich der Wolfszug bewegte und so eilten Luise und ich schon einmal voraus. Der Weg führte mit Sicherheit ins Wolfsrevier, in ihre Halle der Kriegswölfe.
Es dauerte noch eine ganze Weile, bis Cid, der den Zug anführte, in dieser Halle ankam. Alle Wölfe Danuvias versammelten sich in ihrer Halle und machten Platz für die fünf Heimkehrer.
Die fünf Alphawölfe standen vorne und beobachteten sehr aufmerksam den Einzug der fünf. Cid und die anderen zwei „Jäger" blieben gleich nach dem Eingang stehen und Judith schritt mit Dämon an ihnen vorbei. Langsam und bedächtig durchschritten die beiden die Halle und blieben kurz vor den fünf Alphas stehen. Luise,

Gabriel, Elias und ich standen seitlich an der Wand und beobachteten gespannt, das Geschehen. Judith machte einen Schritt vorwärts auf die fünf zu und kniete sich dann mit einer tiefen Verbeugung am Boden hin. Dämon stand stolz und aufrecht vor ihnen und mir war klar, dass er den Wölfen niemals eine Demutsgeste zeigen würde. Judith hingegen legte ihren Wolfshammer auf den Boden und zeigte ihnen ihre unbewaffneten Hände. Den Blick zu Boden gerichtet wartete sie auf ein Zeichen der Alphas. Da brummte und knurrte Raphael. Es war eine Mischung aus allem, was Wölfe so von sich geben konnten.

Gabriel übersetzte uns sogleich: >>Raphael begrüßt gerade Judith im Namen aller Anführer des Wolfsclans.<<

Als sein Grummeln verstummte, erhob Judith ihren Kopf und grummelte ebenfalls etwas. Sie knurrte und gab Laute von sich, die ich nie zuvor von ihr gehört hatte.

Gabriel flüsterte uns völlig erstaunt zu: >>Sie spricht in Wolfssprache zu ihnen! Kein Mensch kann das! Ich habe so etwas selbst noch nie gehört.<<

Da flüsterte ich zurück: >>Aber du kannst ja auch mit den Wölfen reden.<<

>>Ja<<, erwiderte er, >>aber das ist Telepathie. Ich selbst kann ihre Lautsprache nicht! Sie jedoch spricht tatsächlich ihre Sprache.

Ich kann zwar verstehen, was sie sagt, aber so reden kann kein Mensch.<<

Judith knurrte und grummelte noch eine Weile so vor sich hin, als sie ihre Hand hob und Cid zu sich winkte. Er setzte sich mit seiner schweren Last in Bewegung und kam neben ihr zum Stehen. Judith stand auf und öffnete das Seil, mit dem die Felle auf Cid´s Rücken festgebunden waren.
Vorsichtig hob sie eines herunter. Sie legte es vor die Fünf hin und grummelte erneut in ihrer Sprache. Jetzt erst erkannte ich, wessen Fälle das wirklich waren. Sie hatte die Überreste unserer gefallenen Wölfe vom Kampf an der Grenze zurückgebracht! Ein Fell nach dem Anderen legte sie vor den Alphas ab, bis die Felle aller elf Gefallenen vor ihnen ausgebreitet waren.

Gabriel berichtete weiter: >>Sie erklärt ihnen gerade, dass sie es für ihre Pflicht hielt und es zu ihrem Initiationsritual gehörte, die ehrenhaft Gefallenen zurückzuholen. Sie war bereit, für das Volk der Wölfe zu sterben, um so ihren Platz unter ihnen zu finden. Sie bittet darum, als erster Lykanth in das Volk der Wölfe aufgenommen zu werden.<<

Nun begannen die fünf Alphas, zu grummeln und standen auf um an den mitgebrachten Fellen zu schnüffeln. Kurz wirken sie etwas aufgeregt und nervös, doch das legte sich rasch wieder. Als sie alle Felle beschnuppert hatten, setzten sie sich wieder und Raphael brummte Cid an. Dieser knurrte zurück und stand auf. Ich wusste nicht, worum es ging, jedoch schien mir, als würde er ihn befragen.

Als Judith dies bemerkte, ging sie zu Cid und drückte ihn zur Seite. Sie drängte sich einfach zwischen ihn und Raphael und er wich demütig zurück.

Gabriel verfolgte ebenso wie wir das Geschehen und kommentierte die Szene: >>Judith stellte gerade klar, dass sie ab jetzt die Gruppe von Remiel und Gabriel als Alpha führen würde. Sie verhielt sich sogar gerade etwas aggressiv gegenüber Raphael. Aber damit zeigte sie allen ihren Anspruch vor dem Wolfsclan.<<

Auf einmal drehte sich Judith mit einem Schwung um und heulte wie ein Wolf in die Halle hinein. Danach lief sie mitten in das Wolfsrudel und rempelte alle möglichen Wölfe an. Sie verhielt sich dabei sehr ungestüm und schubste ohne Rücksicht auf Rang oder Namen jeden, der ihr in den Weg kam, an.

Gabriel erklärte uns sogleich ihr Verhalten: >>Sie fordert jetzt jeden Wolf zum Kampf heraus. Sie macht unmissverständlich klar, wer sie ist und welchen Rang sie ab jetzt hat. Sie ist der erste Lykanthalpha, der zwei Stimmen im Rat der Sieben trägt. So stellt sie die fehlende Ordnung wieder her und verweist jeden Wolf auf seinen Platz.<<

Ich war sprachlos. Meine Tochter, das Alphatier. Ich musste fast schmunzeln. Doch dann überlegte ich mir: „Wenn man sich so unter Menschen verhielte, hätte man keine Freunde mehr." Aber Wölfe dachten und fühlten anders.

Sie belogen einander nicht und fielen einem auch nicht in den Rücken. Dafür waren ihre Sitten etwas rauer und für uns Menschen sehr gewöhnungsbedürftig. Wölfe machten allen anderen gegenüber klar, wer sie waren und zeigen dabei keinerlei Schwäche. Wenn das aber geklärt war, waren sie wieder lammfromm und konnten auch zarte Seiten zeigen.

Judith riss die Arme nach oben und heulte, so laut sie nur konnte. Anschließend zog sie ihre Rüstung aus, stellte sich neben die fünf Brüder und stimmte ein ohrenbetäubendes Geheule unter allen Wölfen an. Nun war sie Teil des Wolfsvolkes und alle akzeptierten und respektierten sie als Alpha Custos Imperatores.

Doch was jetzt kam, verblüffte sogar Gabriel. Judith rief Cid zu sich und ließ ihn vor sich hinsetzen. Anschließend legte sie ihre Hand auf seine Schulter und grummelte wieder los. Dabei wusste ich nicht, ob sie etwas sagte oder aggressiv war, denn diese Laute waren eine Mischung aus ruhigem Brummen und lautem Knurren und Fletschen.

Als sie fertig damit war, stellte sie sich wieder neben die Fünf und beobachtete genau die Meute.

Fast dasselbe tat sie mit Dämon. Sie rief ihn und führte ihn jedoch neben sich durch die Halle. Dabei schob sie jeden Wolf, der nicht schnell genug zur Seite wich, weg und fletschte ihn dabei an. Sie war wenig zimperlich und benahm sich sehr grob und aggressiv.

Als sie mit ihm wieder zum Ausgangspunkt zurückkam, blieb Dämon stehen und sie stellte sich wieder neben die fünf Alphas.

>>Wisst ihr, was Judith gerade getan hat?<<, fragte uns Gabriel und wirkte dabei selbst erstaunt. >>Sie machte gerade Cid zu ihrem Stellvertreter und Dämon ist ab jetzt ihr Leibwächter ... <

Plötzlich unterbrach er seine Erklärung und sah beim Seiteneingang Sascha stehen. Er lächelte Gabriel an und nickte leicht mit dem Kopf in unsere Richtung. Gabriel erwiderte den Gruß und Sascha kam langsam auf uns zu.

Als er da war, sagte er zu Gabriel: >>>Ein sehr kluges Mädchen, dein Schützling, sie hat gerade drei hervorragende Entscheidungen getroffen. Erstens hat sie zwei der sieben Stimmen im Rat der Wölfe übernommen. Zweitens hat sie ihren Feind zum Verbündeten gemacht, indem sie ihn um einen Rang emporhob. Er ist jetzt in ihrer Schuld und ein Leben lang an sie gebunden. Und drittens, Dämon wäre niemals ins Rudel integrierbar gewesen. Mit diesem geschickten Zug machte sie ihn unantastbar und verschaffte ihm Immunität. Er ist niemandem verpflichtet, auch nicht Judith oder uns Menschen gegenüber. Jetzt kann er sich überall frei bewegen und vielleicht schafft er es so, seine Vergangenheit zu bewältigen.<<

Gabriel erwiderte überrascht: >>Sie ist nicht mein Schützling, Sascha.<<

Daraufhin antwortete Sascha lächelnd: >>Sollte sie aber sein, malen'kiy Gabriel, sollte sie aber sein ...<<

Dabei drehte er sich um und verließ die Halle wieder, ohne seinen letzten Satz näher zu erläutern. Der Mann würde wohl immer ein lebendes Rätsel für mich bleiben. Sogleich brannte in mir eine Frage, die ich Gabriel sofort stellen musste: >>Sag Mal Gabriel, was heiß das „Malen'kiy", das Sascha immer zu dir sagt?<<

Gabriel blickte mich schmunzelnd an und erklärte: >>Das heißt auf Russisch „kleiner Gabriel". Sascha sagt das bis heute in liebevoller Freundschaft zu mir.<<

Vorne tat sich wieder etwas und so verstummte unser Gespräch sofort. Auch Gabriel beobachte alles wieder aufmerksam, denn er wollte uns wieder alles erklären und übersetzen.
Judith stand noch immer neben den fünf Alphas, als sie ihren Arm hob und das Geheule verstummte. Sie drehte sich zu Raphael und grummelte ihn an. Da sprang sie mit einem riesen Satz über zwei der Alphas und fiel Raphael um den Hals. Sie knuddelte ihn und vergrub sich richtig in seinem Pelz. Raphael erwiderte ihre Liebesgesten und leckte sie freudig im Gesicht ab.

Dann rief sie auf einmal laut: >>Tatsächlich!<< und war darüber offensichtlich selbst erstaunt.

Sie löste sich von ihm und lief direkt zu uns. Voller Freude und als ob in den letzten Wochen nichts

Besonderes geschehen wäre, stürzte sie sich auf uns. Luise fand keine Worte, während wieder Tränen der Freude über ihr Gesicht liefen. Dabei küsste sie Judith nur unentwegt ab. Sie umarmten sich und auch von Judith kam kein Wort. Danach sah sie mich an und zwinkerte mir unschuldig wie ein kleines Kind zu. Ich lächelte sie an und wir fielen uns ebenfalls sehnsüchtig in die Arme. Auch Dämon kam dazu und begrüßte uns, indem er sich an uns rieb und drückte. Aber das war nichts im Vergleich dazu, als er Ares sah, der etwas abseits von uns stand. Ihn sprang er an und wir dachten schon, er würde ihn gleich vor lauter Freude fressen. So ein harter Knochen Dämon auch sein konnte, so sanft und liebevoll erlebte man ihn selten. Er hatte offenbar zwei Gesichter und ich hoffte immer nur, das eine von ihm zu sehen.

Als wir bereit waren, mit Judith nach Hause zu gehen, sagte sie so nebenbei: >>Wir müssen zur Krankenstation, da warten noch zwei übermütige Wächter auf mich.<<

Ich war überrascht, dass sie das noch wusste und fragte sie: >>Wie war das überhaupt mit den Beiden und erzählst du uns noch, was du in dem Monat, in dem du weg warst, gemacht hast?<<

Da antwortete sie etwas vorsichtig: >>Ich bin nicht sicher, ob es gut gewesen wäre, euch davor von meinem Vorhaben zu erzählen, ich tat, was ich tun musste und das war nicht immer schön. Was ich jedoch tat, rechtfertige ich nicht, denn ich alleine muss dafür einstehen.<<

Kurz verletzte mich ihre abweisende, etwas schroffe Antwort, doch dann verstand ich, was sie damit sagen wollte. Sie war erwachsen und sie hatte nicht vor, ihr Verhalten vor irgendwem zu rechtfertigen. Das hatte nichts mit uns zu tun, das war einfach meine erwachsene Tochter Judith, die ein für uns ungewohntes Selbstbewusstsein entwickelt hatte. Trotz dieser abweisenden Antwort, konnten wir uns aber ihrer Liebe noch immer sicher sein, das sah ich sofort an ihrem liebevollen Blick, als sie uns ansah.

Gabriel sah mich an, legte seine Hand auf meine Schulter und nickte leicht. Es war seine Art, mir „Lass es gut sein" zu vermitteln. Obwohl ich superaufgeregt war und sie am liebsten sofort über alles ausgefragt hätte, hielt ich mich zurück und ließ ihr den Freiraum, den sie jetzt brauchte. Ihre Antwort sickerte nun endgültig in meinen Verstand und inzwischen verstand ich ihre Denkweise immer besser. In meinem Innersten war ich davon überzeugt, dass sie richtig und korrekt für ihre Welt gehandelt hatte. Und, um ehrlich zu sein, hatte sie wohl auch Recht damit gehabt, uns nichts vor ihrer Abreise zu sagen. Luise und ich wären wohl verrückt geworden, aus Sorge um sie, hätten wir von ihrem wahnwitzigen Vorhaben etwas gewusst. Nein, es war schon richtig, so wie sie es durchgezogen hatte.

Als wir bei der Krankenstation ankamen, meinte sie: >>Wartet kurz, ich komme gleich wieder.<<

Dann huschte sie durch die Tür und kam nach wenigen Minuten wieder zurück. Sie sagte nichts weiter und wir setzten unseren Weg fort. Zuhause angekommen füllte sich, wie so oft unser Wohnzimmer. Gabriel, Uriel, Raphael, Judith, Dämon, Ares, Fee, Petra, Emelie, Leon, Luise und ich fanden immer noch ein kleines Plätzchen, das frei war. Wir waren da nicht heikel, denn Ares und Judith lagen immer am Boden und kuschelten sich in oder auf einen der Wölfe. Luise saß ebenfalls meist bei Uriel, den sie kraulen konnte. Petra schmuste mit Fee und Emelie und Leon saßen sowieso immer auf einem Fauteuil zusammen. Da war also reichlich Platz für noch mehr Gäste, wenn nötig. Wie meist saßen Gabriel, Elias und ich an einem Tisch und plauderten über die nächsten Schritte, um Danuvia voranzubringen.

Kapitel 11
Blutrausch

Die Tage vergingen und wir ließen Judith den
Freiraum, um in ihr neues Leben als Alphalykanthin
hineinzufinden. Wir fragten nicht groß darüber
nach, was sie in der Außenwelt erlebt hatte und
bedrängten sie nicht, auch wenn es schwerfiel. Ich
hoffte natürlich insgeheim, dass sie uns von sich aus
darüber erzählen würde, wenn sie meinte, dass es
an der Zeit war. Das eine oder andere Erlebnis
schnitt sie gelegentlich an, aber wirklich Neues
erfuhren wir nicht. Dämon hingegen blühte richtig
auf. Er bewegte sich seit seiner Rückkehr überall in
Danuvia ohne die geringsten Probleme. Er war und
blieb zwar ein Einzelgänger, aber wenn er zu uns
kam, war davon nichts zu bemerken. Er hatte die
unantastbare Freiheit überall hinzugehen und
konnte tun, was er wollte. Er durfte zwar
niemanden angreifen oder beißen, aber sonst kam
und ging er, wie er wollte. Als ich zufällig einmal
mit Dämon in die Aresebene ging, kamen uns die
beiden Wächter entgegen, die er damals angegriffen
hatte, als Judith mit ihm hochgekommen war. Wir
gingen vorbei und die beiden reagierten nicht
einmal ansatzweise auf Dämon.

Da sagte ich spaßhalber zu ihm: >>Na die beiden
werden sich hüten, dich nochmals schief
anzusehen.<<

Da blickte er zu mir hoch und brummte mich an.
Ich hatte den Eindruck, als ob er mir eine Antwort

geben wollte, aber ich verstand natürlich nur: Grrmhhmmhhrrgrmmh.

Unsere Freundschaft vertiefte sich seit seiner Rückkehr immer mehr. Wir streiften oft zusammen durch Danuvia, denn ich mochte seine ruhige, erhabene Art. Er vermittelte einem das Gefühl: „Solange ich da bin, kann dir nichts geschehen". Judith liebte ihn auch sehr und sie verbrachte viel Zeit mit Ares und ihm. Unten in der Aresebene trafen wir Gabriel, der gerade aus einem Labor kam. Unbekümmert fragte ich ihn, ob er mir übersetzen konnte, was Dämon gerade vorher gebrummt hatte.

Gabriel sah Dämon an und flüsterte grinsend: >>Ed ist schon wieder neugierig, was du so brummst. Er versteht deine Schwätzchen mit ihm nämlich nicht.<<

Da brummte Dämon erneut und Gabriel übersetzte: >>Ich weiß zwar nicht, was er meint, aber er sagte, er war es nicht.<<

>>Was, er war es nicht?<<, antwortete ich erstaunt. >>Wir trafen gerade beim Herunterkommen die beiden Wölfe, die wegen ihm so lange im Koma gelegen hatten.<<

Nun wollte ich es aber genauer wissen und bat Gabriel, ihn ein paar Dinge zu fragen. Erstens: Wie, er war es nicht? Zweitens, was ist damals vorgefallen, als er Judith angeblich angegriffen hatte und drittens: Warum ist er überhaupt mit Judith weggelaufen?

Gabriel sah Dämon an und erklärte mir anschließend selbst überrascht: >>Dämon hat den beiden Wölfen nichts angetan, er kam gar nicht dazu. Judith war schneller und setzte sie mit einem speziellen Griff außer Gefecht. Er selbst hätte die beiden nicht so einfach davonkommen lassen. Judith hat sie nur vor ihm beschützt. Des Weiteren ist er mit Judith mitgelaufen, weil er wusste, dass sie aufgrund ihres damaligen Ausnahmezustands nicht klar denken konnte. Sie war zeitweise unglaublich aggressiv und einen Moment später wieder ängstlich und zögerlich. Niemand konnte zu dieser Zeit ihre Gemütslage und Entscheidungsfähigkeit richtig einschätzen. Er sagt weiter, was hätte ich tun sollen? Sie ist meine Freundin und alleine wäre sie in großer Gefahr gewesen. Ach ja und wenn du mehr wissen möchtest, dann sollst du ihm jetzt was Gutes zum Essen geben und danach erzählt er dir alles.<<

Bei dieser Erklärung mussten wir beide lachen, denn Dämon hatte eine eigene Art von Humor. Seine trockenen Witze gingen Hand in Hand mit denen von Gabriels. Daheim suchten wir uns ein nettes Plätzchen im Wohnzimmer. Nachdem Dämon mit ein paar großen Fischen abgefüttert oder besser gesagt „bestochen" worden war, begann er zu erzählen.

Gabriel erklärte mir noch, bevor er begann: >>Ich werde das jetzt aus Dämons Sicht erzählen und es genau so, wie er es sagt, übersetzen.<<

Sogleich legte er los: >>Als Judith gerade mit mir hochkam, trafen wir auf die beiden Wächter. Sie rochen Judiths Blut und griffen mich sofort an. Ich kämpfte nur wenige Augenblicke mit ihnen, als Judith einschritt und sie außer Gefecht setzte. Sie wandte einen speziellen Griff an und der Kampf war sofort beendet. Wir wussten beide, dass es jetzt Probleme mit dem Rudel geben würde. Judith erzählte mir einmal beim Training ihren Plan, die gefallenen Wölfe als Teil ihrer Initiation zurückzuholen. Wie du ja vielleicht weißt, habe ich die letzten beiden Monate mit ihr alleine trainiert. Da hatten wir viel Zeit zum Reden. Raphael zeigte ihr diesen Griff, der Wölfe aufhalten konnte. Das ist die einzige Schwachstelle, die ein Wolf hat. Es bedarf viel Übung und Gefühl, diesen Punkt exakt zu erwischen und richtig zu drücken.

Zu wenig und der Wolf tötet dich für deinen Versuch, zu viel und du brichst ihm das Genick. Judith trainierte angeblich mit Raphael sieben Jahre lang, um ihre Technik zu perfektionieren. Ein normaler Mensch hätte jedoch weder die Kraft noch Geschicklichkeit, den Griff anzuwenden. Er und Uriel stellten sich dutzende Male als „Versuchswölfe" zur Verfügung. Ich wollte nicht, dass sie mich jemals auf diese Weise ausschaltete, aber leider war sie beim Training einige Male schneller als ich. Judith kann diesen verschobenen Wirbel mit wenigen Handgriffen aber auch wieder einrichten und außer ein paar leichten Verspannungsschmerzen bleibt kein Schaden zurück. Ich bin wohl das beste Beispiel dafür, dass die Technik, wenn sie richtig angewendet wird, absolut ungefährlich ist! Sie ist unglaublich stark und schnell. Viel schneller und wendiger als jeder Mensch oder Wolf, den ich kenne. Mit ihr zu trainieren bedeutet, gegen ein wahres Monster anzutreten. Es ist aber nicht nur ihre Schnelligkeit und Kraft, sie kämpft unglaublich hart und schlägt unbarmherzig zu.

Raphael trainierte sie am Anfang immer alleine und zeigte ihr, wie Wölfe üblicherweise angreifen. Dabei ist genau diese erste Attacke entscheidend. Ein Wolf greift einen Menschen beim Training meist gleich an, er muss seine Strategie nicht ändern, denn neun von zehn überstehen diesen ersten Angriff nicht. Nur selten muss einer von uns einen Zweitschlag ausführen.

Gabriel weiß genau, was ich meine, denn er ist der Einzige, der gegen Uriel bestehen kann. Uriel hat es mir im Training erzählt. Ich würde das aber zu gerne bei einem Training mit dir testen, Gabriel. Doch zurück zu Judith. Raphael holte Uriel dazu, weil er alleine nicht mehr gegen Judith ankam. Zusammen konnten sie Judith noch eine Weile besiegen, aber dann reichte selbst das nicht mehr. Raphael wusste, dass ich in Judiths Schuld stand und daher holte er mich noch dazu.

Von diesem Zeitpunkt an trainierten wir sie zu dritt. Ich kämpfe aber völlig anders als eure Wölfe und so konnte ich Judith auch etwas Neues beibringen. Zu Beginn klappte das wunderbar und sie entwickelte sich immer besser.

Das ging so weit, dass wir nur noch zu dritt gegen sie bestehen konnten. Wir setzten ihr echt heftig zu, aber sie steckte das alles weg. Fast täglich flickten eure Ärzte sie wieder zusammen, denn wir rissen sie wortwörtlich in Stücke. Doch sie überlebte alles und wurde danach jedes Mal ein Stück besser und widerstandsfähiger. Bei ihr trifft es vollkommen zu, dass sie mit der Herausforderung wächst.

Ich musste viele Kämpfe in der Arena durchstehen. Habe gegen drei Wölfe gleichzeitig um mein Leben gekämpft, aber Judith ist stärker als drei Wölfe zusammen. Ich musste mich ziemlich anstrengen, um gegen drei Wölfe überleben zu können, Judith aber war nicht einmal gegen drei Wölfe an ihren Grenzen angelangt und wir sind sicher keine schwachen Gegner. Sie ist mit ihrer einzigartigen Kombination von Wolf- und Mensch einfach unglaublich. Menschen können ihr schon lange nichts mehr anhaben. Auch ich weiß nicht, ob ich sie in einem offenen Kampf alleine noch besiegen könnte. Als ihre Welpenzeit jedoch zu Ende ging, kündigten sich bei ihr starke Stimmungsschwankungen an. Auch ihr Körper veränderte sich massiv. Es wurde immer schwerer, sie zu verletzen. Ihre Haut widerstand am Schluss sogar meinen Bissen. Auch fing sie an, in der Sprache der Wölfe zu sprechen, das konnte sie zuvor nicht. Doch das Schlimmste war ihre unberechenbare Aggressivität. Ich musste beim Training ständig aufpassen, dass sie mich nicht schwer verletzte, so gefährlich war inzwischen das Training mit ihr.
Raphael und Uriel durften nicht mehr dabei sein, weil sie sich nicht mehr unter Kontrolle hatte. Als es dann so weit war und wir auszogen, um ihre Initiation zu starten, begann auch für mich ein

gefährliches Abenteuer. Ich kannte bis dahin ja keinen anderen Ort als Danuvia, nun aber bewegten wir uns beide in einer für mich vollkommen fremden Welt. Judith erzählte mir zwar von ihren Erinnerungen, aber die halfen uns auch nicht weiter, denn die waren einerseits zu lange her und außerdem aus der Sicht eines Kindes. Als sich die Türe Danuvias hinter uns schloss, war es dunkel draußen. Ich dachte anfangs, dass es in der äußeren Welt immer so wäre.

Judith wusste noch so ungefähr, wohin wir mussten, sie hat ja eure Geschichten gehört. Besser gesagt hat Elias sie ihr etwas genauer erzählt. Wir irrten durch die dunkle Welt und ich roch Düfte, die mir völlig fremd waren. Aber die Luft da oben war herrlich und diese Weite der Felder einfach großartig. Wir liefen schnell und Judith zeigte mir, was ein Zug ist. Denn auf solch einen sprangen wir. Es lagen so viele interessante Düfte darinnen. Ich roch zwar viele Tiere, aber Judith erklärte mir, dass wir keines davon essen durften, denn sonst würden wir uns bei den Menschen verraten. Hier nicht sofort auf Beutezug zu gehen, war unglaublich schwer, denn sie rochen alle so gut und mein Hunger war in letzter Zeit auch nicht kleiner geworden!. Doch Judith zuliebe und um uns nicht schon am Anfang zu verraten, beherrschte ich mich.

Wir fuhren nicht lange, dann sprangen wir wieder ab und liefen in einen Wald. Da entdeckten wir eure Spuren, tiefe Löcher und sogar auch noch Kleiderreste. Sie waren zwar schon alt, aber der Boden behielt noch immer euren Geruch.

Judith lief jedoch immer weiter auf ein Feld und konnte in einer Wiese ein Stück Fell von einem der Wölfe entdecken. Es war eingetrocknet und nur noch ein Stück Leder, aber das reichte uns, um ihrer Spur zu folgen.

Wir kamen an vielen menschenbewohnten Dörfern vorbei, und Judith meinte, viele fremde Sprachen gehört zu haben. Über einem der Häuser lag der Geruch eines Wolfes. Das war gleich in der ersten Nacht, denn wir zogen immer nur Nachts weiter. Tagsüber versteckten wir uns nach Möglichkeit in Wäldern. Judith bestand darauf, um unentdeckt zu bleiben. In der folgenden Nacht schlichen wir uns nahe ans Haus. Vorsichtig sah sie durch ein Fenster und erkannte an der Wand ein Wolfsfell. Man hatte es wie eine Trophäe an eine Wand gehängt. Aber sie drang nicht ein, um es zu holen. Wir merkten es uns nur und liefen weiter. Auf diese Art fanden wir einen Wolf nach dem anderen. Um nicht zu verhungern, rissen wir wilde Tiere auf den Feldern und Wäldern oder hinter Zäunen, wenn es nicht anders ging.

Am Schluss waren wir in einem Land, das „Ukraine" hieß, wie Judith mir sagte. Das stand auf einem Schild, dass wir passiert hatten und wir mussten danach sehr vorsichtig weiterschleichen. In dieser Ukraine waren die letzten drei Wolfsfelle in einem sehr großen Haus. Dort liefen überall Menschen mit Gewehren herum. Judith sagte mir, das wären Soldaten in einem Soldatenschloss.

Viele Tage und Nächte waren wir bis zu diesem Schloss unterwegs gewesen und jetzt waren wir endlich am Ziel, aber es war Tag. So warteten wir beide in einem Versteck auf die Dunkelheit. Als es endlich finster war, schlichen wir uns in das Soldatenschloss und nahmen die drei Felle von der Wand. Dabei entdeckten uns einige Wachen. Sie wollten Judith fangen und schossen sogar auf mich. Da wurde Judith böse und griff die Menschen an. Sie tötete einen nach dem anderen in einem fairen Kampf. Ich hielt ihr nur den Rücken frei und tötete jeden, der später in den Raum dazukam. Als keiner mehr kam, packten wir die Wolfsfelle zusammen und verschwanden mit ihnen durch ein Fenster. Unser Weg zurück, führte uns zu jedem Haus, in welchem wir zuvor ein Fell gesehen hatten. Wir drangen überall ein und nahmen die Pelze mit. Wenn ein Mensch dazukam und sich wehrte, töteten wir ihn und zogen weiter.

Als wir schon sieben Felle hatten, spürten uns eure drei Wölfe auf. Sie stellten uns gerade in einem Haus, wo der achte Wolf hing. Als Aron und Malachon uns sahen, erkannten sie sofort, was wir taten und zogen sich zurück. Jetzt wollten sie nicht mehr mit Judith oder mir kämpfen, denn sie erkannten das Ehrenhafte an unserem Tun. Cid verzichtete zum Glück auch auf einen Kampf, da in dem Haus die Überreste seines Vaters an der Wand hingen. Er wollte Judith erst in Danuvia herausfordern und uns bis dahin helfen, die restlichen Wolfsfelle zu beschaffen. Aber Judith wollte das nicht und begann, mit Cid zu streiten. Sie sagte, dass es ihre alleinige Aufgabe wäre und er nichts damit zu tun haben sollte. Sie beleidigte und provozierte ihn in ihrer Wut, bis Cid Judith angriff. Doch er hatte sich einen denkbar ungünstigen Tag ausgesucht, denn das war wieder einer ihrer unberechenbaren Tage. Cid sprang Judith auf die gewohnte Wolfsart an, aber für sie war es kein Problem, auszuweichen. Viel zu oft hatte sie die Abwehr eines solchen Angriffs schon geübt. Ich stand neben Aron und Malachon und sah ihrem Rangkampf zu. Sie kämpften hart aber fair, wie es sich für Wölfe gehört. Judith brauchte aber nicht lange, um Cid zu dominieren.

Aber leider beruhigte sie sich nicht einmal, als er ihr das Zeichen seiner Unterwerfung gab. Sie schlug weiter auf ihn ein und hätte ihn fast getötet, so blind war sie vor Wut.

Dazu muss ich sagen, dass sie nicht nur einen schlechten Tag hatte und von Haus aus unberechenbar war, sondern sie hatte kurz zuvor den Besitzer des Hauses getötet, der mit einem Gewehr auf sie geschossen hatte. Es war eindeutig, sie hatte sich nicht im Griff.

In diesem Zustand war sie eine Gefahr für uns alle. Schweren Herzens stürzte ich mich auf die überraschte Judith und biss sie in den Nacken, bis sie bewusstlos wurde.

Hätte ich nicht eingegriffen, wäre Cid jetzt tot. Ich wusste aber, dass Judith das in Wirklichkeit nicht wollte, doch sie war in einem regelrechten Blutrausch. Die Absichten der drei Herausforderer waren ehrenhaft, darum sollte sie nicht ihr eigenes Volk töten. Als Judith wieder aufwachte, hatte sie sich wieder beruhigt und anerkannte Cids

Unterwerfung, wie es bei den Wölfen üblich ist. Judith packte auf jeden der drei abwechselnd die Felle und ließ sie die Helden, wie sie sagte, nach Hause tragen. Wir holten noch die restlichen Wolfsfelle und kamen anschließend zurück. Den Rest kennt ihr ja. Jetzt, wo Judith eine Frau ist und als Alpha bei euch anerkannt wurde, ist alles gut. Ihre Stimmungsschwankungen sind momentan vorüber und somit auch ihre unberechenbar böse Art. Sollte sie wieder in blinde Wut kommen, sperrt sie einfach ein, bis es vorüber ist. Jeder, der ihr dann zu nahe kommt, ist in Gefahr. Hier in Danuvia ist ihr weder Wolf noch Mensch gewachsen. Ich möchte sie dann nicht als Gegnerin haben. Ich kann euch nur vor ihren Kräften warnen, unterschätzt sie nicht, nur weil sie ein kleiner, zarter Mensch ist. Sie könnte jeden hier töten und ihr könntet auch mit den Wölfen nichts gegen ihre Wutausbrüche tun. Sperrt sie ein, wenn sie Anzeichen ihres Zorns zeigt. Beschützt euch vor Judith und sie vor sich selbst!<<

Das erklärte für mich und Gabriel doch einiges und ich war genauso wie Gabriel über das Erzählte erstaunt. Die Warnung von Dämon wegen Judith ließ uns allerdings nicht kalt. Wir beschlossen, sie zu beobachten und vorsorglich untersuchen zu lassen. Dabei dachte ich schon einmal darüber nach, das Gehörte Luise in einer harmloseren Version zu erzählen. Wichtig war nur, dass jeder, der mit ihr verbunden war, auf ihre Gefühlsregungen achten musste. Denn wenn das stimmte, was Dämon erzählte, war sie in dieser Zeit wirklich eine Gefahr für uns alle.

Als ich das nächste Mal Elias davon berichtete, lachte er kurz und meinte belustigt: >>Na so lange sie mich nicht frisst, ist alles in Ordnung, ich möchte ihr doch nicht den Magen verderben.<<
Das war wieder einmal genau Elias Humor. Er konnte mit dem Tod nichts anfangen und Kämpfen war er ja nach 2000 Jahren auch gewohnt.
Raphael und Uriel wussten bereits über ihre außergewöhnliche Kampfkraft Bescheid, aber auch sie passten von nun an besser auf ihr Gefühlsleben auf. Das war ab nun eine überlebensnotwendige Tatsache.

Kapitel 12
Staatsbesuch

Ein paar Wochen vergingen und wir führten in dieser Zeit mehrere Untersuchungen an Judith durch. Ihre unberechenbaren Gefühlsregungen, wie die Ärzte das nannten, sowie die außergewöhnliche Kraft mussten ergründet werden. Denn so war sie für uns alle eine wandelnde Zeitbombe. Niemand konnte mit Gewissheit sagen, ob und wann sie losgehen würde. Für Judith war dies eine schwere Zeit, denn sie musste in einem extra gesicherten Raum leben. Ihre Arme und Beine wurden mit einem Stahlseil gesichert und sie konnte sich nur bis zur Hälfte des Raumes bewegen. Wir besuchten sie aber täglich und verbrachten viele Stunden mit ihr. Sie konnte ja nichts für ihren Zustand und anfangs glaubten alle, dass es mit dem Wolfsblut in ihr zu tun hatte.

Judith unterzog sich während dieser Zeit unzähligen, freiwilligen Bluttests und anderen Untersuchungen, denn auch sie wollte endlich herausfinden, was mit ihr nicht stimmte. Sie litt sehr unter der Tatsache, eine ständige Gefahr für uns alle zu sein, und stimmte daher allem zu, was wir an ihr testeten. Ihre gewalttätigen Wutausbrüche, kamen jedoch immer unvermittelt und Judith war dann nicht mehr ansprechbar. Sie schäumte aus ihrem Mund und gebärdete sich in ihren Anfällen wie ein wildes Tier. Dadurch, dass ihre Sicherungsseile nur bis zum halben Raum reichten, konnten wir bei einem Anfall in die andere Hälfte des Raumes flüchten und mussten sie nicht ganz verlassen. Wie sich jedoch herausstellte, hatte ihr Wolfsblut nicht unmittelbar etwas mit ihren Anfällen zu tun. Es war vielmehr ein extrem hoher Stoffwechsel, der zu einer Unterzuckerung und einigen anderen Mangelerscheinungen führte. Diese Kombinationen brachten ihre Hormone durcheinander und lösten diese gewaltigen Wutausbrüche aus. Als unsere Ärzte das herausfanden, waren wir alle ziemlich erleichtert. Auf diesen Mangel konnten wir relativ leicht reagieren. Judith musste nur öfter und genug Essen. Ein für sie entwickelter Vitamin- und Nahrungsergänzungs-Cocktail in Form einer größeren Pille regelte ihren Hormonhaushalt und machte ihr Verhalten wieder sicherer. So konnte sie wieder unter uns und den Wölfen leben, ohne eingesperrt zu werden.

Raphael und Judith verbrachten viel Zeit zusammen und er zeigte ihr unter anderem, wie man seine Gefühle besser beherrschen konnte.

Gabriel nahm sich Saschas Rat ebenfalls zu Herzen und bot Judith seine Hilfe an. Zusammen lehrten sie Judith, ihre Wut vorzeitig zu erkennen und zu kontrollieren.

Wie wir erst nach und nach erfuhren, durchflutete Raphaels Blut auch Judiths Körper und veränderte ihn langsam aber stetig. Judith bekam damit all die Stärken, die ein Kriegswolf besaß. Selbst ihre Haut wurde so unverwundbar wie Raphael selbst. Sie war jetzt eine vollkommene Kriegerin geworden und begann sogar langsam, unsere Kämpfer zu trainieren.

Damit konnten sich auch die Danuvianer weiterentwickeln, denn Judith hatte einen komplett neuen Kampfstil entwickelt. Selbst Arktos war erstaunt über diese kleine, zarte junge Frau, die sich so unglaublich wandelte und selbst ihn und seine Schatten bei Weitem übertraf. Judiths ehemalige Krebserkrankung hatte in den Anfangsjahren ihre körperliche Entfaltung gestört. Darum blieb sie als Frau eher klein und zierlich. Sie konnte auch mit Raphaels Blut die anfangs verlorene Entwicklung nicht mehr vollständig aufholen. Das jedoch merkte man heute an diesem kleinen Energiebündel nicht mehr.

Aber so energiegeladen, wie Judith auch war, konnte sie Ares nicht zum Kampftraining überreden. Die beiden waren wie Licht und Schatten, zogen sich jedoch stark an. Es war schon eine Ironie des Schicksals, den Schwächsten und den Stärksten unseres Volkes verband eine starke Zuneigung und zarte Liebe. Seitdem Judith draußen in der Welt gewesen war, liebte sie wie Emelie und Leon das einfache Sitzen vor einem Eingang. Sie genoss es einfach mit Ares, einen Sonnenuntergang oder den Nachthimmel am Eingang zu genießen.

An einem dieser Tage, als Judith gerade mit Ares draußen saß, kam Emelie alleine beim Rampeneingang angerannt. Außer Atem schrie sie die beiden schon von Weitem an, sie müssten sofort verschwinden, weil die Polizei hinter ihr her sei. Nun war Judith keine, die vor etwas davonlief. Doch unsere Anweisungen bezüglich der Außenwelt waren eindeutig geregelt.

KEINE Konflikte mit Menschen von draußen. Wir mussten uns daran halten, sonst wären wir sofort aufgefallen. Jeder, der hinausging, wusste das auch und musste sich eisern daran halten. Die drei entwischten anschließend durch den Rampeneingang und beobachteten über die Monitore ihre vermeintlichen Verfolger. Tatsächlich kamen nur wenige Minuten später ein paar Einsatzwagen der Polizei am Donauwall angefahren und durchsuchten die Umgebung. Emelie war voller Panik und erzählte Judith mit weinerlicher Stimme, was draußen passiert war. Zum Glück war Ares dabei und hielt Judith davor zurück, wieder hinauszugehen. Es wäre nicht auszudenken gewesen, was alles passieren könnte, wenn Judith sich da draußen mit den Einsatzkräften angelegt hätte. Aber Ares blieb besonnen und rief mich sofort über unsere Lautsprecheranlage zu sich. Als ich ankam, weinte Emelie immer noch und Judith erzählte mir in Kurzform, was sie wusste.

Im Prinzip war es keine große Sache gewesen, denn Emelie und Leon waren nur zufällig in eine Ausweiskontrolle der Polizei geraten. Das Problem daran war jedoch, dass wir in Danuvia keine Ausweise besaßen. Als Emelie sich beruhigt hatte, erzählte sie uns alles selbst.
Die beiden waren gerade am Heimweg gewesen, als die Polizei sie und einige fremde Personen aufhielt. Irgendwo in der Nähe hatte es einen Banküberfall gegeben und so wurden massenhaft Leute kontrolliert. Als sich die beiden jedoch nicht ausweisen konnten, wollte sie der Beamte auf das Polizeirevier mitnehmen, um eine

Personenidentifikation durchzuführen. In Panik liefen die beiden einfach davon, denn dieser Datenabgleich hätte wohl kein Ergebnis gebracht. Für Leon war es kein Problem, zu flüchten, Emelie hingegen konnte nicht so schnell laufen. Leon beschloss daher, ihr einen Vorsprung zu verschaffen und legte sich mit ein paar Polizisten an. Emelie nutzte die Chance und entkam, aber von Leon fehlte seither jede Spur. Nun hatten wir ein Problem, über das ich schon länger nachgedacht hatte. Jeder Ausflug unserer Leute in die Stadt war immer mit der Gefahr einer Polizeikontrolle verbunden gewesen. Das lag hauptsächlich daran, dass Danuvianer sich einfach anders verhielten als die restlichen Menschen da draußen. Ihre unbedarfte Art konnte schon Mal auffallen und wenn es blöd herging, wäre das Unglück passiert. Ich rief daher sofort Gabriel und Elias, um mit ihnen zu überlegen, was wir nun tun konnten.

Während wir am Überlegen waren, tauchte plötzlich Leon wieder auf. Ihm war die Flucht gelungen und er war durch den Reichsbrückeneingang wieder nach Danuvia gekommen. Leon erzählte uns, dass er kurz mit den Polizisten gerauft hatte. Seine Geschichte zeigte uns aber auf, dass es so nicht weitergehen konnte. Zum Glück verletzte er niemanden, denn er spielte nur herum, wie er grinsend sagte, um Emelie einen Vorsprung zu verschaffen. Danach setzte er sich selbst ab und verschwand, denn mit seiner Laufleistung konnte keiner der Polizisten mithalten. Ich war froh, dass Leon so besonnen gehandelt hatte, ich wollte mir gar nicht vorstellen, was alles passieren hätte können, wenn Judith in so eine Lage gekommen wäre. Sie hatte sich zwar schon gut im Griff, aber das wallende Wolfsblut in ihr hätte Schreckliches anrichten können.

Elias schlug vor, im großen Stil gefälschte Ausweise herzustellen, wie er sie selbst für seine unzähligen Identitäten verwendete. Für mich war es aber keine gute Idee. Denn wenn einmal ein solcher Ausweis auffallen würde, hätten wir ein noch größeres Problem. Für Gabriel war das sowieso kein gangbarer Weg, denn er meinte immer, „Danuvianer lügen und betrügen nicht."

Wir dachten noch eine Weile nach und dann sagte Gabriel: >>Was haltet ihr davon, wenn wir die Flucht nach vorne antreten? Bis jetzt blieben wir unsichtbar für die Außenwelt. Was, wenn wir eurem Präsidenten einen Besuch abstatten und ihn überzeugen, dass wir keine Feinde sind?<<

Elias unterbrach ihn gleich und meinte: >>Hast du das letzte Mal vergessen, als sie gekommen sind?<<

>>Nein<<, antwortete Gabriel, >>aber dieses Mal kommen wir zu ihnen oder ihm!<<

>>Und wie willst du mit einem Trupp schwer bewaffneter Männer und Wölfen durch die halbe Stadt kommen? Dann sind da auch noch die Wachen, die wenig Begeisterung zeigen werden, wenn du mit deinen Männern zum Präsidenten willst<<, entgegnete ihm Elias.

>>Wir haben etwas, das sie nicht haben und das ist Ares. Er wird uns unbemerkt direkt in das Büro eures Oberhauptes bringen. Den Rest erledige ich dann schon<<, erwiderte Gabriel selbstbewusst.

>>Da fällt mir etwas dazu ein<<, ergänzte ich: >>Wenn wir ein bisschen Show daraus machen und ihn am richtigen Fuß erwischen, brauchen wir gar keine gefälschten Ausweise mehr. Du Gabriel magst nicht lügen, aber Elias und ich lebten davon. Wir können und dürfen zum Wohle Danuvias lügen. Also lass uns nur machen und widersprich einfach nicht, wenn wir mit ihm reden.<<

Da überlegte Gabriel kurz und fügte noch an: >>Wenn wir gerade das eine klären, dann können wir auch die Knochen unserer Verstorbenen zurückfordern. Die haben sie das letzte Mal ja mitgenommen und bis jetzt nicht an uns zurückgegeben. Vergesst auch nicht, es geht von ihnen noch immer eine große Gefahr für die gesamte Menschheit aus!<<

Das leuchtete ein, denn die Verstorbenen waren ja am Keulenpilz zugrunde gegangen. Wir besprachen noch die Details und überlegten, wer zu dieser Mission mitkommen sollte. Wir durften nicht zu viele sein, damit Ares nicht überlastet wäre. Außerdem mussten wir zusammen relativ nah an den ganzen Wachen vorbei. Elias konnte uns ja nicht in mehrere Gruppen aufteilen. Die Idee war gut aber knifflig. Als wir unseren Plan fertig hatten, holten wir Ares dazu und unterbreiteten ihm unser Anliegen. Er war jedoch wenig begeistert von unserer Idee und wollte nicht in die Stadt. Ares war noch immer ein ängstlicher, zurückgezogener, junger Mann, der sich selbst nicht einmal verteidigen konnte.

Egal, wie sehr wir ihn baten, er lehnte ab. Jetzt konnten wir unser ausgetüfteltes Vorhaben nicht mehr durchführen. Etwas frustriert über seine Weigerung beendeten wir unsere Besprechung und vertagten auf den nächsten Tag. Wir brauchten dringend einen neuen Plan. So schnell konnten und wollten wir nicht aufgeben.
Am nächsten Morgen trafen wir uns wieder bei mir zu Hause und begannen erneut, unser Vorhaben zu überarbeiten. Doch so viel wir auch darüber nachdachten, kein Plan funktionierte, ohne gleich einen Krieg anzuzetteln. Unbewaffnet zu gehen kam für uns alle nicht in Frage, jedoch würden wir bewaffnet in Wien nicht weit kommen. Wir brauchten Ares, aber der weigerte sich immer noch. Gerade als ich seinen Namen in der Runde aussprach, kamen er und Judith Hand in Hand um die Ecke ins Wohnzimmer gebogen. Mit im Schlepptau waren Dämon und Raphael. Wir begrüßten einander und fragten Ares natürlich sofort, ob er es sich anders überlegt hätte.

Seine Antwort erfreute uns aber weniger, denn er bestimmte: >>Nur wenn Judith, Dämon und Raphael mitgehen.<<

Da schloss sich Judith gleich an und erklärte: >>Ares erzählte mir, was ihr vorhabt. Er traut sich das nicht alleine zu, aber mit Dämon, Raphael und mir würde er es sich trauen.<<

Raphael brummte kurz aber markerschütternd und Judith übersetzte: >>Raphael kommt natürlich auch mit, flüsterte er gerade.<< Dabei lachte sie etwas schelmisch und fügte hinzu: >>Ja Papa ich weiß, wir vergessen dich nicht schon wieder.<<

Wir drei sahen die Vier an und ich fragte etwas unsicher: >>Bist du sicher, Judith, dass du schon soweit bist, um mit uns rauszugehen? Du weißt, dass wir in keinen Kampf ziehen, oder es brauchen können, dass du bei der ersten leichten Bedrohung Amok läufst! Wir alle wissen, dass du eine große Bereicherung sein kannst, wenn du deine Emotionen im Griff hast. Aber ich bin nicht überzeugt, ob du jetzt schon soweit bist.<<

Judith sah mich enttäuscht an und antwortete: >>Ich hab jetzt monatelang mit euch trainiert, um mein Blut zu beherrschen. Ich esse viel und hab mit den Tabletten alles gut im Griff. Irgendwann muss ich rausgehen, um es euch zu beweisen Ihr zwei Papas und Gabriel seid dabei und zur Not wäre noch Dämon da, der mich schon einmal ruhig gestellt hat. Ich weiß, ich schaffe das und werde ruhig bleiben, gebt mir bitte eine Chance. Vertraut mir doch endlich!<<

Ich sah Gabriel und Raphael an und fragte sie nach ihrer Meinung. Die Mission war zu wichtig, um daran zu scheitern.

Da brummte Raphael wieder und Gabriel sagte:
>>Wir beide haben in letzter Zeit viel mit Judith
gearbeitet, ich denke, wir können ihr vertrauen. Sie
hat sich immer gut unter Kontrolle gehabt und
notfalls sind wir alle für sie da. Wir werden das
schon zusammen schaffen. Und du Ares, bist du
sicher, dass du uns unbemerkt durch die Stadt
bringen kannst? Wir sind doch eine große Gruppe
und die Strecke ist auch nicht zu unterschätzen!
Traust du dir das wirklich zu? Wir können nämlich
nicht auf halbem Weg wieder abbrechen.<<

Ares, wie immer kurz angebunden, nickte und
meinte: >>Mit Judith und Dämon sicher.<<

Na ja, jetzt musste ich es wohl akzeptieren, aber
ganz wohl war mir bei der Sache nicht. So erklärten
wir ihnen noch den Plan und setzten das ganze
Team zusammen, das uns begleiten sollte.
Außer den bereits Erwähnten wollten wir noch
Uriel, Arktos und zwei seiner Schatten mitnehmen.
Damit wäre unser Team vollständig und zu Elft
hätten wir eine gute Chance, unbemerkt in die
Hofburg zu kommen.

Wir informierten noch Arktos, denn er sollte seine
zwei besten Kämpfer mitnehmen. Zwar gab es nur
wenige Schatten, aber durch ihr lebenslanges,
extremes Training bildeten sie die Elitetruppe von
Danuvias Streitmacht. Wir wollten zwar nicht in
den Krieg ziehen, aber wir wollten auch kein
leichtes Opfer werden, sollte unsere Mission
scheitern.

Abschließend fixierten wir noch einen Tag, an dem der Bundespräsident mit Sicherheit in seinem Büro war. Elias hatte nämlich sehr gute Kontakte, bis in die höchsten Regierungskreise. Sie informierten ihn, wann der große Mann anzutreffen war.

Am Tag unseres Vorhabens rief Gabriel noch unser gesamtes Heer zusammen und versetzte es in Bereitschaft, um uns gegebenenfalls zu retten. Danach verabschiedete ich mich noch bei Luise und Emelie, damit wir endlich losgehen konnten. Ares baute sein Kraftfeld um uns herum auf und wir verließen Danuvia beim Reichsbrückenausgang. Von hier war es ins Zentrum der Stadt am nächsten. Wenn ich es so im Nachhinein betrachtete, wollten wir zwar keine Schlacht führen, waren aber so bewaffnet, als wollten wir zwei Kriege gewinnen. Unser Misstrauen war auf jeden Fall sehr hoch, wir begaben uns ja auch direkt in die Höhle des Löwen. Zwar war es ein zahnloser Löwe, den wir aufsuchen wollten, aber rund um ihn gab es sehr viele Sicherheitsleute, die nicht zögern würden, uns anzugreifen.
Von der Reichsbrücke zur Hofburg war es unter normalen Bedingungen nur eine Stunde Fußweg. Aber weil wir ständig aufpassen mussten, dass nicht fremde Leute in uns hineinliefen, dauerte es mehr als drei.

Dann endlich standen wir vor dem imposanten Bauwerk der kaiserlichen Hofburg, dem Sitz des Staatsoberhauptes. Der Weg bis hierher sollte die leichtere Aufgabe gewesen sein, nun kam die wahre Herausforderung auf uns zu. Wie sollten wir unbemerkt in die Hofburg kommen? Immerhin mussten wir ja Türen auf- und zumachen, ohne dass jemand etwas mitbekam.

Wir warteten einige Zeit, bis sich eine gute Gelegenheit vor dem Eingang ergab und schlüpften mit einem einfahrenden Fahrzeug rasch mit hinein. Als wir im Hof standen, mussten wir nur noch bei einem Eingang hinein, Treppen hoch und auf einem Flur warten, der direkt ins Vorzimmer des Präsidenten führte. Bei dieser Aufgabe hatte ich ein wenig Heimvorteil, denn mein Glück war, dass ich in meiner Zeit vor Danuvia ein paar Mal beruflich hier gewesen war. Aus dieser Zeit waren mir die kürzesten Wege zum Staatsoberhaupt noch in Erinnerung.

Als eine Sekretärin die Tür öffnete, um kurz etwas zu holen, schlichen wir uns lautlos ins Sekretariat und warteten. Ich hatte einen Plan, der aber nur funktionierte, wenn wir unbemerkt in sein Großraumbüro vordringen konnten. Es war eine echte Geduldsprobe, denn wir standen ganz leise in einer Ecke und warteten gefühlte fünf Stunden, bis endlich ein Amtsdiener seine Tür öffnete und offenließ, um einen Akt zu holen. Das war unsere Chance, wir huschten allesamt in sein Büro und stellten uns an die Wand gegenüber seines Schreibtisches. Das Büro war riesig. Mit Sicherheit hatte es mehr als 200 Quadratmeter.

In dem Büro waren zwar keine Wachen, dafür aber auf den Gängen und Fluren. In der Zeit des Wartens zählte ich mindestens 100 Sicherheitsbeamte, die alle bewaffnet waren. Nun, vor den Waffen fürchteten wir uns nicht, denn ich hatte meinen kugelsicheren Anzug an und der Rest unserer Truppe war sowieso mit Pistolen und Gewehren nicht aufzuhalten. Wir wollten jedoch um keinen Preis der Welt hier auffallen und so musste jeder seine Rolle spielen, die er zuvor zugeteilt bekommen hatte. Als der Amtsdiener seine Akten brachte, die Tür hinter sich schloss und das Büro verließ, waren wir mit unserem Staatsoberhaupt alleine, der die ganze Zeit in seine Unterlagen vertieft am Tisch gesessen hatte und nichts von unserer Anwesenheit ahnte. Jetzt musste alles nur noch so klappen, wie ich es geplant hatte und wir hätten endlich keine Probleme mehr mit der Polizei oder sonstigen Regierungsbeamten.

Der Präsident war gerade in seinen Ordner vertieft, als ich mich direkt vor seinem Tisch hinstellte und Ares das Zeichen gab, mich für ihn sichtbar zu machen. Er sollte vorerst nur mich sehen können, während die anderen noch unsichtbar bleiben sollten.
Wir alle waren in traditionelle, Danuvianische Wollumhänge gehüllt und nicht geschminkt. Jeder konnte sofort erkennen, dass unsere Hautfarbe goldglänzend war und wir kein Teil eines normalen Volkes sein konnten. Ich wollte ihn nach unserem Plan gleich einschüchtern, damit er nicht auf dumme Gedanken käme. Arktos stellte sich inzwischen vor die Tür, damit wir nicht von

ungebetenen Gästen überrascht werden konnten
und ich begann mit meiner einstudierten Rede.

>>Gegrüßt seist du, Oberhaupt des Staates
Österreich<<, sagte ich zu ihm.

Er schreckte sofort hoch und sah mich entgeistert
an. Im ersten Moment brachte er keinen Ton heraus
und als er ansetzen wollte, um etwas zu sagen,
unterbrach ich ihn sofort.

>>Tu jetzt bitte nichts Unüberlegtes. Wir sind nicht
hier, um dir oder deinem Volk Schaden zuzufügen.
Ruf keine Wachen herein und hör vorerst nur zu,
was wir dir zu sagen haben. Danach entscheide, wie
es für alle weitergehen soll<<, sprach ich weiter.

Es fiel mir unglaublich schwer, diesen Mann per Du
anzureden, denn ich war kein geborener
Danuvianer. Ich war mit dem Obrigkeitsdenken
erzogen worden und hatte damit auch meine
Karriere in Wien begonnen. Daher war ich noch
immer von den alten Gesellschaftsregeln geprägt
und konnte das alles nicht so ohne Weiteres
abstreifen. Ich musste aber, um nicht aus meiner
Rolle zu fallen, so authentisch wie möglich als
Danuvianer überzeugen.

Aber meine Worte schienen ihre Wirkung nicht zu
verfehlen. Der Präsident nickte kurz verlegen, dann
fragte er eingeschüchtert: >>Wer sind Sie und was
wollen Sie hier? Wie sind Sie hereingekommen?<<

Da antwortete ich ihm: >>Wir sind Danuvianer, das vergessene Volk unter der Donau. Zehn Jahre ist es nun her, seitdem ihr uns entdeckt habt. Ich jedoch lebte früher unter eures gleichen und ihr nanntet mich Ed Danjie. Die Frage, wie wir hier hereinkamen, wirst du später noch sehen, nun ist es aber wichtiger, dass wir uns einig sind, dass wir jetzt ungestört miteinander reden können und keinen Verrat von deiner Seite erfahren.<<

Er sah mich immer noch verdutzt an und fragte: >>Wer ist wir? Wie viele seid ihr? Sie sind doch alleine hier!<<

Ich schüttelte den Kopf und entgegnete: >>Wir sind einige besondere Menschen, mit ungewöhnlichen, tierischen Begleitern. Du wirst sie gleich alle kennenlernen, wenn ich sie rufe. Aber habe ich dein Wort, dass du keinen Alarm schlägst und dir unser Anliegen in Ruhe anhörst?<<

Immer noch unsicher, was er jetzt tun sollte, willigte er etwas zögerlich ein und gab mir sein Wort uns vorerst zuzuhören, ohne Alarm zu schlagen.

Da sprach ich zu ihm: >>Sieh jetzt genau hin, hier aus der Wand, gegenüber von dir, werden nacheinander meine Begleiter kommen. Unsere Begleiter sehen zwar sehr gefährlich aus, aber du hast mein Wort, dass sie dir nichts tun werden. Erschrick nicht und bleib besonnen. Gabriel, du kannst kommen.<<

Das war das Zeichen für Ares, den Genannten sichtbar zu machen. Als Gabriel vor ihm wie aus dem Nichts heraus auftauchte, erschrak er zusehends und drückte sich verängstigt in seinen Sessel hinein.

Erneut sprach ich zu ihm: >>Das ist Gabriel, Sprecher des Volkes Danuvias. Er kommt, um dir ebenfalls etwas mitzuteilen. Auch rufe ich Elias herbei.<<

Ich musste innerlich lachen, weil diese Art zu reden überhaupt nicht zu mir passte. Aber ich musste ja eine Show abziehen, um ihn noch mehr einzuschüchtern, als er es schon war. Er musste das Gefühl vermittelt bekommen, dass nur wir hier das Sagen hätten und er keine Möglichkeit hatte, etwas daran zu ändern. Als Elias vor im auftauchte, wurde er in seinem Sessel noch kleiner.

Elias stellte sich vor ihn und meinte locker: >>Hab keine Angst vor mir, denn die, die da noch kommen, sind viel schrecklicher als ich.<<

Dazu grinste er auf seine ihm eigene Art, was ihn noch gefährlicher und wohl auch ein wenig verrückt erschienen ließ. Er musste eben immer etwas Komisches beitragen, egal, wo er gerade war. Seine lange Lebensspanne hatte ihn eben besonders gelassen gemacht. Er wusste ja, dass in 100 Jahren wieder alles ganz anders sein würde.

Danach rief ich Uriel und Raphael herbei, die auch prompt kamen. Nun war unser Mr. Präsident geschockt, als die beiden Wölfe mit ihrer unglaublichen Größe vor ihm auftauchten und ihn kurz einmal anbrummten. Ohne sich aufrichten zu müssen, blickten sie über den Tisch hinweg direkt auf ihn.

Ich sprach unser Oberhaupt mit ernster Miene zum lustigen Spiel an und meinte: >>Hab keine Angst, die beiden Wölfe sagten nur guten Tag zu dir.<<

Anschließend rief ich Dämon und Judith herbei und gab Ares das Zeichen, dass er auch Arktos bei der Tür sichtbar machen sollte. Jetzt war er so eingeschüchtert, dass er vor lauter Staunen keinen Ton mehr von sich geben konnte. Starr und sprachlos klebte er in seinem Sessel und umklammerte die Armlehnen. Weiß traten die Fingerknöchel hervor. Ja, er gab in diesem Moment schon ein komisches Bild ab, dachte ich und musste mich zusammenreißen, um nicht laut zu lachen.

Nun verkündete ich großspurig: >>Reicht dir das, oder soll ich noch mehr aus unserem Volk rufen? Wir können jederzeit und überall auftauchen, wenn wir die Raumschranke öffnen. Unsere Technologie ist der euren weit voraus, also lasst uns vernünftig miteinander reden. Du siehst also, dass es sinnlos wäre, uns bedrohen zu lassen, von deinem Sicherheitspersonal. Es würde nur unnötiges Blutvergießen auf eurer Seite geben und niemandem helfen. Aber das wisst Ihr ja ohnehin vom letzten Besuch eurer Soldaten bei uns. Jetzt, wo alle Vertreter unseres Volkes anwesend sind, schlage ich vor, dass wir über das Wesentliche reden, weswegen wir hergekommen sind. Ich möchte aber zuvor noch eine kurze Erklärung abgeben, was das Volk von Danuvia überhaupt ist. Vor zehn Jahren wurde bei der Donauwallsanierung ein geheimer Nazibunker entdeckt. Du weißt sicher davon. Nur, dieses Volk zu verleugnen, lässt sie nicht automatisch verschwinden. So schmerzhaft es auch für euer Ego sein mag, hier und jetzt endet eure Ignoranz. Dein Vorgänger beging diesen Fehler, begehe nicht auch du denselben. Die Nazis schufen seinerzeit die Danuvianer, dazu gehörten sowohl besondere Menschen, aber auch diese außergewöhnlichen Wölfe. Sie erschufen sie vor über 78 Jahren als Elitekämpfer für ihren Krieg. Doch der Krieg hat sie 1945 nicht mehr gebraucht und so blieben sie eingesperrt und wurden vergessen.

Ihre Welt veränderte sich nur wenig aus Mangel an Möglichkeiten, doch sie taten das, wofür sie geschaffen wurden. Sie perfektionierten ihre Fähigkeiten, die ultimativen Krieger zu werden. Bis zu jenem verhängnisvollen Tag ihrer Entdeckung durch uns, das war 2013, wusste niemand mehr von deren Existenz. Diese Entdeckung aber war der Beginn meiner Bestimmung. Denn zum ersten Mal in meinem Leben erkannte ich wahre Ehrlichkeit, Herzlichkeit, Wertschätzung und Anerkennung durch dieses Volk. Denn im Gegensatz zu uns Bewohnern der Oberfläche, kennt man in Danuvia keine Lüge und keine Falschheit. Ich kam damals als ihr Feind und wurde zum Freund und Teil dieses Volks. Eurem Nichtstun verdanke ich, dass ich fast alles verloren habe, außer meiner Familie.

Mein Haus und die Arbeit, meine ganze Existenz wurde mir genommen. Doch nun gehöre ich ihrem Volk als Waffenbruder an.

In Danuvia konnte ich mich entfalten und weiterentwickeln. Wie gesagt, bei uns gibt es keine Lügen, die mich selbst vergessen ließen, wer ich war. Es gibt hier ebenso keinen Betrug, keine Maske, die ich tragen musste. Eure Moralvorstellungen unterscheiden sich schon im Ansatz von ihrer wie Himmel und Hölle. Es ist wie Tag und Nacht. Bei euch herrscht Falschheit und Lüge, in Danuvia Ehrlichkeit und Offenheit. Oben beherrscht Gier und Machthunger das Denken, während bei uns Gemeinschaftssinn und Zusammenhalt das Denken bestimmt.

Wenn du dich später über mich erkundigst, wirst du feststellen, dass ich bei eurem Bundesnachrichtendienst gearbeitet habe. Ich war der Vermittler, den man damals rief, als dieses Volk entdeckt wurde. Doch ihr habt mich verraten und ich musste mit meiner Familie vor dem eigenen Volk flüchten. Ihr triebt mich in die Hände des damaligen Feindes, obwohl ich Euch rückblickend dafür unendlich dankbar sein müsste. Denn dadurch habe ich wahre Freundschaft und Loyalität kennengelernt. Doch das ist für uns alles Schnee von gestern und längst vergeben und vergessen. Wir trachten nicht nach Vergeltung für das Leid, das uns zugefügt wurde, weder von euch, noch von euren Vorfahren, den Nazis. Doch müssen wir jetzt etwas verändern, um nicht in eine Abwärtsspirale gezogen zu werden. Das Volk von Danuvia ist unser aller Vergangenheit und eure Zukunft.<<

Nachdem ich diese kleine Ansprache gehalten habe,
ließ ich nun Gabriel zu Wort kommen. Diese Show
hatte ich jedoch abziehen müssen, um auf den
Präsidenten einen richtig überlegenen Eindruck zu
machen. Ich trat einige Schritte zurück und stellte
mich zur Gruppe der Danuvianer.

Gabriel trat anschließend vor den Schreibtisch und
begann: >>Wie haben zwei Anliegen, die wir noch
heute klären müssen. Ich möchte nicht groß herum
reden, weil deine Zeit sicher kostbar ist. Darum
kommen wir gleich zur Sache. Das Erste ist, wir
verlangen die sterblichen Überreste unserer Ahnen
zurück. Ihr habt sie vor zehn Jahren mitgenommen,
als ihr uns gefunden habt und mit Soldaten
eingedrungen seid. Diese Knochen sind für uns als
Andenken jedoch wertvoll, aber für euch sind sie
lebensgefährlich. Sie tragen den gelben Tod in sich,
eine Seuche aus der Zeit und den Laboren der
Nazis. Sie hat unser Volk fast ausgerottet und ist für
euch Menschen absolut tödlich.
Wir haben nur durch unsere manipulierten Gene
überlebt. Ihr hingegen würdet davon vernichtet
werden. Euer Volk ist dieser Seuche nicht
gewachsen und ihr könntet ebenfalls nichts dagegen
tun, da es nach unserem Wissen kein Gegenmittel
in eurer Welt gibt.
Es handelt sich hierbei um einen modifizierten
Kernkeulenpilz mit einer Sterblichkeitsrate von 100
Prozent. Noch bevor ihr darauf reagieren könntet,
würden schon Millionen von Menschen einen
grauenhaften Tod sterben. Lasst es nicht soweit
kommen und übergebt uns unser Eigentum.

Unser zweites Anliegen ist, dass unser Volk spezielle Ausweise braucht, um für eure Staatsbeamten wie Polizei oder Militär unantastbar zu sein. Wir brauchen Immunität, damit wir uns unter deinem Volk aufhalten können. Wir versichern dir, dass keiner unserer Angehörigen euch Schaden zufügen wird. Sollte doch einmal etwas wider Erwarten vorkommen, werden wir selbst, nach unseren Gesetzen, über diese Person in Danuvia richten.<<

Da unterbrach ich Gabriel kurz und ergänzte: >>Wir verlangen für jeden von uns einen Diplomatenpass, der uns vollständig von den Behörden der Oberwelt abschirmt. Dieser Ausweis beschützt eure Exekutive und unsere Bürger aus Danuvia.<<

Gabriel sagte dann noch: >>Das wäre alles, mehr verlangen wir nicht von euch. Als freundliche Geste unsererseits bieten wir euch unsere fortgeschrittene medizinische Hilfe und einen Teil unserer Technik an.<<

Jetzt saß der große Mann klein und eingeschüchtert da und wusste nicht so genau, womit er es zu tun hatte. Man sah ihm direkt an, dass er verzweifelt über unseren geisterhaften Auftritt nachdachte. Das war auch gut und so von uns gewollt. Ich wollte keinen Zweifel darüber aufkommen lassen, dass wir schwach wären. Denn wenn Danuvia Schwäche zeigen würde, dann würden wie immer und überall die Piranhas zum Fressen kommen. Ich kannte das alte System zu gut und wollte ihm deswegen keinen Spielraum geben. Ja, meine Absicht zielte ganz klar

auf Einschüchterung ab, denn hier standen
hunderte Menschen und Wölfe auf dem Spiel, die
sonst unter die Räder kommen würden.
Doch kaum erklangen seine ersten Worte, wurde
mir klar, dass er nichts anderes wollte, als Zeit zu
gewinnen und sich auszureden.

>>Ich weiß von Ihrem Volk fast nichts und auch
nicht, woher Sie wirklich kommen. Sie können
jedoch nicht in meine Kanzlei kommen und so mit
mir reden oder gar solche Forderungen stellen.<<

Da unterbrach ich ihn gleich wieder und stellte
forsch fest: >>Bitte, Herr Präsident, spiel uns keinen
unwissenden Narren vor. Unser Anliegen ist viel zu
wichtig, um daraus ein Katz- und Mausspiel zu
machen, oder gar Forderungen von Deiner Seite zu
stellen. Ich kenne unsere Regierung und ihre leeren
Versprechungen. Wir wissen, dass du alles von uns
weißt. Wir müssen nicht um unser Recht bitten, das
ihr zu unserem Unrecht gemacht habt. Hat es dir
nicht ausgereicht, dass wir dir zeigten, wozu wir
und unsere Technik im Stande sind? Vergiss nicht,
in der hellsten Sonne erscheinen unsere Schatten
direkt neben oder hinter dir.
Das Verhandeln ist zehn Jahre her und jetzt fordern
wir unseren Teil ein. Willst du uns tatsächlich
weismachen, dass du nichts von der Schlacht an der
der Grenze zur Slowakei gehört hast? Wo unsere
Krieger starben, weil DEINE Regierung und Armee
zu feige war, sich zu stellen? Willst du auch nichts
von der Schlacht am Steinwaldgebirge zur Ukraine
gewusst haben? Oder was war mit der riesen
Streitmacht, dem Söldnerheer, das uns mitten in

Wien bei der Reichsbrücke angegriffen hat? Unsere kleine Armee hat dieses gewaltige Heer zurückgeschlagen, vor dem sich ein ganzes Land gefürchtet hat! WIR verteidigten euer Land mit unserem Blut! Der einzige Grund, warum du oder irgendjemand in diesem Land noch lebt, waren unsere Krieger, die euch beschützten. Und jetzt willst du uns weismachen, du wüsstest von nichts? Ich denke, wir haben mehr verdient, als verleugnet zu werden. Wir werden nicht bitten oder betteln für etwas, das uns schon lange zusteht.<<

Jetzt war ich sauer und fuhr ihn richtig an.

Dann packte ich sein Telefon am Tisch, schob es zu ihm hin und fauchte: >>Ruf sofort Generalmajor Berger, Oberst Müller, Leutnant Schmidt und Leutnant Redl vom Bundesheer an und zitiere sie hierher! Sie werden unsere Existenz bestätigen. Jetzt sofort!<<

Ich war selbst überrascht über mein forsches Auftreten, aber ich empfand es als eine Frechheit, uns weismachen zu wollen, dass er nichts wusste. Als er etwas zögerlich und langsam zum Telefon griff, bekam ich unerwartete Unterstützung von Uriel. Er machte nämlich zwei Schritte auf den Tisch zu und knurrte dabei bedrohlich.

Als er dies tat, sagte ich dazu: >>Das ist ein Kriegsgeneral der Wölfe. Lass dich nicht davon täuschen, dass er ein Wolf ist, er versteht jedes Wort, das du sagst. Außerdem war er es, der vor zehn Jahren euren ach so großartigen Generalmajor

Berger in seine Schranken gewiesen hat. Wir alle hier, Danuvianer und Wölfe kommen heute wie damals nicht als Bittsteller, sondern als ein Volk, das seine Grundrechte einfordert.<<

Da trat Raphael ebenfalls auf ihn zu, stellte sich unmittelbar neben ihn hin, hob seinen Kopf zu seinem Ohr und aus seiner Schnauze kamen tiefe Töne: >>Tu es Mensch, oder ernte die Früchte deiner Taten!<<

Jetzt war der große Mann komplett von unserem Auftreten verwirrt und verängstigt. Scheinbar war gerade der letzte Rest Widerstand in ihm zerborsten. Ohne ein weiteres Wort zu verlieren tat er, wozu wir ihn aufgefordert hatten und rief mit leicht zitternder Hand die verlangten Militärs herbei.
Ich sah völlig überrascht zu Gabriel hinüber und konnte kaum fassen, was Raphael gerade getan hatte. Er konnte sprechen wie ein Mensch! Der Präsident bemerkte von unser aller Staunen nichts, denn für ihn war alles, was gerade passierte, pures Neuland. Jeder von uns staunte gewaltig über Raphaels Auftritt, nur Judith grinste etwas frech herüber zu mir.

Dabei merkte sie lächelnd so nebenbei an: >>Das Blut veränderte nicht nur mich, Papa.<<

Der große Staatsdiener verstand diese Anspielung natürlich nicht, wir aber schon. Souverän bauten wir das gerade Erlebte als selbstverständlich in unser Gespräch ein. In der Zwischenzeit beruhigte er sich wieder etwas und wir unterhielten uns im ruhigen Ton miteinander. Wir trugen ihm unsere restlichen Vorschläge vor und machten ihm ein miteinander schmackhaft. Natürlich hätten wir auch anders gekonnt, aber wir wollten keinen Krieg beginnen.

Wir wollten nur in Frieden unter Wien leben. Danuvia wollte nur sein Recht auf Freiheit und Unabhängigkeit. Wir wussten aber auch, dass wir niemals öffentlich anerkannt auftreten konnten, denn die Folgen wären wieder nur Neid und Missgunst gewesen. Mit der Zeit des Wartens entspannte sich die Lage und ich hatte das Gefühl, unserem Ziel echt näherzukommen. Da läutete das Telefon und eine Sekretärin kündigte die vier herbeibefohlenen Militärs an. Ich machte klar, dass sie hereinkommen sollten und gab Ares das Zeichen, uns alle wieder verschwinden zu lassen. Augenblicklich verschwanden wir wieder aus dem Blickfeld des Präsidenten.

Die vier wurden hereingerufen und stellten sich vor dem großen Schreibtisch auf. Man sah ihrem Gesichtsausdruck an, dass sie keinerlei Ahnung hatten, warum sie herbefohlen worden waren. Als die Tür wieder geschlossen wurde und wir mit ihnen alleine waren, begann das Spiel von vorne. Ich gab Ares das Zeichen und er machte mich für die anderen wieder sichtbar.

Aber dieses Mal stand ich direkt neben dem Präsidenten und blickte die vier verdutzt schauenden Männer an.

Dabei sagte ich mit ruhiger Stimme: >>Ich begrüße die Herren. Können Sie sich noch an mich erinnern?<<

Oberst Müller, Leutnant Schmidt und Leutnant Redl erkannten mich sofort und waren sichtlich erschrocken über mein plötzliches Erscheinen.

Oberst Müller stammelte: >>Herr Danjie, was machen Sie hier und wo kommen Sie so plötzlich her?<<

Meine Antwort darauf war: >>Ich bin hier, weil ich heute ein Volk vertrete, das ihr totgeschwiegen habt. Aber ich bin nicht alleine gekommen, ihr dürft auch die anderen Abgesandten begrüßen.<<

Dabei gab ich Ares ein Zeichen und er ließ alle auf einmal hinter dem Präsidenten erscheinen. Als wir alle sichtbar waren, wollte Generalmajor Berger sofort durch die Tür zum Sekretariat verschwinden. Da stand ihm aber schon Uriel und Arktos mit seinem Schwert im Weg, der immer noch die Türe sicherte.

>>Nicht so schnell! Wir tun niemanden etwas<<, meinte ich ruhig zu ihm. >>Da ist noch jemand, den du ja gut kennst, er freut sich auch, dich zu sehen.<<

Dabei zeigte ich auf Uriel, der vor ihm stand. Die anderen drei wichen etwas zurück und standen nur wortlos da, doch blass waren sie alle im Gesicht.

Als sich der erste Schock gelegt hatte, fuhr ich fort: >>Keine Angst, es passiert niemanden etwas. Wir sind nur da, um eine belastende Situation klarzustellen. Das Volk von Danuvia wollte vor zehn Jahren Frieden und eine Koexistenz mit Österreich. Heute setzen wir unser damaliges Anliegen um, da seither niemand darauf reagiert hat. Hat es euch nicht verwundert, warum ich nicht mehr da war, nachdem ihr das Loch bei der Brücke einfach zugeschüttet habt? Ich möchte das jetzt gar nicht mehr groß erklären, aber stellen wir eines klar. Ich gehöre heute zu den Danuvianer, sie sind jetzt mein Volk.<<

Da unterbrach mich Elias: >>Nun musste ich dreimal hinsehen, um es glauben und verstehen zu können.<<

Dabei zog er unvermittelt seine Pistole aus dem Halfter und drückte sie Generalmajor Berger an die Stirn.

>>Soll ich dich gleich hier abknallen, du erbärmliche Ratte? Du bist also der Verräter, der uns an vier Finger Joe verkauft hat. Oder sollte ich besser sagen, Josef Mengaler, der Schlächter von 10000 Unschuldigen in seinen Versuchslaboren? Normalerweise hätte einer wie du es verdient, dass ich ihn sofort erschieße oder den Wölfen zum Fraß vorwerfe.<<

Wir sahen alle verwundert Elias an und ich fragte ihn: >>Was meinst du damit? Warum willst du ihn umbringen?<<

Da erwiderte er: >>Euer Generalmajor
Schweinepriester ist ein Verräter! Ich saß mit ihm
an einem Tisch, als wir eure Vernichtung planten.
Nur wusste ich damals nicht, dass er der
Generalmajor Berger ist, der ebenfalls den Einsatz
bei der Reichsbrücke geleitet hat. Er hat euch an
vier Finger Joe verkauft und die geheimen
Informationen weitergegeben, um euch zu stürmen.
Wegen ihm sind eure Krieger und Wölfe bei der
Schlacht im Grenzwald gefallen. Nur nannte er sich
damals nicht Berger, sondern Simons. Er wollte
auch Österreich übernehmen, wenn es zum Krieg
gekommen wäre und die Söldnerarmee die
Regierung gestürzt hätte. Ich hab ihn erst
wiedererkannt, als er hier zur Tür hereinkam.<<

>>Das stimmt nicht, es muss eine Verwechslung
sein<<, stammelte Berger. >>Ich kenne sie nicht und
habe mit ihrer Anschuldigung nichts zu tun!<<

>>Und feige ist er auch noch, der große Krieger!<<,
brüllte ihn Eilas voller Sarkasmus an. >>Was denkst
du dir eigentlich, stellst du verlogenes Schwein
mein Wort in Frage?<<

Dabei schlug er ihm den Pistolengriff auf den Kopf,
sodass Berger zu Boden stürzte und auf den Knien
landete. Elias drückte ihm sofort den Lauf in den
Nacken, packte ihn an den Haaren und sah mich
fragend an.

>>Soll ich ihn gleich kalt machen, oder nehmen wir
ihn mit? Wir können ihn auch in Danuvia richten,
wenn ihr das wollt?<<, fragte Elias.

Der Präsident war von der ganzen Aktion so überrascht, dass er fragte: >>Können Sie diese schwere Anschuldigung auch beweisen? Immerhin ist das ein hoher Würdenträger unseres Militärs.<<

Da zog Elias sein Handy aus der Hosentasche und erwiderte: >>Ein Foto müsste doch reichen, wo wir alle an einem Tisch sitzen und siegessicher lachen.<< Dabei zog er Bergers Kopf an den Haaren hoch und hielt ihm das gemachte Foto vor die Nase. >>Na, das hättest du dir nicht gedacht, dass wir uns so wiedersehen. Ich dachte mir schon damals, dass es einen Verräter geben muss, weil vier Finger Joe so viel wusste. Aber ich hab nie rausgefunden, wer es war. Jetzt wissen wir es und nun, „Herr Präsident", weißt du auch, dass in deinem Land einiges nicht stimmt. Na ja, wenn ich mir eure korrumpierte Politik so ansehe, eure dunkle und korrupte Gier nach Macht und Reichtum, dann kannst du nicht verwundert sein. Egal, wohin ich komme, es ist seit zweitausend Jahren immer dasselbe Spiel. Verrat, Gier und Geld, sind der Grundstein jedes Landes.<<

>>Was meinen Sie mit zweitausend Jahren?<<, fragte ihn der Präsident verwundert.

Da sah ihn Elias an und erwiderte lachend: >>Ach, das ist nicht so wichtig. Viel wichtiger ist, was machen wir mit dem da?<< und dabei zeigte er auf Berger.

Wir alle sahen uns das Handyfoto an und da war eindeutig Berger zu erkennen. Er lachte siegessicher

und selbstgefällig in die Kamera, wie er es sonst
auch immer tat.

>>Das ist Hochverrat!<<, fauchte der Präsident
Berger an und schüttelte dabei den Kopf.
>>Sie wollten nicht nur dieses Volk vernichten,
sondern dazu auch Österreich. Nun, meine Herren,
das Ganze ist doch etwas anders, als ich gedacht
hätte. Ich werde, so gut es heute noch geht, Ihr
Unrecht wiedergutmachen.
Es soll nicht länger Unrecht bleiben. Es tut mir im
Namen des gesamten österreichischen Volkes leid,
was Ihnen allen angetan wurde. Ich werde mich ab
nun persönlich für Sie einsetzen. Sie alle haben
mein Wort als Präsident dieses Landes.

Aber nun zu Generalmajor Berger! Ich enthebe und
degradiere Sie von Ihrem Posten. Zuvor werden Sie
aber noch vor ein ordentliches Militärgericht
gestellt und wegen Hochverrats angeklagt. Aber wie
Sie vorhin selbst sagten, Herr Gabriel: „Sie werden
Ihre Leute nach Ihrem Gesetz richten", so möchte
ich mit meinen auch verfahren. Herr Berger wird
vor ein österreichisches Gericht gestellt und nicht
sofort von Ihrem Mann erschossen oder
mitgenommen. So kann das nicht laufen. Ich denke,
wir werden uns jetzt, nach Erkenntnis der neuen
Sachlage noch einmal zusammensetzen und eine
Lösung finden, die uns allen gerecht wird. Dieses
Mal werde ich als Oberhaupt von Österreich und als
Oberbefehlshaber des österreichischen Heeres mit
Ihnen an einem Tisch sitzen und eine
Verhandlungslösung ausarbeiten, die für beide
Seiten annehmbar ist. Ich gebe Ihnen mein Wort

darauf, dass Sie ab sofort nicht mehr bedroht oder angegriffen werden.<<

Gabriel sah ihn an und sagte anschließend: >>Ich vertraue deinem Wort als Volksführer. So wie ich dir jetzt vertraue. Wir werden uns anschließend zurückziehen und ich lade dich nach Danuvia ein, um auch dort zu verhandeln. Vergiss nicht, solltest du dein Wort nicht halten, können wir jederzeit und unvermittelt wiederkommen. Bring deinen obersten Militärführer und Polizeichef mit, sie müssen ebenfalls eingeweiht werden. Kommt in zehn Tagen ohne Waffen und Wachen zur Reichsbrücke. Dort befindet sich unser Eingang, wie alle Anwesenden wissen. Ich garantiere persönlich für eure Unversehrtheit. Regelt das mit den Pässen und bringt unsere Verstorbenen zurück. Dann werden wir weitersehen und eine gütliche Lösung finden.<<

Danach winkte er Elias und deutete ihm, dass er Berger loslassen sollte. Die anderen anwesenden Militärs standen die ganze Zeit fassungslos und fast regungslos an der Seite und wagten es nicht, auch nur ein Wort zu sagen. Ihnen stand der Schock über den Verrat ihres langjährigen Weggefährten sichtlich ins Gesicht geschrieben. Nun folgte unser großer Abschiedsauftritt und wir zogen uns wortlos einer nach dem anderen wieder in die vermeintliche Mauer gegenüber zurück.

Natürlich waren wir noch im selben Raum wie zuvor, nur wussten das unsere Staatsdiener nicht. Denn, um glaubhaft rüberzukommen, mussten wir auch auf dieselbe Art wieder verschwinden, wie wir hergekommen waren, sonst hätte danach wohl niemand dem Staatspräsidenten geglaubt. So aber gab es genug glaubwürdige Zeugen unseres Verschwindens. Aber die Tatsache, dass wir noch da waren, sie uns jedoch nicht mehr sehen konnten, hatte natürlich auch einen weiteren Vorteil. Wir konnten jetzt hören, was sie nach unserem Verschwinden besprachen.

Doch tatsächlich ließen sie Berger noch aus dem Büro heraus verhaften. Danach redeten sie noch eine Weile aufgeregt über uns und die drei anderen Militärs erzählten dem Präsidenten alles, was sie damals erlebt hatten.

Ich musste ehrlich gestehen, dass sie tatsächlich nur die Wahrheit berichteten und der Bundespräsident ihnen anschließend einen Eid auf ihre Verschwiegenheit abnahm. Es dauerte eine ganze Weile, bis wir es endlich wieder aus der Hofburg heraus geschafft hatten. Das Warten auf günstige Gelegenheiten, sich hinauszuschleichen, ohne bemerkt zu werden, war erneut eine echte Nervenprobe.

Mittlerweile war es zum Glück schon Abend geworden und der Heimweg ging sehr zügig voran. Ich war froh, als wir anschließend wieder zu Hause und in Sicherheit waren. Gabriel, Elias und ich bedankten uns danach noch bei Ares für seinen großen Mut und auch Judith hatten wir nicht vergessen. Sie blieb die ganze Zeit über ruhig und besonnen, ohne ihre Beherrschung zu verlieren. Auch Dämon wirkte sehr entspannt und die Schatten, unsere Elitetruppe, hatten, Gott sei Dank, nichts zu tun gehabt. Judith ging mit Ares, Dämon und Raphael wieder ins Wolfsrevier und wir sprachen noch ein wenig über den gelungenen Tag. Aber das meiste, worüber wir tratschten, war die Tatsache, dass Raphael sprechen konnte. Niemand hätte sich das je vorstellen können, welchen Einfluss die Blutvermischung der beiden aufeinander haben würde. Nur Judith musste es gewusst haben, sonst hätte sie nicht so frech gegrinst. Wir waren jedoch allesamt neugierig auf seine nächsten Worte und was sich da noch alles bei den beiden verändern würde.

In einer stillen Minute fragte ich Elias, ob er tatsächlich Berger erschossen hätte und er erwiderte lächelnd: >>Klar, aber es wäre nur schade um den sündhaft teuren und sehr alten Perserteppich gewesen. Blut bekommt man ja so schwer aus alten Teppichen heraus! So ein gutes Stück sieht man selten. Berger hätte sich nur in eine Reihe unzähliger anderer eingereiht, die ich schon getötet habe. In ein paar hundert Jahren wüsste ich wahrscheinlich nicht einmal mehr seinen Namen.<<

Ja, das war Elias, wie er alles auf seine Art ins unbedeutend Lächerliche zog. Wir warteten die zehn Tage ab und bereiteten uns auf den „hohen" Besuch vor. Tatsächlich kam am zehnten Tag eine schwarze Limousine bei der Mexikokirche vorgefahren und die drei Staatsdiener stiegen aus. Wir beobachteten sie mit unseren geheim angebrachten Kameras. Mit solchen Hightech Geräten überwachten wir natürlich jeden Eingang nach Danuvia sehr weiträumig. Mit schwarzen Anzügen, weißen Hemden und dunkler Krawatte

warteten sie geduldig auf uns. Sie kannten ja nur
den Eingang über den Kirchenkeller und ich holte
sie von dort auch ab. Den geheimen Seiteneingang
erwähnte ich erst gar nicht, denn sie mussten ja
nicht wissen. Nach einer knappen Begrüßung führte
ich die drei über den Keller und den alten Zugang,
der ihnen ja schon bekannt war, in unseren Bereich.
Beim alten Panzertüreneingang blieb ich stehen
und erzählte ihnen kurz, dass hier alles angefangen
hatte. Dann betraten wir Danuvia und wurden von
vier Wächterwölfen in Empfang genommen. Da
schauten die Herren kurz etwas verschreckt und
gingen nur zögerlich weiter.
Sogleich versicherte ich ihnen ihre diplomatische
Immunität und garantierte ihre Unversehrtheit.
Dazu erzählte ich ihnen beim Gehen etwas über
unsere Wölfe und deren Geschichte und sicherte
ihnen nochmals ihre Unversehrtheit zu. Auf dem
Weg durch die Gänge begegneten uns auch etliche
Danuvianer und begrüßten höflich unsere
Staatsgäste. Die Tatsache, dass hier fast jeder
bewaffnet herumlief, blieb natürlich nicht
unbemerkt.

Um keine Missverständnisse aufkommen zu lassen,
erklärte ich ihnen: >>Wie ihr seht, tragen die
Danuvianer Waffen bei sich. Sie dienen aber nur
dem Training. Sie kommen oder gehen gerade
davon. Lasst euch nicht vom jugendlichen Aussehen
oder ihrer Kleidung täuschen, sie sind teilweise
schon fast 80 Jahre alt. Sie machen das, wofür sie
erschaffen wurden: Kämpfen. Es gibt bei uns jedoch
KEINE Kriminalität oder Gewalt. Dieses Volk ist viel
weiter entwickelt, als man glauben mag, sowohl

vom technischen Fortschritt als auch von der Art des Zusammenlebens. Sie waren immer nur an Frieden interessiert, trotz ihres traurigen Schicksals und des kriegerischen Beginns.<<

Als wir in der Halle der Krieger ankamen, erwarteten uns schon Gabriel, Elias und ein paar der Ältesten. Nach der Begrüßung setzten wir uns und begannen die Gespräche. Dieses Mal war es jedoch anders als vor zehn Jahren, denn jetzt saßen uns keine Kriegstreiber mehr gegenüber, sondern Menschen, die ernsthaft an einer Verhandlungslösung interessiert waren. Die Ältesten wollten natürlich alle möglichen Informationen über ihre Familien und wer davon noch lebte.

Die Fragen rissen zwar bei manchem alte Wunden auf, doch es war notwendig um abschließen zu können. Die meisten wussten ja nicht einmal, ob sie überhaupt noch jemanden da draußen hatten. Gabriel trug nochmals seine Forderungen vor, diesmal vor allen Anwesenden und der Präsident überreichte ihm einen symbolischen Diplomatenpass. Er erklärte auch, dass er, um so einen Auftrag abschließen zu können, alle Namen sowie Fotos der Danuvianer benötigte. Das war auch in Ordnung für uns, denn die Pässe mussten ja auf jeden persönlich ausgestellt werden. Da hier aber keiner einen Nachnamen hatte, wurde vermerkt: „Danuvia." Diesen Nachnamen erhielten jetzt alle von uns.

Darüber hinaus hatten unsere Pässe eine weitere Besonderheit, denn bei ihnen blieb das Feld

„Geburtsdatum" frei. Der Grund war einfach, das tatsächliche Geburtsdatum hätte bei unserem Aussehen nur noch mehr Verwirrung gestiftet. Man hätte wohl sofort die Echtheit der Pässe angezweifelt.

Damit wurde sichergestellt, dass sich jeder Danuvianer sicher auf Wiens Straßen bewegen und nötigenfalls auch ausweisen konnte. Darüber hinaus konnte man auch unkompliziert ins Ausland reisen, wenn jemand wollte oder das einmal notwendig werden würde. Die damit verliehene Immunität brachte somit niemanden auf beiden Seiten mehr in Gefahr. Mein Plan war aufgegangen und unser Präsident sah ein, dass er und der Staat nur mit uns gemeinsam eine Zukunft hatten. Wir schlossen dieses Treffen mit gegenseitiger Wertschätzung ab und man bot mir sogar meinen alten Job beim Geheimdienst wieder an. Da musste ich lächeln. Das war zwar nett gemeint, doch meine Familie und ich gehörten inzwischen unwiderruflich zu Danuvia. Meine ganze Loyalität gehörte dem Volk hier und hier sah ich meine Zukunft.

Diesem Treffen folgten noch etliche andere, wobei wir uns immer in Danuvia trafen, da dies für alle einfach sicherer war. Das anfängliche, gegenseitigen Misstrauen war gewichen, und Vertrauen gewachsen. Man vertraute inzwischen uns und unseren Worten und wir glaubten uneingeschränkt den Versprechen, die uns gegeben wurden.

Wir fertigten eine neue Magna Carta Libertatum (zu Deutsch „große Urkunde der Freiheiten") an. Das ganze war mehr ein symbolischer Akt, als eine Notwendigkeit, denn schließlich hatten wir uns nie als Gefangene gefühlt. Aber es tat gut, ein offizielles Dokument zu haben, das unserem Volk jene Rechte gewährte, die seit 2013 überfällig gewesen wären. Mit dieser besiegelten Vereinbarung, es war unser erster Staatsvertrag, wenn man so wollte, verbanden wir Österreich und Danuvia. Das gegebene Wort und die Unterschriften reichten Gabriel und den Danuvianer aus. Für sie war das bindend, denn wer sich nicht daran hielt oder wortbrüchig wurde, haftete mit seinem Leben dafür. In Danuvia reichte das Wort als Gesetz und es gab kein Verstecken vor den Konsequenzen, wie Politiker es gerne taten.

Mit der Zeit boten wir der Außenwelt unsere medizinische Hilfe an, die gerne angenommen wurde. Auch neue, technische Errungenschaften flossen langsam nach Österreich. Es passierte alles mit Absicht schön langsam, damit es nicht auffiel, dass das österreichische Volk von Dritten „Entwicklungshilfe" bekam, wie ich einmal lachend in unserer Runde anmerkte. Die Zusammenarbeit wurde immer besser und brachte für beide Seiten viele Vorteile.

Die Welt da oben bekam in Gebieten Lösungen und Hilfe, wo sie selbst seit vielen Jahren keine Fortschritte machten und wir bekamen die Anerkennung für unsere Leistungen, was uns mit einem gewissen Stolz erfüllte. Ja, wir freuten uns wirklich, den Menschen draußen in der Welt ein wenig von ihrem Leid nehmen zu können.

Denn es fühlte sich schon gut an, wenn man wusste, dass unheilbare Krankheiten plötzlich geheilt werden konnten und dass durch unser Wissen viele Kinder ihre Eltern nicht verloren. Die sterblichen Überreste der Angehörigen Danuvias wurden ebenfalls schon bald zurückgebracht und von uns in aller Würde bestattet. Dabei fiel uns jedoch auf, dass bei manchen Knochen Teile fehlten oder Proben entnommen worden waren. Doch egal, wie sehr wir alle nachforschten, diese wenigen Proben blieben verschwunden. Einer der Forensiker hatte sie entweder verloren oder absichtlich versteckt. Für uns, die Immunisierten, war das nicht so tragisch. Doch durch diese Entdeckung blieb der gelbe Tod immer ein großes Risiko für den Rest der Welt.

Schließlich konnten selbst in kleinsten Proben genug Pilzsporen schlummern, um die gesamte Menschheit zu bedrohen. Wie rasch diese böse Vorahnung zutreffen würde, zeigte uns leider schon bald eine alarmierende Nachricht. Einer der zahllosen Informanten von Elias berichtete von einem Mann, im tiefsten Russland, der im geheimen Versuche an Menschen vornahm. Sie sollen willenlos und mit gelbem Staub bedeckt gewesen sein, als sie gestorben waren. Außerdem waren sie alle an erhöhten Punkten gestanden.

Als Gabriel, Elias und ich das hörten, hatten wir sofort den gleichen Verdacht. Der letzte der drei Sinner. Zumindest ihm musste die Flucht aus dem Kirchenkeller gelungen sein. Nun begann eine neue Jagd, aber diesmal würde sie anders sein, als alle anderen zuvor.

Ende Teil 3

Danksagung

Am Anfang war ein leeres Blatt. Nach und nach, Zeile für Zeile entstand dieses Buch. Doch wären diese wertlos gewesen ohne die tatkräftige Unterstützung und der selbstlosen Hilfe mancher Menschen. Wie schreibe ich aber nun eine richtig gute Danksagung? Ich hab keine Ahnung, also fragt mich erst gar nicht danach.

Danksagungen und Klappentexte, zwei der wichtigsten aber auch gleichzeitig schwersten Herausforderungen. Die, die mich kennen, wissen: Ich hasse das eine und auch das andere!

Beides kann nicht gut genug sein und ich bin wahrlich kein Meister darin.

Da ich Selfpublisher bin, habe ich jedoch einen großen Vorteil gegenüber den anderen Tintenfingern und Tastendrückern. Ich kann und darf schreiben, was ich will. ;-)

Okay, da muss ich jetzt durch! Kein Augenrollen, Schmollen oder Stöhnen hilft jetzt noch. Schnell ein großes Glas Wein oder besser noch zwei Schnäpse aus demselben Glas.

Nach sechs der Edelbrände schrieb ich die perfekte Danksagung und gleich einen Klappentext hinterher. Als ich jedoch am nächsten Morgen erwachte und mir den Text durchlesen wollte, bemerkte ich, dass ich alles in Spanisch geschrieben hatte, zumindest kam es mir so vor. Das Seltsame ist nur, ich kann gar kein Spanisch! Daher musste ich noch einmal ran, um es lesbar zu machen.

Mein Dank gilt aber nicht nur meinen fleißigen Helferlein, sondern auch den Lesern. Schön, dass du Interesse gezeigt hast an meinem Buch und es bis hierhin gelesen hast. DANKE, denn für genau DICH schreibe ich! Eigentlich dürfte es meine Romane gar nicht geben, denn ich bin gar kein Typ zum Schreiben. Ich hatte nämlich in der Schule immer die Höchstzahl der fünf zur Verfügung stehenden Ziffern. Das liegt wohl daran, dass ich in Rechtschreibung schlecht und in Grammatik noch schlechter war und bin. Lernresistent sagt man da wohl dazu. Eine Danksagung ist so viel mehr als nur das einfache Aufzählen von Namen. Es ist eine aufrichtige Wertschätzung und Anerkennung, die nur schwer in Worte zu fassen ist.

Daher: Danke an meine beiden Musen *Christine W.* und *Judith W.*, was täte ich nur ohne euch!?

Besonderen Dank aber an die großartige Autorin *Patrizia Rodacki* und den Autor *Walter Penfine*. Ohne euch beide wäre nichts so, wie es ist. Eure selbstlose Hilfe gab mir Halt und Zuversicht weiter zu schreiben.

Vielen Dank an alle – mein kleines Licht schätzt euch sehr!

Printed in Great Britain
by Amazon